浙江文艺出版社

Taidu Gaibian Rensheng

翁礼华 著

态度改变人生

修订版

目 录

拆解人生终极目标(代序) ………………………………… 1

人的差别比动物的差别大

1. 人性异同 ……………………………………………… 3
2. 文化差异 ……………………………………………… 9
3. 两种思维 ……………………………………………… 14
4. 征服什么 ……………………………………………… 16
5. 来自食物的差异 ……………………………………… 18
6. 解读女性 ……………………………………………… 20
7. 解读老年 ……………………………………………… 22
8. 有思想的动物 ………………………………………… 24
9. 管理九别 ……………………………………………… 25
10. 笑谈方言 ……………………………………………… 27
11. 不同运算 ……………………………………………… 29
12. 失败不掩崇高 ………………………………………… 30
13. 无欲则刚 ……………………………………………… 30
14. 最高境界 ……………………………………………… 31
15. 宽严高低 ……………………………………………… 32

16. 最危险的动物 …………………………… 33

17. 美在朦胧 …………………………………… 35

18. 广场的沉思 ………………………………… 38

19. 四两拨千斤 ………………………………… 40

20. 实用与珍贵 ………………………………… 41

21. 阎王也难免 ………………………………… 42

22. 变通溯源 …………………………………… 43

23. 罪与非罪 …………………………………… 45

24. 贫富与审美 ………………………………… 46

25. 人文知识和人文素养 ……………………… 47

人生是单程旅行

1. "是"人与"做"人 …………………………… 51

2. 不可避免 …………………………………… 53

3. 性格决定命运 ……………………………… 54

4. 命运与心态 ………………………………… 57

5. 厚葬之祸 …………………………………… 59

6. 相通的人与自然 …………………………… 60

7. 羁縻 ………………………………………… 62

8. 现代青睐野生 ……………………………… 64

9. 人情与利益 ………………………………… 66

10. 平衡比运动更重要 ………………………… 67

11. 相互依存比竞争更重要 …………………… 69

12. 古镇人生 …………………………………… 71

13. 欲望的尺度 ………………………………… 74

14. 身椅小议 …………………………………… 77

15. 追求过程 …………………………………… 77

16. 转折的艰难 ………………………………… 78

17. 实难圆满 ···························· 79

18. 放弃也是收益 ························ 82

19. 人走与茶凉 ························· 84

20. 有得必有失 ························· 85

21. 上天入地 ··························· 87

22. 谋事与成事 ························· 89

23. 人生有无之变 ······················ 90

24. 有用与无用 ························· 91

25. 最后的礼物 ························· 92

26. 退半步海阔天空 ···················· 93

27. 智慧比聪明更重要 ·················· 94

28. 快乐在于计较的少 ·················· 95

29. 参悟"赢"字 ························ 97

态度改变人生

1. 管人管事管协调 ···················· 101

2. 有德有才有表率 ···················· 104

3. 人生的一二三四五 ·················· 110

4. 别迷失在细节中 ···················· 112

5. 人才三用 ··························· 113

6. 激发潜能用好人 ···················· 114

7. 成功之路在于求变 ·················· 116

8. 办事不养人 ························· 117

9. 上任三思 ··························· 118

10. 小人物做大事之怪现象 ·············· 119

11. 用人之道 ·························· 121

12. 如意与不求人 ······················ 122

13. 次优化与最大化 ···················· 123

14. 才华与际遇 …………………………………… 125

15. 保存古物便是财富 ……………………………… 126

16. 调节有度 ………………………………………… 127

17. 两种经济学 ……………………………………… 129

18. 降低心理成本 …………………………………… 131

19. 得益诚信 ………………………………………… 133

20. 理财十要 ………………………………………… 134

21. 经营十识 ………………………………………… 138

22. 迂回而成 ………………………………………… 140

23. 华山已非一条路 ………………………………… 141

24. 世故 ……………………………………………… 144

25. "第一山"的启示 ………………………………… 144

26. 青蟹与草绳 ……………………………………… 145

27. 做人不如做机器 ………………………………… 146

28. 人生的选择 ……………………………………… 147

29. 稀为贵 …………………………………………… 148

30. 学会简单 ………………………………………… 149

为人处世的智慧

1. 学习的思索 ……………………………………… 153

2. 书山有路 ………………………………………… 155

3. 使人聪明的学问 ………………………………… 161

4. 寻归人生韵味 …………………………………… 165

5. 从历史中开悟 …………………………………… 167

6. 超越知识的力量 ………………………………… 171

7. 甘于寂寞 ………………………………………… 174

8. 茶客心态 ………………………………………… 176

9. 自我超越 ………………………………………… 179

10. 名利亦误人 …………………………………… 180

11. 德昭千古 ……………………………………… 182

12. 灵鹫飞来 ……………………………………… 184

13. 出世之心 ……………………………………… 188

14. 在现实和理想之间生活 ……………………… 189

15. 胸怀的力量 …………………………………… 190

16. 幸福三思 ……………………………………… 193

17. 智能开启福门 ………………………………… 194

18. 成功是一种感受 ……………………………… 196

19. 人生的远近之变 ……………………………… 196

20. 快乐最好 ……………………………………… 198

21. 兴趣是最好的老师 …………………………… 201

22. 水的品格 ……………………………………… 202

23. 长知识与长见识 ……………………………… 205

24. 并非能力 ……………………………………… 206

25. 鼓励流动 ……………………………………… 208

26. 铺垫与完美 …………………………………… 209

27. 让心理更年轻 ………………………………… 210

28. 可怕的集体无理性 …………………………… 211

29. 和谐关系 ……………………………………… 212

30. 效率选择体制 ………………………………… 213

31. 反思思维 ……………………………………… 215

32. 受罪与享福 …………………………………… 218

33. "七不"延年 …………………………………… 220

拆解人生终极目标

（代序）

追求自由和财富是人的天性。由于创造财富是需要多人协作的，一个人不可能创造大量的财富和社会文明，因此便有了建立和谐社会的要求，从而，财富、自由与和谐成了人类的三大终极目标。

财神爷的诞生

社会生产力能不断地发展，从某一个角度来说，是恶的结果，善良的过程是不能发展生产力的。比如，从理论上说，原始社会是一个很平等的原始共产主义社会，但它的生产力发展却不如奴隶社会来得快。为什么？因为奴隶社会产生了奴隶主和奴隶，奴隶主强迫奴隶劳动，在这个过程中推动了生产力的发展，而在原始社会，谁也不会去强迫谁。

当人们取得了一定的财富以后，有财富的人怕失去财富，没有财富的人希望得到财富，所以，当生产力发展到一定的水平后，人们就会希望有人能来保护他的财富，没有财富的人希望变得有财富，有财富的人希望变得更有财富，至少原有的财富不会丢掉。

我国从宋代开始供奉财神，那个时期的财神是很抽象的，并没有落实的个人。到了明清时期，中国的生产力有了更进一步的发展，资本主义已经萌芽，这个时候就形成了文武、大小、五路等功能各异的财神，这中间以文武财神中的武财神最为著名。

中国的文财神是指范蠡和比干二位，范蠡懂得"飞鸟尽，良弓藏；狡兔死，走狗烹"的道理，早早就辞官下海经商做起了盐的生意。武财神主要是赵公明和关公。关羽虽然最后失败了,但他为人忠义,受到了更多人的敬仰。

财神爷虽然法力无边,但财力有限,而人的欲望却是无限的。千岛湖上有个财神庙,庙前写有这样一副对联:"颇有几文钱,你也求,我也求,给谁是好?不做一点事,朝也拜,夕也拜,教我如何?"深刻地反映了在"人与财"的关系上,即便是号称"有求必应"的财神,其内心世界也充满着"有求难应"的困惑和无奈。

人要互相支持

相传汉字为古人仓颉所造(当然从唯物史观上看,汉字应该是我们祖先集体的创造),其基本原则是先造重要的常用字,如大、中、小、人、犬、牛,因为创造得早,因此这些字的笔画相对较少;而不太重要的字,由于造得晚,笔画就不得不多一些,如唐诗名句"两个黄鹂鸣翠柳,一行白鹭上青天"中,"鹂"字繁体(鸝)有 29 画,"鹭"字繁体(鷺)也有 23 画之多。

从"人"字的造型来看,人由一撇一捺两笔组成,如果没有一撇支撑,一捺要倒掉,反之亦然。可见,撇和捺互相依靠,象征着人与人之间也必须互相支持。"人"字的撇和捺起笔时粘连在一起,标志着人出生的时候差距很小,随着岁月的推移,有人成一撇,有人成一捺,差距越来越大。

人心莫太贪婪

人是万物之灵长,可在单项技能方面,人比不过自然界的动物。比方说在游泳方面,青蛙是蛙泳的博士生导师;在跳高的相对高度上,人比不过跳蚤。但人会利用工具,在综合技能和智力上,没有一种动物会比人更有优势,更有竞争力,更聪明。人有着与其他动物相似的趋利性,而且不断追求自身利益的最大化,贪婪之心有过之而无不及。大家都见过羊吃草,羊不会吃了草之后还把所有的草带走,但人会,人不但会带走草,还会把它变成钱,再存到银行。

人是群居的,所以人能互相学习,共同提高,不但创造了社会文明,同时也产生了处理人际关系的和谐问题。什么是和谐?"和"字一边是"禾",一边是"口",意思就是人人都有口饭吃;"谐"字左边是"言"右边是"皆",就是人人都有话语权。合起来说,和谐就是人人有饭吃,人人有话说。

人是自己观念的产物,每个人属于个人形象的发型、服饰、行为举止都是自身观念的反映。你要了解一个人,只要去看他住房的装饰就可以了,从中是很能看出主人的气质风貌的。

有一次,我一个从事农副产品生产的朋友带我去他的养猪场。朋友指着一头猪说,这头猪明天要杀了,因为它超过80千克了。但那些猪优游自得,还在拼命地吃,不知道死期将至。如果是人的话,怎么也会把自己的体重控制在80千克以内。孔子曾在江边对着川流不息的江水感叹:"逝者如斯夫!"这都说明,人是有时间观念的动物。

人的活力在于危机,所以人总是在烦恼中度过他的一生。有一个例子,叫做鲶鱼反应。据说有一个外国船长专事运输活鱼,但每次到码头交货时都发现鱼的死亡率很高,在请教了别人之后,船长把鱼界老虎——鲶鱼放进鱼箱做试验。结果是这些鱼看到鲶鱼都很紧张,怕被鲶鱼咬死,为了活命只好不断地躲避,死亡率反而大大降低。人也是如此。

人的道德是恐惧的产物。为什么人作为利益的动物,却具有道德呢?比方说,我们很多人踏踏实实地在自己的岗位上辛辛苦苦地工作,挣着不太多的钱,也不去做违法的事情,是因为追求超越规定的利益,要受到惩罚,包括舆论的谴责、纪律的处分和法律的制裁,最终权衡利弊,发现得不偿失,因此就不做了。

在自然界,两条腿的动物都是会飞的。人是自然界唯一躯体结构设计与功能应用不配套的动物。作为灵长类动物，其力学设计是爬行的，后来为了腾出前腿来，才有了"人猿相揖别"的进步，站起来变成了两腿行走的直立动物。但同时人的整体重量就落到颈椎、腰椎上了，心脏负荷也开始增大，以至于今天人类的颈椎、腰椎、心脏、血管壁还不能完全适应人体直立行走的需要，引发了诸多如腰椎间盘突出、脑供血不足等结构性疾病。

人依靠本能直觉的抗灾害能力在减退。随着科学技术的进步和现代化的发展，人借助仪器设备预测和防范自然灾害的能力在增强，而依靠自身的本能直觉来预测和防范自然的能力却在减退。2004年的印度洋海啸事件中，人类受灾死亡20多万人，但还没有发现大象等动物死去的，这说明其他动物都能依靠自身直觉觉察预兆而事先逃逸了。

人和人也不同

先说男女的不同。在对待生活上，男人容易把生活当成戏，女人则容易把戏当成生活。女人极容易进入角色，看电影电视剧，感动之处往往会落泪。在交谈表现上，女人更专注于对方的表情，她跟你谈话，你一边准备文件，一边"你说吧，你说吧"，这个样子最令女人懊恼。跟女人交谈，你最好手里拿个本子，拿支笔，一边听她讲，一边记。但男人则更关心对方谈话的原则，希望对方听完之后，能给出一种看法，如果这种看法能符合他的想法，他就很高兴了，至于表情如何，他不会在意。

在思维上，女人更注重形象思维，男人则更擅长逻辑思维。到陌生的地方，女人喜欢找人问路，而男人则常常借助地图自己查找。在脾气上，男人大多较为沉稳，不擅发泄；女人则比较容易激动，唠叨，爱发泄，一边做事，嘴里唠叨个不停，事情做完了，也不唠叨了，发泄完了，所以常常会出现"女人脾气像天气"的突变情景。

女人喜欢选择，男人则更重占有。例如，女人都喜欢买衣服，即使衣服挂满了衣柜，还是少一件自己满意的衣服。而中国传统的一夫多妻制,则是男人注重占有的典型表现,包括现在常说的"包二奶"。

接着说中西差异。西方人重视内容,中国人讲究形式。例如,西方人的沙发和席梦思以人为本,讲究舒适;中国古人的红木家具"千工床"、"万工床",看起来很好看,但一躺上去发现是木板。中国人将社会家庭化,不仅把"国"与"家"两个字合称为"国家",还把友好城市称为"姐妹城市",将士兵称为"子弟兵",把当官的称为"父母官",把河流称为"母亲河"。而西方人不但在文字上将"国"与"家"严格分开,称国为"country"、"state"、"nation",将家称为"family",而且在社会生活上,也不会以家庭化来衬托人治思想。西方人比较直率,大多不隐瞒自己的观点。中国人讲究客气,往往表现出口是心非的双重人格。

西方人注重法治,讲究原则。中国人受儒家文化社会家庭化的思想影响和山水画神似的美学思维的熏陶,讲究人情,善于变通。中国社会常常表现为熟人社会,去医院开个刀,找熟人;孩子上学,找熟人。西方社会则更多地表露出陌生人社会的特征。

西方人让牛、羊等动物食用植物性物质,而人再食用牛、羊、牛奶、鸡蛋,因此西方人的血管壁较厚,弹性较好;而中国人中的汉人则以直接食用植物性食物为主,采用一步到位让人体自行深加工的办法,因此血管壁较薄,弹性差。因为食物链的关系,西方人的血管容易堵塞,多发冠心病,性格比较张扬;而中国人容易产生出血性中风,性格比较温文尔雅。

钱的发展史

大家知道,与"钱"有关的字都是比较凶狠的字。比如"钱",是"金"字旁边两个"戈",金代表财富,戈是武器,意思就是两戈求金,拼命打架是为了求金。本来是美好的字,变成了这样。还有以戈求贝的"贼"字,为了财——"贝",也要动枪动刀。

钱是衡量财富多寡的标志。钱币作为一般等价物,发挥了衡量财富多寡的重要作用。

最早的钱币是南海齿贝,这个贝像指甲那么大,有小牙齿的形状,现在非洲还有这样的贝。以前的人把贝串在一起,10个齿贝为一"朋",而我们现在的"朋",是"朋友"。看来朋友朋友还是要有经济基础的。钱少的人可能门庭冷落,钱多的人可能门庭若市。

后来还出现了武器形、工具形的钱币,比如,铲币、刀币,是钱币的第二个阶段。往后,因为工具形钱币不方便携带,逐步转变为重量形的方孔圆钱,外圆内方既是中国人天圆地方的哲学思想,也是今天人们待人处世的原则。每个人外表对人应该有温和的态度、友好的精神,这就是圆的外形;而内心要有自己的做人原则,这就是外圆内方。

这些钱有一定的重量,钱越多分量就越重。唐初李渊做皇帝时,大臣提了建议,说我们不要造那么重的钱币,不如用标志性的通宝。于是钱币就到了第三个阶段——称做通宝、元宝、重宝的通宝型阶段。很多人看到的"大观通宝"就是这种钱币。

五代、宋朝的时候,因为唐朝末年战乱纷纷,很多人感到前途渺茫、生死未卜,都想保佑自己来世,于是把钱捐到寺庙里,寺庙就把铜钱熔化,铸了很多铜菩萨、铜罗汉,造成社会上钱币奇缺;另一方面,社会商品经济在发展,又需要增加货币供应量,迫使朝廷不得不以铁铸币。由于铁不如铜值钱,还会生锈,只好把铁钱铸得重一点,这样数量多了就很重。一贯钱是1000个,10贯大钱是60千克重,腰缠万贯就不得了了。后来四川的富商想出了办法,拿票子代替钱,钱不动纸动,就出现了"交子"。宋朝皇帝看到了,觉得非常好,就让政府来做。但无准备金的纸币导致通货膨胀。中国历史上有三个朝代是被滥发纸币搞垮的,它们是宋、元和民国。

理财(才)要诀

理财功夫在财务之外。国家政府的财务叫财政,单位里叫财务,个人叫理财。理财是要加、减、乘、除、开方、乘方。但是,理财的功夫是在财务之外的。就像李白、杜甫写的诗,我们每个字都认识,就是凑不出那么好的诗来,这是因为诗人的功夫不在文字上,而是在文字外。理财还要"以人为本"。做生意赚钱,靠的是诚信,骗人只能骗一次,要想持续地赚钱,还是要有诚心。另外,还要有"四两拨千斤"的精神,就是用最少的钱,办最大的事。"千斤拨四两",花大钱办小事,那是贪官污吏办的事情。

要推行"垫凳腿"政策。所有的工作都是为实现人的利益,就像家里坐的凳子,四个脚高低不同,如果我们把凳的长脚锯掉,以求一律,凳子就越来越矮,人得坐到桌子下面去了。而如果我们把短的凳脚垫起来,就会越来越高,才会发挥各个方面的作用,取得发展。

要坚持有所突破的创新精神。大多数人的生活应该循规蹈矩,但是,负有一定责任的人、经营事业的人,要有所突破才能有所创新,有所前进。对多数人来说,知识就是力量,而对领导者来说,智慧就是力量。现在的知识太多了,就需要用智慧来组织和统领我们的知识。

常怀感恩之心

人生是一个过程。老的人,曾经年轻过;年轻的人,也毕竟要老。每个人都要走这条路。如果说旅行是双程人生,那么人生则是单程旅行,人生是倒不回来的旅行。

人的一生要把好话说好,好事做好,既要与同事的优点共同工作,也要与他们的缺点宽容相处。人人都渴望幸运,但困厄在所难免。遭遇困境,不但不能消极,还要像顺利时那样坦然和乐观;顺利时也不要忘乎所以,仍然要像困厄时那样清醒和谨慎。

钱是人生的一部分,没有钱,不行,但是,人生绝对不是钱的一部分。如果我们自己成了钱的一部分,为钱而活,就很可悲。

对社会来说,发展是硬道理,而对个人来说,快乐是硬道理。快乐是个人感受,幸福也是个人感受,不是能用钱来衡量的。

前几年,我们几个人到法兰克福去,乘火车到维也纳,时间还早,我们走出火车站候车室,看见路上睡着两个德国乞丐,睡得很香。同行的一个人说,他晚上没睡好。我就对他说,你看,幸福是什么,你昨天在四星级宾馆睡不好,他们在这里睡得很好,所以幸福是不能用金钱来衡量的。我们回来的时候这两个乞丐睡醒了,伸伸懒腰,多开心。

幸福也有成本。感受幸福和成功要有成本,富人获得幸福的物质成本高,穷人获得幸福的物质成本低。我认识一个企业家,她说,以前买一辆自行车都非常不容易,坐在自行车后座上回娘家,那个感觉真是幸福。可是现在,宝马、奔驰都买得起,却再也没有以前的幸福感,因为现在有钱了,这些东西获得太容易了。

幸福只是一瞬间,比幸福更多的是痛苦,比痛苦更多的是平淡。在平淡中,我们才能品味生活的真谛。因此,我们每个人都要学会过平淡的人生、平安的人生,平安是福。

幸福常驻的秘诀,我觉得是在工作中、生活上,常怀感恩之心。

人的差别比
动物的差别大

REN DE CHABIE BI

DONGWU DE CHABIE DA

1. 人性异同

人是社会关系的总和，由于人的存在及其活动才产生了我们这个世界。古代仓颉造字，从最重要的字造起，所以越重要的字笔画越简单，如一、二、三、大、中、小、人、犬、牛……尤其是人很重要，因此"人"字仅仅只有一撇一捺两个笔画。与人相比，龟、鳖之类的动物显得不那么重要，所以笔画繁多，繁体"龟"字（龜）有 17 画，而繁体"鳖"字（鼈）竟有 22 画之多。唐诗名句"两个黄鹂鸣翠柳，一行白鹭上青天"中的"鹂"字繁体（鸝）有 29 画，"鹭"字繁体（鷺）也有 23 画之多。

"人"字一撇一捺，说明人要互相支持。没有一撇，一捺要倒掉；没有一捺，一撇也要倒掉。"人"字的结构说明开始时一撇一捺连在一起，人们之间的差距很小，随着岁月的推移，有人成一撇，有人成一捺，人的差距就逐渐拉大，越到后面差距越大。六七十岁的老人倘是名人，事业生活仍如日中天；若是普通百姓，则赋闲在家烧茶煮饭，聊度晚年。两者差别不可以道里计。可见人类既有共性，也有差别，尤其是人与人个体之间的差别远远超过所有同类动物之间的相互差别。因此，要研究管理，务必要对管理的对象——人——的特点有一个大致的了解。我认为，人的特点可概括为三：一是人有共性，二是男女有别，三是中西有差异。

人的共性：首先，人是万物之灵长。自然界动物的单项技能如狗的嗅觉、跳蚤的弹跳、马的奔跑、青蛙的游泳能力都会超过人类，但在综合技能和智力上，没有一种动物会比人更有优势，更具竞争力。

其次，人是有思想的动物。人作为地球上两百多万种动物之一种，有着与其他动物相似的趋利性，而且不断追求自身利益的最大化，远比其他动物执著，贪婪之心可谓有过之而无不及。同时，人也具有其他动物所不具备的思想性，有着超越其他动物的修养自觉，如周代产生的周礼、汉代

3

的儒学、宋明的理学等等，都反映了不同时代对人们的修养要求。

第三，人是群居的动物，与大雁、蚂蚁相似，与寡居的老虎、熊猫不同。正因为群居，人才能互相学习，共同提高，所以创造了无与伦比的社会文明；也正因为人的群居特点，才产生了处理人际关系的和谐及其管理问题。

第四，人是环境的产物。不同的环境，产生不同的人。我有个同事的独生子，在家里从不动手干活，去了英国留学，白天读书，晚上打工，艰辛之极，却也撑了下来。其母闻儿吃苦，不禁潸然泪下。我说人是环境的产物，你们不要心酸，这是一种历练，也是人生的进步。

第五，人是文化的沉淀。传统的中国文化是伦理文化，而西方则是法制文化。历史上中国人视治国为治家，把社会家庭化，因此中国人常将"国"与"家"合用，组成合成词"国家"。西方人强调法治，从字面上就把country（国）和 family（家）截然分开，无丝毫瓜葛。同时，一个人的所作所为也与文化素养有关，文化素养涵盖学历，但学历并不能完全反映文化素养，所以，小农经济思想浓厚、有贪欲弱点的干部极易在经济上犯错误，有些人尽管自己当了干部，文化素养有了提高，但其家属文化素养没有提高，仍然会帮倒忙，犯错误。由此可见，孙中山找宋庆龄当夫人极为顺理成章，他要领导民主革命，还能找一个农村卢氏老太太做助手吗？虽然她不会贪污受贿，但至少没有能力协助中山先生投身革命，处理国事。

第六，人是自己观念的产物。一个人属于个人形象的发型、服饰、行为举止是自身观念的反映。其工作思路、工作方法、工作作风，乃至专业技术人员的设计思想、审美观点，也是观念的反映。甚至审视住房的装饰风格，也能窥见主人的气质风貌。

第七，人是最敏感的动物。人不但对事物具有审视分析能力，还能凭语言、举止、表情等不同形式对他人作出相应的辨别、判断和预测。

第八，人是有时间观念的动物。在大草原上，蓝天白云下的牛羊优游自得，不知老之将至，更不知死期不远，毫无紧迫感可言。人则有时间观念，以至孔夫子在江边对着川流不息的江水叹息："逝者如斯夫！"古人的一首《长歌行》咏叹："百川东到海，何时复西归？少壮不努力，老大徒伤悲。"更是深刻地反映了人生苦短、时不再来的生命紧迫感。

第九,人拥有趋利避害的本性。人在危急的关头,都会表现出保护自身安全的本能。在有利可图的时候,只要不违反法律和道德,很多人都会趋之若鹜。

第十,人是嫉妒的动物。嫉妒是人能发愤图强的动力,但有两种嫉妒法:一种是我要争取干得比你更好,这是一种积极的嫉妒;另一种是千方百计设法把你拉下来,这是我不提高也会比你强的消极嫉妒。在中国固有文化中,消极嫉妒史不绝书,还往往成为嫉妒的主流。

第十一,人的活力在于危机之中。有一个例子,叫做鲶鱼效应。据说有一个外国船长专事运输活鱼,但每次到码头交货,活鱼的死亡率都很高,后来实在没办法,船长只好把鱼界老虎——鲶鱼放进鱼箱里做试验,结果使船长喜出望外。把鲶鱼放进去以后,这些鱼看到鲶鱼都很紧张,怕被鲶鱼咬死,为了活命只好不断地躲避,"生命在于运动",死亡率反而大大降低。可见,"危机"一直包含着"危险"与"机遇"两方面的内容,只是我们习惯性地看"危险"而看不到其中的"机遇"罢了。反观这几年社会上为什么有那么多的官员出问题,其根本原因就是我们的体制权力过分集中,没有必要的制衡,当权者养尊处优缺乏危机感。

第十二,人是最可爱也是最卑鄙的东西。爱之可以给予一切,甚至不惜殉以生命,恨之则欲去之而后快。春秋战国孟母三迁、汉代上虞烈女曹娥投江寻父皆为爱的典型,而当代金华逆子徐力杀母乃是毫无人性的卑鄙典型。

第十三,人的道德是恐惧的产物。人除了有修养性的一面,还有动物性的一面,要生存、发展,必然要追求利益最大化,司马迁早在两千多年前就曾指出"天下熙熙,皆为利来;天下攘攘,皆为利往"。我们远的不说,就说夫妻结合,也是优势互补的功能利益结合,一旦失去功能互补作用,夫妻关系就会处于紧张乃至破裂状态。有些家庭尚能维持,也无非是囿于人伦道德,不好意思解体罢了。由此可知,为何古代中国有纳妾制、西方有情人制(基督教强调实行一夫一妻制)作为补充的渊源所在了。那么,为什么人作为利益的动物,却具有道德呢?因为追求超越规定的利益,要受到惩罚,包括舆论的谴责、纪律的处分和法律的制裁,最终权衡利弊,要得不偿失,人才不敢这样做罢了。

第十四,人是适于"四两拨千斤"的动物。人的需求无非是实现自身价值而已。古人曰:"家有良田千顷,日食白米一升;家有华屋千间,仅需六尺之床。"说明一个人的个人生理性物质需求是有限的,容易满足。人的名誉需求更是虚拟成分不少,如幼儿班小朋友只要老师口头表扬和奖励小红花即可使其欢呼雀跃;年长者只需给一个"理事"、"委员"、"代表"、"贵宾"一类的头衔即可令其不远千百里来参加会议,甚至是来参加一个烈日暴晒的露天会议。而一个人能创造的财富及其破坏力却极其强大,如诺贝尔发明的 TNT 炸药用于战争可导致千百万人死亡,用于建设能使整座山头定向爆破。居里夫人对原子能的研究成果更是威力无穷,用于建设可推动科技进步和工农业生产,如原子能发电站即是一例,用于战争只需小小一弹即可使一个城市如日本长崎、广岛一样毁于一旦。可见人的个人需求与其发挥的潜力相比,完全是"四两拨千斤"的关系。

第十五,人是自然界唯一躯体结构设计与功能应用不配套的动物。人之初,作为灵长类动物,其力学设计是爬行,后来为了腾出前腿改造为手,才有了"人猿相揖别"的进步,站起来变成了直立行走动物。由于人体结构并未作相应改变,以至于今人的颈椎、腰椎、心脏、血管壁还不能完全适应人体直立行走的需要,从而引发了诸多结构性疾病。

第十六,人依靠本能直觉的抗灾害能力在减退。随着科学技术的进步和现代化的发展,人借助仪器设备预测和防范自然灾害的能力在增强,而依靠自身本能直觉的预测和防范自然灾害的能力则在不断减退。2004 年底印度洋海啸事件中,人类受灾死亡数逾 20 万,而其他动物都能依靠自身直觉,觉察预兆事先逃逸,生命几乎没有受到威胁,就是最有力的证明。

男女有别:首先,在对待生活上,富于理性的男人容易把生活当成戏,富于感性的女人则容易把戏当成生活,极容易进入角色。

其次,在交谈表现上,善于观察的女人专注于对方的表情,较为细腻;比较粗放的男人则关心对方谈话的原则,疏于观察。

第三,在思维差异上,女性一般长于形象思维,男性则长于逻辑思维。

因此,女性多富语言天赋,男性则擅长理工创新;到陌生处,女性多喜找人问路,男性则常常借助地图自行查找。

第四,在脾气上,男性大多较为沉稳,不擅发泄;女性则易激动、喜唠叨、爱发泄,常为小事烦恼,免不了出现"女人脾气好像天气"的突变情景。

第五,在选择与占有的表现上,女性喜选择,男性重占有。例如,女人不仅大多喜购服饰,而且很少有人会心满意足,这就是人们常说的女人永远缺少一件自己满意的衣服。而中国传统的一夫多妻制,则是男性注重占有的典型表现。此外,男女相爱容易,相处难。假如说男人注重占有女人的"身",女人则在意男人的"心"。

中西有差异:首先,在个性上,西方人主张张扬个性争先不恐后,中国人则提倡凡事低调恐后不争先,以至于有人说西方人为自己活着,中国人为别人活着。令人哭笑不得的是,在中国不表露心迹、口是心非还成了有修养、有觉悟的表现。晚清名臣曾国藩即为其中之"低调不张扬"的典型。

其次,在形式与内容上,西方人重视内容,中国人讲究形式。例如,西方人的沙发和席梦思以人为本,讲究舒适;中国古人的红木家具和"千工床",只讲究形式美,不重视人的舒适。

第三,在等级上,中国儒家文化按"长幼、男女、尊卑"将人划分为不同等级,西方基督教文化则讲究人与人的平等。

第四,在家与国的问题上,中国人将社会家庭化,不仅把国与家两个字合称为"国家",而且在社会上将领袖称为"爷爷"、"父亲",将友好城市称为"姐妹城市",将当兵的称为"子弟兵",当官的称为"父母官",河流称为"母亲河"。西方人不但在文字上将国与家严格分开,称国为"country"、"state"、"nation",称家为"familiy";而且在社会生活上,也不会以家庭化来衬托人治思想,将国与家混为一谈。

第五,口与心。西方人比较直率,大多不隐瞒自己的观点。中国人讲究客气,往往心口不一。例如,中国人到他人家里拜访,当主人提出倒茶时,客人往往推辞再三,要求不要倒茶,倘主人真的不倒茶,客人事后则会私下非议主人不客气。

第六,人情与变通。西方人重视法治,讲究原则。中国人受儒家文化社会家庭化的思想影响和山水画神似形不似的美学思维的熏陶,讲究人情,善于变通。因此,中国社会常常表现为熟人社会,西方社会则更多地表露出陌生人社会的特征。

第七,急功近利与立足长远。古代西方常用石头作为公用建筑的材料,中国却习惯采用砖木结构,两者分别反映了着眼长远和希冀立竿见影的不同思维。前者建一教堂要绵延数百年时间,花费数十代人的努力,而后者的建筑若干年便能享用。所以西方有上千年历史的教堂,中国很少有数百年以上未经重修的寺庙。

第八,传统中国的司法观念是有罪推定,西方的司法观念是无罪推定。所以,中国人对有关他人之诽谤谣传往往容易采取宁可信其有,不可信其无的态度。

第九,在人与自然关系方面,西方人讲究征服自然,中国人则重视改造人的思想。

第十,在文字差别上,中国的象形文字反映并影响着中国人的思维。悟性是一种境界,只有少数人才能达到;科学发展和法制建设所需的逻辑讲究推演,每个正常人都能做到。世界各国的初始文字都是象形字,经过相当历史时期后,大多数都抽象为符号,而中国的文字仍然是象形字,而且作为象形字延伸的书法还成为一种艺术,有人甚至倾毕生之力为之奋斗成为书法家。这对中国人逻辑思维的形成产生了极为不利的影响,导致强调悟性成了中国特色并且渗透到从印度传入中国的佛教中,将其改造为中国化的禅宗,成为无数中国人的信仰。

第十一,食物链与性格形成。一步到位的食物链影响中国汉人的性格。世界上多数民族都选择二次食物链作为自己食用的起点,即让牛、羊等动物食用植物性食物并进行转化后再用于人的食用,而汉人则以直接食用植物性食物为主,采用一步到位让人体自行深加工的办法,从而使汉人容易产生出血性中风和性格上不喜外露的温文尔雅。

第十二,以人为本与以道(理)为本。西方自文艺复兴以来,强调以人为本,而中国自古以来讲究以道(理)为本,认为一个人要透过政治为实现崇高的理想不惜牺牲自己的生命。

第十三，居住上的差别。在山区居住的欧洲人常将住房建在山上，地种在肥沃的山间盆地里，而认为只有死人及强盗才住在山上的中国人却往往反其道而行之，常将地种在贫瘠的山头上，而将住房建在盆地里。

第十四，在对问题的认识上，西方人认为是就是是，非就是非，犹如一个圆用直线划为两半，一半是"no"，另一半是"yes"；中国人则认为，是并不全是，非并不全非，犹如太极图中间曲线分割出黑白两鱼，白鱼有黑眼睛，黑鱼有白眼睛。

人的种种差异，决定了不同的人在不同的情境中的不同表现，也决定了社会生活的丰富多彩。

2. 文化差异

中国自古以来宣传"人之初，性本善"，认定人性是善的，所以历来有人认为自己善事做得够多了，稍微做一点坏事也没问题。而西方基督教文化则认为人生来就有原罪，每个人都必须不断做好事才能洗刷自己的原罪。事实上，人性既有恶的一面也有善的一面，因为生存竞争日趋激烈，人性难免有恶的一面；反过来，由于人是群居的动物，需要互相支持，互相帮助，所以人性也有善的一面。譬如说，日前报载台湾同胞捐赠骨髓漂洋过海拯救了大陆患者的生命，这就是人性善的表现。至于有人为了获得不义之财坑蒙拐骗，甚至将病猪肉冒充好猪肉来卖，结果人家吃了一病不起，这就是人性恶的表现。正因为人性有善恶的两面性，而中国人在公开场合又喜欢标榜"人之初，性本善"的文化精神，因此我们不能完全用西方的人性恶作为基础来研究中国人，推行全盘西化政策。

中国人跟西方人的差异不仅在于外表，在其他方面也有各自的特点，存在着很多的差异。最大的差异当然是文化传统的差异。西方基督教文化与儒、佛、道三足鼎立的中国文化截然不同。

在文化观念上，中国人擅长定性的浪漫思维而不擅长定量的实证思维。如对自然界的自由落体现象，具有浓厚道家色彩的唐代伟大诗人李白对庐山瀑布流水，既没有想到加速度问题，也没有想到水能利用，而是豪情满怀地写下了"飞流直下三千尺，疑是银河落九天"的诗句。西方的科学家牛顿观察苹果落地现象却能顿悟出万有引力的科学原理，并就自由落体的加速度和万有引力做出了相当精确的定量计算和实证，为利用水能奠定了理论基础。中西文化差异反映在医学上，中医善综合，西医善分析，所以中医头痛不医头，而西医则依据生理解剖学头痛医头脚痛医脚。反映在美术上，中国画不是轮廓较为清晰的油画，而是神似形不似的山水画，以至于发展到在工作上，对上级"精神"说法都完全一致，而在对具体做法的理解上却有山水画般的百花齐放现象。中国人人格的习惯性分裂较之西方人突出。如中国人在义利观等问题上往往一面瞧不起金钱，一面又用金钱作标准强调某事物的重要性，从而会产生自相矛盾的逻辑。如强调友谊的重要时称"朋友值千金"，贬低金钱的作用时又说"金钱如粪土"，若两者合而为一，岂不是推理成"朋友如粪土"了？再如，中国人一方面强调保存传统文化，而另一方面却极易接受外来文化。如中国男性从头到脚，发型、衬衫、西装、领带、革履，已属彻头彻尾西化，几乎无点滴民族传统存留，反而日本的和服却似我国唐人的服饰。

中国人崇尚德文化，强调自觉；西方人强调法文化，强调自律。如中国人深夜过马路，一看四周无车辆往来，便自然闯红灯，而西方人往往要等到红灯灭、绿灯亮才起步。至于对纳税的认识，中国往往对社会精英采取减免税的奖励政策，如规定某种奖励所得免缴个人所得税，而对一般庶民百姓的收入若超过每月 2000 元即为征税起点，并无点滴让精英成为纳税模范的意识。在公众场合，中国人对知名人士往往采取免收门票的优惠，同行鱼贯而入者一般不以为耻，反以为荣。此外，在道德层面上的双重标准更是随处可见。对名人婚外男女同居不仅不加指责，反而大加赞扬，不惜著文讴歌英雄和美女的真挚感情，而对一般百姓涉及此类行为则不分青红皂白，一概斥之为"可耻"。西方以人为本，强调法文化，崇尚个体意识，很在乎为自己活着，例如"我"字在英语中一律是大写字母"I"，他们凡做一件事都要先问合不合法；而在中国，以道为本，强调德文化，崇尚群体意识，很在乎别人怎么说，简直是为别人活着。古人不仅将自己称为"敝人"或"卑职"，而且书写时也从上面往下退几格写上一个字体较小的"敝"或"卑"字。做一件事先问是好还是坏，歌曲《渴望》中就有一段"谁能告诉我是对还是错"的歌词，如果在西方则要改为"谁能告诉我合法不合法"。西方人认为"小河有水大河满"，中国人认为"大河有水小河满"。西方人强调个体，书写地点从小写到大；中国人强调集体，则从大写到小。东方人求同，西方人求异。求同有利于一致，却不利于创新；求异容易出现纷争，却有利于创新。因此，东方人往往依靠人治，西方人依靠法治。在立法思路上，东方与西方亦有差异。西方除不准的以外，其他都是允许的，除非在实践中发现还应该列举新的不准内容，继续加载法律条文加以约束，但原则上不会追究法律新条文实施以前的行为，他们也往往将法律标准视为道德标准。东方人对不准的东西往往还要变通，而对法律、法规所没有述及的行为，往往实行事后追溯，这样的思路有利于人治，而不利于依法治国的实施。而且东方人往往视道德标准为法律标准，在落后的农村更是如此。在走向法制社会的今天，中国人不仅要以法律为准绳，而且还不能超越道德规范，要同时接受法律和道德的双重约束，这比西方人接受单一的法律约束要沉重一些。在司法上，东方人往往把不放走一个坏人作为审理案件的思路，而西方人则往往把不冤枉一个好人作为审理案件的思路。难怪中国的传统戏剧生怕放走一个坏人，苦心孤诣地研究出用脸谱表示人物忠奸的办法，而不是通过剧情变化让观众自己去判断人物的好坏。如曹操属奸臣，为坏人一类，就画上一个大花脸，其本意在于让观众先入为主，统一思想，认定曹操是坏人。在人际关系上，东方人注重周边关系，故有"人言可畏"之说法；而西方人注重体现自身价值，往往我行我素。例如，西方人自费登珠穆朗玛峰，这除了他们物质生活比较富裕、身体健壮等因素以外，更重要的是他们如果能登上世界第三极（另两极为地球的北极和南极），其人生价值将大大得到体现；而东方人则视自费登山为出风头、吃苦头，万一登不上去不仅人财两空，而且贻笑大方，是一种愚蠢行为。所以有人说了一句不无道理的话："西方人为自己活着，东方人为别人活着。"

由于东西方的文化差异,在对待成人以后的子女问题上,父母的认识也大相径庭。东方人继续爱护备至,直至千方百计筹集款项为子女结婚成家,并帮助教养第三代,而子女也认为这样做是天经地义的。西方人对成人以后的子女强调自立,而子女也认为继续依靠父母是无能的表现,百万富翁的子女也有打工挣钱上大学的例子。当然,同是东方人如中国人和日本人也是有区别的。有一位侨居日本的中国人说,日本人不会对中国人表示要打败另一个日本人,假如虚伪是某些人的生存方式,日本人会虚伪得漂亮一点;而容易唯我独尊的中国人却有人会毫不犹豫地践踏另一个中国人,因此中国人要重视与加强尊重与尊严的教育。东方人与西方人在居住地选择和皇宫神庙建筑方面也存在差异。东方人往往喜居平原,耕地不足则向山地进军,开辟梯田;皇室神庙的建筑往往采用砖木结构。而瑞士等西方多山国家的人民则择居山地,尽可能地保留平原为耕地;西方皇室教堂则多以石头为建筑材料。从资源合理配置的角度来看,显然,平原土地辟为耕地,生产效益高于山地;石头建筑的教堂皇宫保存年代则远远超过砖木结构。如德国科隆大教堂等石砌建筑物历经数百年以至上千年的风雨仍固若金汤,雄风犹在;而东方砖木结构的建筑物若数百年不整修即荡然无存。杭州南宋皇宫至今仅存遗迹,令人扼腕叹息。

中国人习惯于数量型扩张的思维也很突出,这表现在不少农民建筑住宅往往一味追求数量上的扩张,而不注重内在质量的提高和周边环境的改善。宁可室外道路泥泞,水电不通,也要多造房屋,空着的房间用于堆柴草、"养"老鼠。这种农民意识甚至波及机关企业,一些百十人的单位不惜斥巨资建造数万平方米的办公楼,而对区域性公益设施却缺乏兴趣。这种数量型扩张的意识在经济领域则表现为低水平的重复建设,影响我国产品质量和经济素质的提高。西方如美国和阿根廷等移民国家国内居民每年有10%的人要迁徙移居,这对促进人际交流和社会发展起了积极作用。安土重迁的中国人则习惯于世世代代在故乡居住,很多人不愿意离开家乡,即使有些外出工作的人员,也总要叶落归根。就是移居外地的人,也要成立"同乡会"一类的组织,定期聚会,怀念故乡,这种故乡情结在西方是不多见的。

西方人对自己所从事的工作都能了如指掌,钻研极深,简直每个人都称得上专家,但他们几乎都有一个共同的缺点,即对与他们所从事的专业无关的宏观情况知之甚少。而在中国正好相反,有些人对本专业业务钻研不深,知之肤浅,而对宏观情况却了解极多,这种错位现象见于善于"指点江山"的中国北方某大城市的出租车司机。中国人宗教意识淡薄,无事不登三宝殿,喜欢临时抱佛脚,习惯典型引路的榜样文化;西方人宗教意识强,神是人们道德的教育者,所以无须典型引路,更无榜样文化。有一位曾到英国作过考察的教授说,西方反对同性恋的地区,不允许同一性别的两个人同居一室;而在中国,男女同居一室则须出示结婚证。这位教授还说,那里的男性同性恋者夏天穿丝袜以示区别于赤脚穿皮鞋的正常人,而中国人夏天赤脚穿皮鞋者往往被认为是不正常的表现。

人际关系上,西方人由于尊重个体平等,形成了"契约关系",中国人则形成"情感关系"。外国人在外聚餐,按人头分摊费用,实行股份制,家庭父子、兄弟之间的经济关系实行契约制,就是人与上帝的关系,也用"新约"、"旧约"来维系。中国人聚餐经常由一人出钱以示大方,唐代大诗人李白更有过之,在朋友元丹丘的颍阳山居宴饮时,非但不出钱,反而说出"五花马、千金裘,呼儿将出换美酒,与尔同销万古愁"的豪言来,视他人财物为一己之物。至于中国将官员称为"父母官",将军队称为"子弟兵",将友好城市称为"姐妹城市",将相互关系密切的单位称为"兄弟单位",将领袖称为"爷爷"、"父亲",将来往频繁、志同道合者称为"哥儿们"、"小姐妹"等等,更具感情色彩。

在教育方面,中西方在历史上亦存在差异。诚如人们所知,人与动物的差别之一是人有思想,而动物没有思想;人与人的差别之一是彼此之间接受的教育不同。中国在 1905 年废除科举以前实行私塾、书院和官学教育制度对青少年进行如何做人的道德教育;此后,学习西方建立大学、中小学和幼稚学堂对青少年进行如何做事的知识教育。

可见文化具明显的多样性,不同国家的文化背景,是一个国家、一个民族有别于他国、他族的生物基因。但是一种文化背景只可以进化而不可超越,正如一个人无法把自身托起来一样。

3. 两种思维

　　东西方思维方式不同,西方人遵循的是逻辑思维,中国人擅长的是辩证思维。常言道:"人是环境的产物。"产生于地球东西方的两种不同思维也离不开各自所处的环境。中国人之所以产生辩证思维与古代中国所处的环境有关。古代中国是一个以黄河流域为中心的农业社会,由于农业生产仰仗于自然条件而存在,中国人产生了心理和行为上的被动,再加上中国地形东低西高落差很大,为了满足上下游农田灌溉的需要,必须强调等级和和谐的集体主义原则才能协调水利关系,保证农业丰收。从而,中国人产生了人际式的思维取向。这种思维取向使中国人与人之间产生了复杂的社会关系,以至于不得不把自己的注意力用于关注外部世界,形成了中国人依赖性的自我结构,"人言可畏"、"什么都依赖政府"成了中国文化的基石。

　　中国人的辩证思维包含着三个原理:变化论、矛盾论和中和论。变化论认为世界永远处于变化之中,没有永恒的对与错;矛盾论认为万事万物都是由对立面构成的统一体,没有矛盾就没有事物本身;中和论认为任何事物都存在着适度的合理性,其中的"中庸之道"经过数千年的历史沉淀,已经内化为中国人的性格特征。中国人的思维方式也叫整体思维,其最为常见的表现便是中国的医学思想,把人看成整体,头痛不医头,脚痛不医脚,从人体机能平衡的角度来确定医疗方案。

　　西方的逻辑思维源于希腊文明。古希腊依山傍海,人们的生存很大程度上依赖于狩猎和捕鱼,由于产业对个人特长要求很高,希腊人产生了个人式的思维取向和征服世界的主动态度。再加上各自从事创业活动所产生的简单社会关系,西方人有可能把自己的注意力放在客体和自身的目标上,从而产生了逻辑思维。这种思维强调世界的同一性、非矛盾性和排中性。同一性认为事物的本质不会发生变化,一个事物永远是它自己;非矛盾性相信一个命题不可能同时对或错;排中性强调一个事物要么对,要么错,无中间性。西方人的思维方式也叫分析思维,他们在考虑问题时,不像中国人那样追求折中与和谐,而是喜欢从一个整体中把事物分离出来,对事物的本质特性进行分析,其最为常见的表现便是西方医学。西医把人体的器官都看成机器的零部件,拆卸开来研究,如把脑袋看成计算机,牙齿看成粉碎机,舌头看成搅拌机,心血系统看成动力源……

中西思维方式的差异导致人们在心理上和行为上的诸多不同。例如在日常生活中,中国人集体主义的思维方式讲究求同攀比原则,不敢为天下先,但也恐落于人后,导致消费目标趋同,学习目标趋同,人生奋斗目标趋同,造成亿万人沿着同一条路集体拥向或逃离目标的大起大落局面。西方个人主义的思维方式讲究求异原则,喜欢标新立异,引人注目,以达到"别致"的满足感为荣,从而推动了各种产业和科学技术在百花齐放中迅猛发展。

在财富的追求上,中国人历来强调"崇公抑私",向往"均贫富",对打家劫舍的梁山泊英雄、历朝历代的农民起义领袖和诸多英雄豪杰讴歌不已;西方人则提倡个人奋斗,认可富裕,以致富为荣,在法律上明确规定以人为本和私有财产神圣不可侵犯。

在整体与局部的关系上,中国人强调"溥天之下,莫非王土",重视国家统一,反对分裂,把"国"与"家"联系在一起,治国如治家,将社会家庭化。中国人连写信也是大处着眼,先国名,再省名,再市、县、区名,再街道、门牌,与西方人从小写到大的先门牌,后街道,再写市名、州名,最后写国名,截然不同。在自我介绍时,中国人也是面面俱到,而西方人则注重突出自己与众不同的特点。而且西方只有按法律办事的概念,没有匪夷所思的统一思想。中国人在家庭关系上强调"三纲五常"、"三从四德",要求"尊卑、长幼、男女"有序,而西方则提倡人人平等,哪怕打自己的孩子也属违法,情节严重者还要判刑坐牢。在人与自然的关系上,中国人强调"天人合一",与西方人征服自然的思想完全不同;在做事上,中国人强调和睦相处,讲究个人服从集体,团结就是力量,而西方则强调人权至上的个人主义;在人生观上,中国人通过省吃俭用发家致富,为后代积累财富使后人过得更幸福;而西方人则为自己过得更好、活得更舒坦而努力奋斗,下一代的事情由下一代去筹划,认为自己没有义务替下一代包办。服从、忍耐、附和,甚至口是心非地求同,在中国数千年来被视为美德,并且大行其道,这对于维护国家大一统、家庭和睦不解体乃至生态保护都起过一定的作用。但求同的思维使很多人失去了独立思考的能力,一旦人的创造性思维被扼杀,人与动物的差距就大大缩小了。同时,求同的集体主义思维,也替统治者以整体利益为名的颐指气使乃至专横跋扈、侵犯人权提供了便利,其危害性就更大。

在经济体制上,西方个人主义的思维与市场经济张扬个性、平等竞争紧密相连,而提倡集体主义的中国式思维强调低调不张扬与追求效率的市场经济相距甚远,与崇公抑私、均贫富的计划经济或自然经济极易合拍,因此当今在中国并非完全由市场推动的市场经济中,产生种种貌合神离的奇特现象并不奇怪。中西文化差异来自不同的文化传统,相互间只能互相影响,不可能互相取代。正如前些时候传媒对中、日、韩三国 600 名高中生进行职业理想调查中,发现中国学生在"运动"一栏中开始选择人性张扬的"个人运动"。这与近年来中国社会思潮从求同向求异转变有关。因此在完全不同于西方思维方式的中国推行追求效率的市场经济是一个渐进过程,不可能一蹴而就,至于"崇公抑私"和"寻求公平"的思潮在中国卷土重来,也并非没有可能。

4. 征服什么

中西方的文化差异不仅影响到人们对财富积聚的认识,还影响到人和自然的关系。西方园林的草木修剪得很好看,呈几何形状,有圆形的、碟形的、菱形的、方形的、锥形的,甚至有剪成各种动物形状的,式样繁多,令人目不暇接,充分反映了人控制自然、征服自然的科学精神。中国的古典园林,则让所有的树都自由生长,因为中国古代一贯强调"人法地,地法天,天法道,道法自然"的"天人合一"精神。今日中国现代园林花草树木的修剪则是从西方学习而来的,并非中国固有的做法。

在对待人的自由发展方面,中国古人刚好与西方相反,中国自宋以降强调用"存天理,灭人欲"的程朱理学来束缚人,以"天、地、君、亲、师"来规范人,寻求"与人奋斗,其乐无穷",而西方则提倡人的自由发展。如女子亭亭玉立为美,中西方认识是一致的。为了达到亭亭玉立的目的,西方人动脑筋制造高跟鞋,中国人却去包小脚,其结果使女性足部肌肉和骨头都变了形,成为残疾。这一陋习从五代一直沿袭至清朝,前后近千年之久,尽管清朝皇帝反对裹小脚,三令五申通令废止,但汉族女性还是不肯放脚,为什么改不了?因为女子要嫁人,大脚走起来过于稳重,不如小脚走起来危而不倒、亭亭玉立那样好看。在当时,男性找老婆不但要比脸蛋,还要比小脚,三寸金莲为最佳。

清初,为了改变汉族百姓的"大明"观念,清政府决定在全国统一薙发留辫。大家知道,古代中国人一向对头发很重视,认为受之于父母的青丝绝不可有丝毫损伤。有一个故事说,三国时曹操规定军队的马不能吃老百姓的麦子,结果他自己的马在行军途中把老百姓的麦子吃了,为了保持军法的严肃性,他要求将自己斩首示众。部属说曹丞相怎么能杀头呢?最后大家议定以割发代替杀头。这个故事说明在古代中国头发是何等重要。因此清政府薙发的政策不免激起了汉人的反抗,以至于走到"留发不留头,留头不留发"的地步。几十年前,中国街头巷尾常常出现的剃头担子就是清初剃发的产物。一般剃头担子前面挑的是镜子和脸盆架子,后边则是存放剃头工具的抽屉和一根高竖的木杆,这根木杆当年就是用来悬挂不愿薙发者的头颅的,其功能无非是以儆效尤。记得迟至20世纪60至70年代,社会上还将喇叭形的大裤脚和十分紧身的小裤脚当做奇装异服有伤风化来强制处理。随着社会的进步,这些整治人体的方式都已成为历史了。

5. 来自食物的差异

1999 年 5 月的一天，我们有幸访问西班牙东部港口城市巴塞罗那。该市因曾举办过 1992 年的第 25 届夏季奥运会而闻名于世，其地理位置和经济地位相当于中国的上海，是西班牙最有实力的加泰罗尼亚大区首府所在地。到达巴塞罗那的当天晚上，中国驻巴塞罗那总领事刘峻岫请我们到具有西班牙风味的烤肉店就餐。

刘总领事是东北人，系北京外国语学院 60 年代的毕业生，为人严谨而豪爽。他说请我们吃烤羊腿，我们不知就里，都糊里糊涂地应允了。结果餐馆给我们每人上了一只羊腿，鲜腿至少有 2 千克重，结果没有一个人能吃完。我唯恐浪费，拼命拿刀叉切肉往嘴里装，简直是狼吞虎咽，费了九牛二虎之力也只吃了大半而已。环顾其他桌的西班牙人，哪怕就是老头、老太，都是轻而易举一扫而光，而且还饶有兴趣地吃其他食物。尽管我们彼此语言不通，但他们那种诧异的目光和惊人的食量，不免使我们自惭形秽，真是不上东北不知道自己的酒量小，不到西班牙不知道自己食肉能力差。大家几乎异口同声地说，我们东方人毕竟是草肚子，以食植物性的碳水化合物为主，而西方人都是肉肚子，以食动物性的肉、蛋、奶为主，难怪西方人踢足球那么厉害。一个马德里市就有好几个甲级足球队，看来踢足球的人腿跟人吃羊腿的水平还有某种联系。

由于食物源不同，东西方人疾病发病特点也有较大差异，如心脑血管疾病方面，西方人以冠心病为多，东方人则以中风为主。这主要是西方人由于食用动物性食物，血管的管壁强度大，不易发生管壁破裂而中风，但由于管壁脂肪很厚，极易发生脂肪堵塞血管，引发冠心病；东方人以食用植物性食物为主，血管壁的脂肪层很薄，不易发生由于脂肪堵塞血管而造成的冠心病，但由于管壁强度差，极易发生管壁破裂而引发出血性中风。

我冥思苦索以后，感悟我国传统的中庸之道也许与中国人的生理结构情况有一定的联系。中国人感情不善外露，以及提倡儒雅之中和，也可能有一定的生理依据。就拿吸毒来说，鸦片在西方销路不大，在中国鸦片与毒品大麻一样却有一定市场，因为它能适应中国人消极避世、想入非非的需要；性格好动、感情外露的西方人对这种毒品不屑一顾，他们需要的是另一类能给他们带来感情冲动的冰毒（化学名称甲基苯丙胺）及其制成的各种摇头丸等等"激动型"的毒品，因为他们坚韧的血管壁完全可以承受自身"热血沸腾"的压力。至于西方国家儿童比中国儿童好动活泼，而中国儿童比他们显得文静腼腆，也与人种的生理特点有关。

席间，由于吃羊腿非用刀叉不可，而我们中国人擅长用筷子，没有用刀叉的习惯，所以显得笨手笨脚。有些同事甚至吃得衣襟沾满肉汁，狼狈不堪，不禁同声盛赞中国的厨师深加工技艺之高超，如今日之羊腿若在中国早已切成肉片、肉丝，我们用餐也一定会温文尔雅，不至于如此斯文扫地。我以为，中外教育之差别也正如刀叉与筷子，中国的教育把知识都切成肉片、肉丝炒好后，让学生用筷子食用，无创造性可言，死记硬背就能得高分，难怪这几年很多单位用考试办法招聘员工，招进了不少高分低能者，让老总哭笑不得；而西方的教育则有如赋予学生以羊腿，教学生以刀叉为工具，自行宰割，只要骨肉分离清晰，利于上口咀嚼，不受一定模式之限制，其对学生创造性之培养也就在不言之中了。

在法兰克福，我们还巧遇一位德国某银行副总裁兼驻中国的首席代表理查德先生，他不仅懂汉语，并且十分健谈。听说我们曾在德国逗留并与联邦财政部和巴伐利亚州财政部官员会谈过，他更为兴奋，大有他乡遇故知之感。

他说，他的父辈久居民主德国，20世纪50年代才从民主德国逃亡到联邦德国法兰克福地区。他本人在瑞士上过学，在英国伦敦当过律师，懂英、德、法、中等国语言，在北京前后驻节7年，对中国人民怀有深厚的感情。

当我问及他久居中国对中西文化差别有何见解时，他略微沉思了一下，用手势画了两个不同方向的圆圈后说，两者完全不同：中国人吃饭用筷子,德国人用刀叉;中国人喝汤,德国人吃汤;中国人喝茶,德国人喝咖啡;中国人开门时钥匙往顺时针方向拧,德国人往逆时针方向拧;中国人重感情,上班时来了客人可以放下手中工作热情接待,甚至陪吃喝,德国人不允许也不会这样做;中国人对别人的事感兴趣,德国人只对自己的事感兴趣。我经常在法兰克福和北京之间往返,如果边上是一个德国北方人(德国南方人比北方人善于与人搭讪)即柏林、汉堡一带的人,往往9个小时航程双方不说一句话,下机时形同陌路地走开了,而中国人则往往要找机会了解一下对方,甚至交个朋友。我笑着说,也许我就是。理查德先生笑说,我这是就一般而言,并非专指个别的人和事。

他强调,这几年中国进步很快,现在正朝着与全球大多数国家所认同的规则发展,如中国人以前写字是从上到下,从右到左地竖写,现在不也改为与西方相同的从左到右横写了吗? 中国已加入WTO,更进一步说明经过改革开放洗礼的中国正在融入世界的大家庭!

理查德先生还推心置腹地说,中国在融入世界、开展现代化建设过程中不但要取长补短,还要扬长避短,不要一味照搬照套。如中国的古建筑是东方文化的瑰宝,在旧城改造中若全部拆毁老房子、老街道,盖成清一色的现代化高楼大厦和新街道,那将是中国文化的重大损失。"譬如,我本人最喜欢的是我1987年第一次抵华时很有中国味的北京城,而不是今日的北京城。同样,我喜欢老杭州、老苏州的韵味,因为它们反映了中国江南水乡的文化特色。"侧耳细听的我猛然间似乎"心有灵犀一点通"。理查德先生的这番话对我们中国的发展和建设何尝不是一种启发和经验之谈呢?

6. 解读女性

人都需要交谈,这是人和其他动物的区别之一,但男性与女性对交谈所追求的目的却存在着很大差异。男性的交谈是提出问题、辩论是非以及找出解决的办法,极具逻辑性。女性更多的是将交谈看做是与听者分享其感情的一条渠道,她们常常说个不停,直到她内心感觉好受为止,极具感情色彩。

爱情来自男女双方的相互爱慕和追求。男人追求成功,女人则喜欢追求成功的男人。男性喜欢寻找年轻漂亮的女性,而女性更着眼于择偶的实际考虑,比如要求伴侣不但诚实、有才华和富有同情心,而且得是一个有责任心且靠得住的人。所以她们会在采取行动前反复考虑:这个男人,值得我托付终身吗?

真正珍惜爱情的女性,一般对贵重礼物持审慎态度。因为一件过于贵重的礼物会让她想到,这个男子在试图收买她的感情。恰当的、量力的、显示关爱和体贴的一般礼物,使女性有温馨感而没有沉重感。可见,女性对爱情的追求,比男性更实际,更执著。

女性有着与男性不同的特殊心理需求。例如:已婚育的妇女很怕人老珠黄,非常需要男人用一句特别让她感动的话来赞美她。比如,你那么年轻漂亮,真看不出实际年龄;这身衣服配上你的身材和美丽真是太合适了。女性也容易生气和烦躁,因而在丈夫或男友面前常常会提出单独待一会儿的要求,有时也会通过逛商店、听音乐以及其他方式自我调节,可见女性有着区别于男性的心理需求。

古代的女性在家庭中的角色是相夫教子,而当今的女性很清楚,没有事业的成就和职业的收入就谈不上男女平等。因此,她希望丈夫或男友重视她的工作,欣赏她的长处,分享她的成就,友善地对待她的弱点,成为平等相待的朋友,相敬如宾的伴侣。崇拜丈夫的妻子甚至甘愿充当丈夫的妈妈、秘书或用人。成功的婚姻大多与夫妻双方视婚姻如鲜花培育,善于相互交流,时刻注意给对方新鲜感和对无关紧要的事情能做到“难得糊涂”有关。

女性的爱可以通过言语、动作、思念和看不见的心灵感应来实现。结婚后,在没有孩子时,精力几乎都集中在丈夫身上;有了孩子,精力便转移到孩子身上;孩子长大成家后,方知女儿是人家的媳妇,儿子是人家的女婿,精力才慢慢转回到丈夫身上。

夫妻关系,从青年到中年、老年,一般都会经历性、情、心三个阶段。青年夫妻,由于涉世不深,人生感悟不多,而恰逢青春年少,精力弃沛,因此,大多侧重于性的关系;到了中年阶段,涉世渐深,人生感悟不少,内心情感世界日益丰富,情开始重于性;进入老年时期,儿女成家,别居他处,身体渐衰,两老为伴,人生感悟到了接近透彻的顶峰,正所谓"少时夫妻老来伴",此时方知人生是一个过程,心心相印,形影不离,相伴到老才是自己的最后归宿,从而走到了心重于情的最后阶段。

7. 解读老年

青年人有朝气,中年人有能力,老年人有经验。在社会变革极其缓慢的农业社会,老年人的经验对后辈极具指导意义,所以有"不听老人言,吃亏在眼前"的谚语。随着现代中国进入工业社会,其方方面面的变化速度明显加快,尤其是近 30 年的改革开放,社会瞬息万变,超过了以往几百年乃至上千年的变化。这样,老年人早年的经验对后辈的指导意义就难免要打折扣。但不是每个老年人都能体会到这种变化,他们往往还会从自身经验出发,感到后辈不如自己,离不开自己手把手的教导。

首先是老年人仍用自己的标准来衡量后辈的所作所为。诸如儿女的大小事,孙辈的吃穿用,都要说,都要管,都要干预,处处不放心,件件要操劳。对儿孙的学习、工作和健康过分牵挂,不但使自己经常处于紧张、焦虑状态,而且往往效果不佳,吃力不讨好,惹得儿孙烦。其次是不甘示弱。人进入老年,体力和精力都不如从前,但不少人还是"人老心不老","常思八九,不想一二",老与别人比高低,经常闷闷不乐,闲气丛生;与人闲聊,常为一点小事而喋喋不休,闹得不欢而散;为一张牌的好坏、一盘棋的输赢、一个球的得失长吁短叹甚至大发脾气。再次是为他人活着。老年人非常重视别人的议论,老是喜欢倾听闲言碎语,尤其看重别人对他的看法,爱听好话，接受不了不同看法，听到不顺心的议论就不开心，自寻烦恼。第四是渴求回报。在青壮年时期自己为后辈、同事和朋友做了不少事，进入老年后很想得到回报，甚至把不少梦想都寄托在别人身上，没有太多地想靠自己的努力来实现人生目标。希望一旦放在别人身上，与自己的实践和能力的提高无关，目标就变成了无法掌控的奢求，甚至成了对别人的困扰，自己也就不可能活得兴致盎然了。

说到底，人是为了追求快乐来到人间的。活在世上，活的就是个精气神。有道是，快乐是一天，烦恼也是一天，老年人要快乐地活着，就要学习和懂得生活的智慧。所谓生活的智慧就是为人处世的心智和能力，是一种学问，一种修养，也是一种境界。

老年人认为管闲事是为儿女好，听闲话才能主持公道，其实不然。一个人走过少年、青年和中年，进入老年，毕竟到了需要别人照顾的年龄，生理和心理都很难适应不断变化的社会环境：生理上随着人体器官的老化，各项身体指标都与健康人有了差距；心理上随着与年轻人接触和交流的减少，难以直接感触社会跳动的脉搏，和社会的诸多方面也有了脱节。在这种情况下，老年人如果能明白自己的不足，注意照顾好自己的身体，明白"老来万事等闲看，圆缺阴晴顺自然"的道理，不自以为是地瞎操心，就是不给儿孙添麻烦，替后辈造福。对于流言飞语，唐代文人刘禹锡就曾说过："长恨人心不如水，等闲平地起波澜。"强调生活中口舌是非既不可避免也不能小视，所以老年人记住"闲聊莫论是非"和"流言止于智者"的古训非常重要。对闲言碎语不听不传，言论不涉及别人隐私，这不但是一种人格品位，也是一种境界。让自己在闲聊中对他人多一些理解，多一些友情，也就能够增添自己的生活情趣和生命弹性。

人生目标的实现都需要过程，人到老年，既要热爱生活，追求幸福，还要学会生活的智慧。想自己所想，做自己所做，宠辱不惊，去留无意，在喧嚣浮华的尘世间，追求安逸超脱，愉悦身心，理智地选择人生道路，让自己的心灵回归和谐的圣境。

8. 有思想的动物

人是有思想的动物，这就是说人是动物，而且是有修养有感情的动物。人与其他动物的差别不在于有感情，因为动物也具有感情，尤其是狗对主人比仆人还忠贞不渝，无论你变得富贵还是陷入贫穷，它的忠诚都不会有丝毫改变，以至于当年清代书画名家郑板桥仰慕明代绍兴才子徐文长的才能，竟刻石一方，上镂"青藤先生门下走狗"字样，把自己与徐文长的关系譬喻为狗和主人的关系，而不是一般的门生与导师的关系。

人与动物不同之处在于，人是有修养的。为了规范人们的修养，周代制定《周礼》，宋明推行理学，中国共产党则早在1938年通过刘少奇的《论共产党员的修养》来规范党员修养，近年来党内一系列的廉政措施都反映了这一目的和要求。当然，人的修养与人的道德相联系，人的道德一定程度上是恐惧的产物，因为人除了有修养性的一面，也还有动物性的一面，要生存、发展，必然追求利益最大化，就是夫妻结合，也是优势互补的功能利益相结合，一旦失去功能互补作用，夫妻关系就会处于紧张乃至破裂状态。可见，汉代史学家司马迁当年关于"天下熙熙，皆为利来；天下攘攘，皆为利往"的概括，在两千多年后的今天仍不失其精辟。

那么，为什么人作为利益的动物却具有道德呢？因为追求超越规定的利益，要受到惩罚，包括舆论的谴责、党纪政纪的处分和法律的制裁，最终权衡利弊，要得不偿失，所以不敢这样做。前段时间，我看到一份资料说，道德来源于恐惧，是恐惧的产物。资料中还举了一个例子为证。在寒冷的冬季把一群猴子关进一间房子里，房顶上挂着若干个桃子，若猴子伸手去摘，冷水就会铺天盖地浇下来。第一次进屋时有5只猴子，它们都想尝尝桃子的美味，于是不约而同地跳起来摘桃子。结果桃子还没有摘到，倾盆的冷水却冲头而下，结果大家都冻得要死。如此反复数次，所有猴子几乎都痛苦不堪,奄奄一息。于是有着刻骨铭心教训的猴子们就一致决议,以后谁再去摘桃子就打死谁,包括那些新进屋的猴子都要无一例外地照此执行。从此,不准随便摘桃子的规定就成了经过冷水房恐惧训练的猴子们的道德标准。

反过来,如果付出的代价不高,就会出现另一个局面。日前,有一个杂志的内部版刊登了如何把腐败现象尽可能地遏制在最低限度的专稿,指出 21 世纪的前 10 年将是我国腐败现象的高发期。由于当前法律和纪律偏宽偏软,"案件一进门,就有说情人",再加上七折八扣,定罪证据不多,即使被判刑,也是以轻判、缓刑、假释、保外就医等多种手段避重就轻,犯罪成本这么低,就难免一些人铤而走险搞腐败。可见恐惧力度达不到得不偿失的地步就不足以规范道德。

同样,音乐也是恐惧的产物。它是原始人害怕野兽袭击,抵御恐惧而发出的号子声不断发展和提高的结果。在现代,音乐除了供人们欣赏、消遣以外,也同样用于抵御恐惧。有位朋友告诉我,他读小学的女儿一个人在家做作业时经常将家中电视机、收音机等音响设备开得震天响,问她为什么这样做,她说是不放音乐会害怕,放音乐就不害怕了。可见音乐对人来说不失为抵御恐惧的工具,至少对有些小学生来说能起到壮胆的作用。据医学专家分析,由于从小形成了一种条件反射,人往往到上中学、大学还要听音乐,因为这时的音乐不再仅仅是抗拒恐惧的武器,更是能促进大脑神经兴奋的工具,能起到开发人脑思维的作用。

9. 管理九别

人性崇尚自由,谁都不愿意被人管理,只不过为了创造财富,实现价值,人们才聚集在一起,从而产生了不可回避的管理问题。

要搞好管理,既需利益驱动,更要激发潜能。看似复杂,其实简单,无非是激发团队的创造精神,发挥成员的聪明才智,自觉实现自身的社会价值。因此,管理是科学,更是艺术;是理论,更是悟性;是知识,更是见识。但管理归根结底是文化。管理因人而别,因地而异,与民族文化传统有关,存在着明显的中西差别。

首先,在管理过程中,中国讲究现场协调,提倡随机应变,把"船到桥头自然直"作为回避事先设计解决今后将会发生某种矛盾的遁词;而西方管理则强调事先分工,研订完整制度,做好未雨绸缪的全程准备。

其次,在管理方案上,中国皆事先经领导定调形成初稿再提供讨论,与会者发表修改意见时还得加上"不当之处,万望诸位多多包涵"一类话语以示谦恭有礼;而西方管理则要求与会者事先做好准备,各自带上方案,在会上畅所欲言,各抒己见,通过辩论、论证,再达成共识,然后形成付诸实施的方案。

第三,在管理设计上,中国讲究原则方向正确,西方强调过程细节设计,常常把"细节决定成败"作为座右铭。

第四,在管理关系上,中国讲究以德报怨,宽宏大量;西方则坚持是非分明,不和稀泥,即应得者就给,不应得者决不会给。

第五,在管理思想上,中国注重循规蹈矩,萧规曹随;西方鼓励标新立异,有所突破。

第六,在研究工作时,中国讲究述而不争,即阐述而不争论;西方提倡建设性对抗,鼓励争论。

第七,在管理方法上,中国强调综合归纳,注重从小到大,将一件事思考得很透彻,达到举一反三的目的;西方讲究逻辑推理,系统运作,注重从大到小,运用系统方法运作一件事情。

第八,在做事依据上,中国注重正本清源,讲究对错;西方强调法律制度,讲究依法办事。

第九,在员工素质培养上,中国强调个人修养;西方讲究团体修炼。

正因为中西管理文化存在着上述方面差别,也就自然而然地要求中国企业家必须立足本国文化,结合西方管理科学精神,牢牢掌握"立意高远,隐忍以行,审时度势,积极稳健"的原则,以知识就是力量来要求被管理的基层,以见识才是力量来要求高层主管。

10. 笑谈方言

    据说在 20 世纪 50 年代初,台湾人大多不懂国语(普通话),而蒋介石宁波腔调的所谓国语人们也很难听得懂,因此闹出了一个大笑话。当时,台风刚过境,岛上粮食供不应求。为了解决供粮问题,蒋介石召见了一位台湾籍的粮食局长。这位李姓的粮食局长用台湾土话(即闽南话)向蒋汇报,蒋很难听懂,最后他不得不生气地用宁波腔的国语指着这位局长的鼻子发了一通火。这位局长只听到蒋说了一连串"你枪毙"的话,顿时吓昏了头,于是屁滚尿流地跑到当时任省主席的陈诚那里,大叫冤枉。陈诚问清情况,判断这"枪毙"一说似乎不可能发生,于是径自去蒋介石处询问。蒋告诉陈诚,他只是说,身为粮食局长,所谓粮食供应不上的种种理由都是"强辩",而不是说要"枪毙"他。

    蒋彦士当台湾"教育部长"时,台湾"故宫博物院"院长杭立武请人接通电话用四川话与浙江籍的蒋彦士对话也令人啼笑皆非。蒋首先问:"你找谁?"杭回答道:"不讲(部长)!"蒋又问:"你叫什么名字?"杭答道:"忘记了(杭立武)!"甚至有几位台湾同胞还说李登辉当上"副总统",也是蒋经国上厕所时人们听不懂他的宁波话所产生的误会。当时任国民党秘书长的蒋彦士问道:"经国先生你想让谁当'副总统'?"正在如厕的蒋经国就说:"你等会(李登辉)",结果就将错就错,李登辉成了"副总统"。

    笑话归笑话,在台湾确有一些乡音不改又基本不懂台湾土话的老人。如我们考察团一位团员的远房亲戚至今 80 多岁了还是满口萧山土话。据说,抗战初期,他是高中一年级的学生,好不容易从萧山长途跋涉到西天目山禅源寺的浙东临时中学读书,读了不到半年,日本飞机在汉奸放火导航的指引下,炸毁了暂充校舍的禅源寺,于是他只好沿着浙赣铁路南下,流落到江西玉山。后来在什么证件都没有的情况下,凭着他的一口乡音不改的萧山话被证明为浙江人,才考上了成都的空军机械学校,嗣后被送到美国受训,并于 1947 年来到台湾服役。由于当时空军人员来自大陆各地,且很少与地方土著接触,所以不懂闽南话也同样能在台湾生活,再加上他的老婆也是娶自萧山的同乡,更强化了他萧山土话的生存土壤。至于来台的陆军人员如与当地人成婚,倘完全不懂台湾土话,日常生活和人际沟通便会发生极大困难。我们认识的一位导游,1971 年出生,其父系陆军老兵,1913 年出生于上海青浦,1949 年来台,1969 年 56 岁时与年仅 20 岁的高山族(阿美人)姑娘结婚,其家庭生活中就离不开闽南话。

　　语言问题,不仅在中国台湾如此,就是在国外也有同样的问题。一次,我与在开普敦理工大学留学的中国学生小陈攀谈。小陈说,他毕业于河南大学英语专业。南非也通行英语,语言问题对他来说应该不会有什么大的障碍。但实际上并非如此,因为南非的英语混有其他国家的词汇,所以听起来很吃力。例如, 他在学校里听课时发现老师讲课的词汇中掺和了 10% 左右的法语词汇,听起来常常似懂非懂,直到下课后去查字典才知道词汇的确切含义。

　　语言是环境的产物,它既是人际间不可或缺的心声交流工具,也是来自不同地域的口音标志,不仅人有这个问题,就是鸟也有这个问题。人们常说的“鸟语花香”,其实也中外有别,同品种的花存在香型差异,同品种的鸟,叫声也有所不同。前些时候国内一个著名机场引进了一批在国外效果卓著的驱鸟器,结果毫无作用,机内装置的 9 种鸟类天敌的叫声由于中国鸟一点也听不懂,发挥不了任何威慑作用,导致机场不得不改用 14 台新的风动驱鸟装置,以自然风转动鸟类天敌的图像,达到驱鸟效果。可见中国古典文学作品《水浒传》中骂人的“鸟人”、“鸟话”也是一种专业,真成得了“鸟人”、听得懂“鸟话”也很实用,至少不会浪费资金,出现中国那个著名机场的失误。

11. 不同运算

我曾在德国新天鹅堡购物,当时售货员先将大额欧元全数兑成小票,然后将自己的货款放在一边,将我的找零放在另一边,让我认真地看一看,无异议后,再各自拿走,从而完成了"银货两讫"的环节。

在吕德施海姆更是让中国人大跌眼镜。我买完 5 种 11 件(其中 4 种 8 件单价是相同的,1 种 3 件也是同一种单价)工艺品后,女老板将 4 种各 2 件的工艺品,都一一算出,并列成 4 行,然后将另一种 3 件又算出金额,加在上述算式中成为第 5 行,然后一并竖直相加算出了金额。她恐怕有误,又让男老板用计算器按同样的逻辑程序复核了一遍。实际上,当时我浏览了一遍价格后,早已胸有成竹地完成了心算,所以一直站在旁边焦急地等待着她写出确数后我才能付款。

此事看上去似乎西方人不如中国人有悟性,算得快,而实际上却充分反映了西方人重视逻辑推理的严谨作风。如果我们从事某项科学试验,在繁多的数据面前,仅靠运用悟性的心算方法进行处理,极易发生差错,而用逻辑推理,则准确度极高,这就说明为什么两进制的计算机能在依靠逻辑推理的西方发明,而不能在靠悟性的中国发明。因为处理少量数据可以用心算,处理大量资料就难以用心算,而要进入计算机的设计和编程,则离不开严格的逻辑推理,更不用说逻辑推理人人可以学习掌握,而悟性则不是每一个人都能运用自如的客观差别。

12. 失败不掩崇高

　　西南边陲镇远县与全国各地一样也有火神庙、文庙、东岳庙、书院、关帝庙等一应俱全的中国传统建筑。特别有趣的是镇远关帝庙中的楹联："师卧龙,友子龙,龙师龙友;兄玄德,弟翼德,德弟德兄。"它不讲关羽如何忠义智勇,而是讲他如何有益于兄弟朋友,反映了捐资建庙的商人们渴求友谊和诚信的强烈愿望。

　　其实关羽大意失荆州,走麦城丢了性命,是一个典型的失败者,但千百年来,人们并不以成败论英雄,他的形象随着岁月的推移反而越来越高大,被历代帝王一再晋封,最后竟成了至高无上的关帝。记得在欧洲也有同样得此殊荣的人物,那便是拿破仑。今天在他1815年彻底战败的滑铁卢镇,不但有拿破仑纪念馆,在镇的入口处还耸立着一尊高大的铜像。

　　正如法国著名作家雨果所指出的那样,"失败反而把失败者变得更崇高了,倒了的拿破仑仿佛比立着的拿破仑更为高大"。在包括比利时在内的整个欧洲的人们的心目中,拿破仑虽有其残忍、暴戾乃至卑劣的一面,但仍不失为伟大的政治家、一流的将军、真正的英雄。在滑铁卢战场上,拿破仑虽然是个彻底的失败者,可是他的名字连同他的气概以及他的影响远远地压倒了他的对手,从而永远地留在了这片古老的土地上,成了欧洲的"关帝"。

13. 无欲则刚

　　一位著名高等学府的"一把手",被派到地方担任同一职级的官员。到职后,他发现自己每逢下基层视察,不仅有警车开道,而且每到一处都会出现前呼后拥、极其威风的场面,凡是他发表讲话,与会的基层官员便会立即拿出笔记本,毕恭毕敬地认真记录,更令人咋舌的是,即使他明显考虑不周的讲话,也统统被称为重要讲话,没有人会"犯上作乱",指出其中之不足。这与他在学校做领导而讲话时常被人点评乃至非议,竟有天壤之别。

不久,悟性极高的他就明白了其中之奥秘,因为学校教授皆有一技之长,未来发展全靠自己的智慧和勤奋,没有人能挡住他前进的步伐,除非他想当官才会积极争取领导的青睐。而官员则完全不同,仕途职位资源有限,别人上去占据岗位,他就没有机会,要想有所发展,在权力源自上级的现有体制下,最便捷有效的途径便是博得领导对自己的好感和青睐,倘不装模作样便会失去机会。

因此,他深有体会地对一位老朋友说,官员对上级领导毕恭毕敬并非完全出于内心对于上级的尊重,而是为了寻求利益的一种阿谀和表演,学校里的点评和议论则是教授们内心世界的真实反映。可见,清代林则徐先生所书"壁立千仞,无欲则刚",的确是颠扑不破的真理!

14. 最高境界

一次在偏远的边疆参加研讨会,晚上东道主安排民间歌舞演出,开幕一会儿,我们便发现当地山民极善歌舞,尽管舞技并不那么优雅,但几乎人人都会来一手,真让人羡慕不已。环顾我周边那些长有睿智脑袋,充满丰富思想的专家学者,绝大多数都无此特长,唯有望洋兴叹而已。

我不免思绪万千。人类的语言有肢体、口头、文字、艺术和思想等诸多表达方式,肢体语言也许是最初的和最普遍的表达,而思想语言则是一种高级的表达,否则,如何解释那些饱学之士反而不善歌舞的现象呢?

如果是这样的话,推而广之,服装设计师设计出既像衣服又不像衣服的服饰肯定是最好的服饰；策划者做出看不出策划的策划是最好的策划；入仕为宦者能做出看不出政绩的政绩是最完美的政绩。因为任何工作能做到天衣无缝，潜移默化，看不出人工刻意造作痕迹的程度，便是古人所说"润物细无声"的最高境界！

15. 宽严高低

考察开罗大学，有一个深刻的体会，便是宽进严出。该校规模极大，全校有全日制学生 18.8 万人，加上函授及远程教育的学生，人数超过 21 万。提高教育质量是这个大学不可回避的严峻问题，他们的撒手锏，便是宽进严出。我们参观计算机与信息学院时，院长向我们介绍 3 年前他们一次招收 168 个博士研究生，3 年就读后，能拿到毕业文凭的只有 4 人，也就是说 97.6%的人都没有如期获得博士学位，在场的中国重点大学领导不禁为之一惊。

中国的大学教育与他们不同，是严进宽出的典型，学生进校后 95%以上都能如期毕业，尤其是研究生，除外语有达到六级的考核标准外，其他专业课程完全取决于导师的把关。在大规模扩招后，师生比例犹如一把茶壶已经不止配置 4 个茶杯，研究生多得连导师的面都很难见到，更谈不上教师像茶壶一样给每个茶杯倒满水，给学生提供足够的知识。再加上市场经济条件下，为了完成导师承接的社会有偿课题，研究生打工要比学习花费的时间多，实际能学到的东西也就少得可怜了。幸亏严进宽出的办法救了他们，学生基本上都能获得如期毕业的良好结果，只不过茶杯里的茶水少了很多而已。当然，吃亏的不仅是研究生本人和用人单位，还有学校的声誉乃至国家的教育事业。

在开罗与埃及高等教育委员会官员交谈时，中国代表团成员老是询问对方，埃及学校有没有重点、非重点之分，开始时他们听不懂，后来他们终于听明白了,于是反复提醒我们注意,在埃及的教育框架下,政府对所有学校都贯彻平等原则,即使像开罗大学、亚历山大大学一类国际著名的学府,其良好的社会声誉也不是政府通过重点、非重点划分所产生,而是他们自身办学历史长、科研成果多、培养出来的人才素质高所自然形成的。

记得 20 世纪 90 年代我随财税代表团出访时,欧洲国家财税部门对中国代表团关于在不同地区对同一税种征收力度是否有差异的提问,一直听不明白,待弄清楚后,便立即指出,在他们国家这是不可能发生的事。因为他们信仰基督教,思想上接受的是平等教育。而长期受儒家思想熏陶的中国人接受的是等级教育,自古以来,便依靠"尊卑、长幼、男女"的区分来治国、治家,所以中国人对事、对人、对单位都先要划个等级,一比高低,甚至开会主席台排座位也成了一门学问。总之,要千方百计通过制造不平等来加强管理,使不同类型的人都能找到自我感觉,而其中管理者感觉的好坏更具有决定性作用。

16. 最危险的动物

"五四"以来,不少人力主对外国的东西采取"拿来主义",就是要用西方的现代文明来对抗中华古代传统的封闭、落后、虚伪、平庸、俗气等,以使中国人获得生存、发展的机会。但在经过了市场经济初步洗礼之后,现实生活中出现了一个不容忽视的现象,那就是拜物主义、拜金主义日渐受到推崇,成为我们生活中的一面旗帜。"物"和"金"都不是坏东西,甚至是我们走向现代所追求的东西,但是一旦"物"和"金"成为崇拜的"主义",钱成为"神",社会问题就来了。西晋鲁褒曾作《钱神论》,指出"有钱能使鬼推磨",时至今日,真是应验了。

金钱的魔鬼几乎无所不在。连我们的精神文化生活也无法抗拒市场化力量。打开电视,不管你愿意不愿意,你得接受那铺天盖地的各色各样的商品广告。尽管你不是女人,你得看各种新式的例假用品广告;尽管你不需要隆胸,你得看各种隆胸术的宣传;尽管你不需要那些奇装异服,你还得忍受那些穿着奇装异服的女人在你面前扭来扭去。不但在电视广告中,而且在你阅读报纸的时候,在你上街漫步的时候,在你打开互联网的时候……你都无法拒绝这些东西。现实生活的许多方面都变得俗不可耐,人的浅薄与庸俗也达到前所未有的程度。

国人不愿生活在欺骗中,可又自觉不自觉地在欺骗中生活。如今,假的东西已像幽灵一般在我们的社会上游荡,不仅假烟、假酒、假医、假药、假文凭、假广告、假报表打不胜打,造假币、卖假货、说假话、办假事、考试作假、检查作假防不胜防,而且作假以讨好上司,图谋升迁,不择手段制造注水肉、毒米、毒瓜子坑害百姓,昧着良心牟取非法暴利,已成为人性恶所常见的病症。许多人做起假来脸不红、心不跳,欺骗亲戚朋友得心应手,心安理得。不仅如此,甚至有人为一己之私利,不惜设计各种陷阱让他人跌落,直至置人于死地。正如德国艾科尔特野生动物园小木屋告诉我们的那样,什么是世界上最危险的动物? 不是老虎,不是狮子,推开"答案之门",你看到的是一面大镜子,镜子里的形象正是我们的尊容——人。

在这种无诚信可言的氛围下,有点思想的人,还有智者,就不愿拥挤在这条充满浅薄和庸俗的道路上。他们回头审视自己祖先所创造的文明,并从"仁者爱人"的伦理中,从"己所不欲,勿施于人"的道德中,从"君子喻于义,小人喻于利"的教导中,从"天地之性,人为贵"的人文理想中,从"四海之内皆兄弟"的亲和中,从"民贵君轻"的政治理想中,从"无为无不为"的辩证思想中,从"与天地万物相往来"的自然观中,从风、雅、颂、赋、比、兴的诗性智能中,看到儒雅而纯正的背影,或看到顺应自然的境界。为了更清晰地审视远去的中华文明,他们不得不连忙往回走,试图看到背影的正面,去领略那博大恢弘的中华古典文化的气象、精神、诗情和韵味,于是重新发现孔子入世之道,重新发现庄子出世之道,重新发现汉学的古朴之道,重新发现玄学的思辨之道,重新发现盛唐之音,重新发现宋明理学之理……神往古代和谐理想,是人们试图摆脱现代社会俗气所做的一种努力。

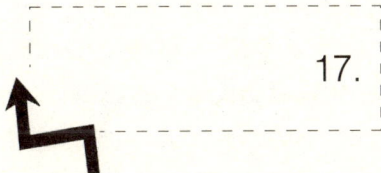

17. 美在朦胧

中国的汉字为象形方块字，中国的传统水墨画则反映了神似的传神意境，著名国画大师齐白石先生称画的真谛"妙在似与不似之间"，就是中国的楹联亦以朦胧为美。

有一次，我陪北京的客人参观浙江青田石门洞风景区，亭柱之上镌着"有门无门是为佛门，似洞非洞适成仙洞"的对联，其意境竟为同行者大为赞叹，有人说这副楹联的哲学意境与四川新都宝光寺"世外人法无定法，然后知非法法也；天下事了又未了，何妨以不了了之"何其相似乃尔！一位任职《人民日报》的吴姓学者向我介绍其揣摩太极图多年，深感其形状似两鱼首尾相接，变幻朦胧，高深莫测，美感不可言状。就是浙南雁荡山月夜观景，朦胧中的巨石，左看像老鹰，右看似猴子，前看若老妪，后看如小姐。所谓移步换景之说，实在也是一种朦胧美。

我以为，这也许是中国传统的天人合一内涵式的中庸之道在游客心里的反映。"中立而不倚"是孔子哲学思想的核心，如涉及鬼神问题时，孔子就说"祭如在，祭神如神在"，"洋洋乎如在其上，如在其左右"，没有说实在在，也没有说实在不在，只是说好像在，真是朦胧至极。

当然，中国传统思想中也包含着不少辩证的精神，如古人常说的"善战者不武，善治者不为，善言者不辩，善师者不教"，以及四川成都武侯祠的"能攻心则反侧自消，自古知兵非好战；不审时即宽严皆误，后来治蜀要深思"，就是这方面的典型例证。

而与中国人不同的是，西方人注重于定量的实证思维，从而带来了牛顿发现万有引力、瓦特发明蒸汽机，以及一系列科学技术的进步。当然，西方的这种定量的实证思维方式走向极端，就容易产生形而上学。

譬如，邓小平关于香港实行一国两制，继续保持资本主义制度50年不变的说法,西方不少人认为这是定量的概念,时限应为 1997 年 7 月 1 日至 2047 年 6 月 30 日。而在好综合、好定性思维的中国却很少有人是这样认识的,大家认为这与邓小平关于坚持党的基本路线一百年不动摇的说法一样,纯粹是长期不变的意思。至于中国人对唐代李白的"日照香炉生紫烟,遥看瀑布挂前川。飞流直下三千尺,疑是银河落九天"一类的诗句普遍作定性理解,盛赞为夸张之美,而西方则有人对江西庐山瀑布的"三千尺"和"九天"作定量研究,认为简直不可思议。更有甚者,西方有人认为李白"朝辞白帝彩云间,千里江陵一日还。两岸猿声啼不住,轻舟已过万重山"的诗句中描绘的船速,在一千多年前唐代的科学技术条件下是根本不可能的,因此诗歌要作技术上的订正。这就难怪西方经济学主要采用与数学相结合的定量研究方法,而定性的人文精神却往往被排除在经济学研究之外。

而东方这种定性的中庸思维方式走向极端,则容易产生唯意志论。1958 年"大跃进"时提出的"人有多大胆,地有多高产","不怕做不到,只怕想不到"一类的口号,以及近几年出现的"干部出数字,数字出干部"一类弄虚作假的问题也许与唯意志论有关。的确,近几年不少单位从自己的愿望、利益出发,做几本账,报给税务所的一本账数字最小,报给党政领导的最大,还有一本不大不小,自己放着看,这就叫"西红柿芋头各投所好"。这种山水画文化传统的影响,由于它边界不清晰的定性思维,给现代财政管理带来了一定难度。不仅如此,中国人出于礼仪,而不愿当众表达其真实愿望的文化传统更是不利于现代管理。比如某人到人家家里做客,主人问喝不喝茶,他心里想喝,嘴巴却说不喝,以示谦恭有礼,结果主人真的不给喝,出门后反而埋怨主人"一点也不客气",这就是中国人人格分裂的双重心理。西方人绝不是这样,他要喝就喝。有一个同事曾跟我说他抱着我们的这种传统在外国触了霉头。一天下午 5 时许,他上门拜访一位外国朋友。人家问他,吃过晚饭了?他说,吃过了。主人真的就不给吃了,让他坐在边上,他很晚才回家,饿得眼睛直冒金星,苦不堪言。

有趣的是有一次我们在埃及就阿拉伯餐。席间,餐厅经理亲赴饭桌征求意见,当时坐在我旁边的王老师如实地说吃不惯,而其他人则悄声地告诉王老师要注意影响，不要说不好，并且异口同声地说，阿拉伯餐真是太好吃了，有人还竖起大拇指，称赞阿拉伯女导游安排有方，弄得那位中文名字叫"小雪"的女导游心花怒放。既然大家都很满意，两天后女导游决定在伊斯梅利亚去苏伊士运河的路上再次安排大家都喜欢的阿拉伯大餐，一下子给每人上了一大碗汤，两盆生菜，一盆烤羊肉，两个馕，一盆饭。面对如此"量小非君子"的"粗壮"大餐，考察团成员个个眉头紧锁，望而生畏，没有一个人吃得完，连吃掉一半者都很少，大多数人都浅尝辄止，自认晦气。

后来到了南非的约翰内斯堡，华人导游小薛听说后，颇有同感地说，中国人这种"口是心非"的文化心理，根深蒂固，外国人很难理解，并以自己的两次遭遇作佐证。他说，他刚来南非上英语班学习时，白人老师经常在课堂上当众发问，课听得怎么样？其他国籍的人都如实反映了他们的意见，唯独中国学生个个说好。后来，外国老师屡次发现当面说好的中国学生在背后却说教得不好，于是他在课堂上发问：你们这样当面一套背后一套用意何在？另一次是一起从北京赴南非的中国朋友请吃饭，按中国人习惯不能空手进门，于是他们夫妇商量"礼轻情意重"，买两个西瓜去，花钱不多，也不失体面，并把这个打算事先告诉了另一位一同前往的华人朋友。结果席间那位华人朋友的白人妻子竟然把他们这个打算的原委一五一十地说了出来，弄得大家都很尴尬，那顿饭也吃得极不愉快。回家后那位华人朋友责问他的白人妻子，这种话怎么能当着众人的面说呢？他的妻子却理直气壮地说：昨天，你们不就是这样商量的吗？

不过，中国人好综合、好定性的思维方式也有其特色。例如在医学领域，西医把人体解剖得一清二楚，然后分而治之，而中医把人看成一个整体，不是头痛医头，脚痛医脚，有时声东击西，头痛给你吃胃药，亦有神奇疗效，真是不可思议。尤其是所谓针灸的经络和穴位，人体永远不可能解剖出来，似乎子虚乌有，但穴位针灸的疗效却名扬世界，不容否认。对中国人来说，诸如此类的朦胧又何尝不美！

18. 广场的沉思

　　西班牙首都马德里市格斯的亚纳大街不但古树绿草间有鲜花，两旁古建筑亦非常典雅，就是雄踞街道两侧的倾斜对楼——欧洲之门，设计也别具一格，散发着现代化的浓郁气息。街道宽阔，功能设置合理，拥有三种车道，最宽处能并排行驶 16 辆车，它们是一条主车道，两条辅车道，还有一条公共汽车、出租汽车专用道。在主车道与辅车道之间两侧，还各拥有一条绿化带和行人休憩处，形似条状公园，体现了设计师忙里偷闲看都市的科学构思，把动、静之美有机地结合在一起。西班牙真不愧是产生像塞万提斯那样写出《堂吉诃德》一类世界名著的作家、艺术家和诗人的故乡，蕴藏着无限的创造力。只有三千多万人口的国家，至今已产生了好几个诺贝尔文学奖获得者，就是有力的证明。

　　在西方人眼中，小说须具备四大要素：叙事、议论、抒情和幽默。叙事，也就是讲故事，是小说的第一大功能，可谓源远流长，中外皆然。诸如中国古代小说《西游记》、《水浒传》、《三国演义》、《封神演义》、《官场现形记》等，都源于平话，以叙事见长。而就后三大要素而言，中国小说明显欠缺。文字中长于抒情的是诗歌，中国文学也不例外，到唐诗、宋词，抒情就已登峰造极。而中国小说的抒情则往往是林黛玉式的多愁善感，议论更变成了是非分明的说教。形成这一问题的关键原因是中国小说缺乏幽默，抒情与议论则少不了幽默，没有幽默的抒情是赤裸裸的多愁善感，没有幽默的议论，也少了含蓄，而不含蓄的议论难免有是非分明的说教之嫌。这就是说小说仅有叙事，没有抒情、议论与幽默，则无异于有形体而无神韵。有人把知名武侠小说译成英文，要让西方人领略一下华夏文化的博大精深，但好像没有引起轰动。相比之下，莎士比亚的几本薄薄的剧本在世界文坛上却神乎其神。我 1994 年在英国考察时，就亲眼目睹莎翁的崇拜者从世界各地络绎不绝地前往其故居、墓地顶礼膜拜,影响之大令人称奇。

在中国,由于两千年的封建统治,尤其是历史上多次大兴"文字狱",对人们思想产生了强大的禁锢作用,所以古代中国的各种文字从来不敢越雷池一步,更无产生幽默的可能。众所周知,幽默是英语"humour"的直译,这种译法本来就不符合中国人意译的习惯,之所以如此就是因为中国压根儿没有这个对应的词儿,只好如此而已,以至发展到今日之 VCD、DVD 一类的直接引用。夸张与含蓄是幽默的常见形式,这在中国文化中并不少见。但幽默的最高境界是自嘲,而自嘲则绝不是中国的风格。古代中国人崇尚大是大非,非此即彼,哪里肯剖心自嘲。1919 年"五四"运动以后,幽默传入中国,那些从海外取经回来的文人,心慕手追,很想把它移植过来,但常常画虎不成反类犬。鲁迅是世界级的文学巨匠,大师级的人物,就新文化运动而言,真正是"整理乾坤手段",其杂文、随笔中无处不见幽默。但鲁迅小说中的幽默就很勉强,如《阿 Q 正传》《狂人日记》两部小说中有夸张,也有自嘲,但可惜太过一些,更加上主人公过于丑陋,很难勾画美感,无法引起人们强烈的认同和共鸣。中国小说中幽默最成功的首推钱钟书先生的力作《围城》。虽然小说主人公方鸿渐是那样落魄,文凭是骗来的,恋爱近似于自作多情,在社会、在家庭中自己磕磕碰碰不说,而且常常碍手碍脚,徒乱人意,但此兄并不讨人厌,即所谓哀而不伤,只是给人无尽的联想。

当我站在马德里纪念《堂吉诃德》作者塞万提斯的西班牙广场上,凝视着骑在马上玩世不恭的堂吉诃德及其牵着马的仆人桑丘栩栩如生的青铜塑像,不禁浮想联翩。中国的小说除了缺少幽默及与此相联系的议论、抒情以外,也许为艺术而艺术,缺少哲人式的作家,是今日读者与出版者对大多数小说敬而远之的根本原因之一。许多上个世纪五六十年代名闻遐迩的著名文艺杂志今日难以为继,也不能说与此无关。中国文学(包括小说、诗歌)迄今与诺贝尔文学奖无缘,除去洋人的偏见外,我们自己是不是也该反省些什么?譬如作家应该也是哲学家、史学家等等。当然,据一位来自瑞典而且研究汉学的诺贝尔文学奖的评委说,中国的作品未能获奖,翻译也是一大因素,或是没有翻译成外文,或是没有翻译好。

19. 四两拨千斤

人具有"四两拨千斤"的自然属性和社会属性。人的自然属性很简单，七情六欲，物质需要。简而言之，人是利益的动物，就是说人需要物质利益。人的社会属性，则是指有不同于一般动物的精神需求，也就是人们常说的人是有思想的动物。

古人说："家有良田千顷，日食白米一升。"一升白米重 0.75 公斤，对现代人而言，尤其是办公室一族可以肯定绝对吃不了，可见人的物质消耗极其有限，难怪那些经常赴宴者要患上厌食症，酒席上的鱼肉酒菜大多成残羹剩饭不得不去喂猪，弄得连猪都吃得太多太好醉倒在猪栏里。古人说："家有华屋千间，仅需六尺之床。"说一个人的物质需求极其有限，睡觉无非是摆放六尺床而已，何需千万间屋呢？推而广之，现代社会也无非是"家有良车千辆，只需乘坐轿车一辆"罢了。可见，仅有五官、四肢和不足一百公斤体躯的"人"，其本身的物质需求并不大，之所以渺小的需求会孵化出巨大的欲望，便是受到外部世界的诱惑，从而产生了欲壑难填的问题。

同样，人的精神需求也十分有限。有些人，你让他上个电视镜头，看个什么密级的文件，听个什么内容的传达，或在职务后面弄一个括号注明相当于什么级，他就很高兴了。清代安徽徽州一些富商巨贾不就是花成千上万两银子去买个几品官的虚衔，用来光宗耀祖，建祠立碑吗？无论是在古代还是在现代，不少人都希望能找到自己需求的一种感觉，寻找一种感觉就是人的精神需求。平时常有人说只要领导说一句好话，我们做死也心甘情愿，生动地反映了人的精神需求的重要性。

由于人的发展和创造潜力是无穷的，所以"四两拨千斤"是完全有可能的。大家知道，诺贝尔发明了 TNT 炸药，用于战争可使千百万人死于非命，用于建设可对整座山头实施定向爆破，巍峨山峰顷刻化为乌有。居里夫人对原子能的研究成果,用于战争只需小小一弹即使日本广岛、长崎两座城市毁灭于蘑菇云中,迫使日本加速宣布投降;用于和平事业可建设装机规模巨大的发电厂,成为人类最清洁的能源。人类发明和制造大型民航客机,使《西游记》中孙悟空翻一个跟斗即行十万八千里的伟大理想成为现实。同样,人类也有能力建设像纽约世贸中心这样高达420米的标志性建筑,但恐怖分子只需花小钱购买一张或数张机票,携带如刀子一类的小型凶器, 即可以极其低廉的成本劫持美国大型民航飞机撞击这座象征着美利坚强大国力的双子星座大楼,使其在一小时内崩塌为150万吨垃圾。可见,人类无论从建设能力和破坏能力来说都是适例于"四两拨千斤"的动物。

由于文化背景的不同,"四两拨千斤"的实现形式有很大差异。在西方,人人可冠冕堂皇地强调个人利益,从正面突破来实现"四两拨千斤";而在传统儒家文化笼罩下的中国,要"四两拨千斤",必须把个人利益掩盖在国家利益的名义下"曲线救国"才能实现,因为儒家文化所谓"朝为田舍郎,暮登天子堂。将相本无种,男儿当自强"和"书中自有黄金屋"、"书中自有颜如玉",强调的都是人才为天子所用的前提下鼓励个人奋斗来实现个人利益的。所以,在中国,各种改革都只能迂回而成,很难从正面突破。

20. 实用与珍贵

天下物品皆有实用与珍贵之分。实用者犹如碗、筷、瓢、勺,一日三餐进食不可或缺;珍贵者如珠宝首饰,平时大多藏匿于香妆宝盒之中,偶尔露面于社交场合,用以显示佩戴者的身份与地位。

其实同一物品由于制作材料之质地不同又何尝没有实用与珍贵之分呢? 就拿制作筷子的材料来说,最普通的是竹、木,高级的则是象牙、金、银。前者使用时不仅轻巧,而且摩擦力大,所夹之菜肴不易滑脱;后者则是好看不中用，不但沉重，而且由于表面极其光滑，所夹之菜肴常常中途坠落，以至于有人一怒之下改用竹木筷子就餐。

由物及人，亦不例外。如子女为普通从业者，平时买菜购物，照顾老人，聊天解闷，无所不为，对长辈来说极其实用。而子女大显大贵者，不仅平时无暇与长辈伴坐谈天，更无可能帮助父母购买运送柴米油盐，其中之出洋留学就业者不但长年累月难得与父母见上一面，而且还要让年迈的长辈担负起养育第三代的责任，走上"老来苦"之路；子女为官者，处于当今浮躁之功利社会，则极易犯贪贿之罪，若有朝一日东窗事发，身陷囹圄，更使父母寝食不安，应了"父做官儿享福，儿做官父劳碌"的古谚。

21. 阎王也难免

人多喜恭维。恭维有两种形式，一种是最普遍的"受人恭维"，另一种是"自我恭维"。受人恭维是连阎罗王都难以抵挡的诱惑。古代有故事说，一马屁精在人世间拍尽可拍之马，对此愤愤不平的成千上万的百姓，纷纷上书向阎罗王举报，要求给予严惩。阎罗王顺应民心，差小鬼将其锁至阎罗大殿当堂审讯。高高在上的阎罗大王，怒拍惊堂木，大声喝问："汝为何在人间干尽拍马屁之坏事？"此人连连叩首道："大王在上，人世间现在是不拍马屁办不成大事。如果像您大王那样清正廉明，我就根本不会去犯这种错误，恭请大王明断。"阎罗王一听此人言之有理，便立即决定将其释放回家。可见"天下十八省，马屁不穿绷"，阎罗王也要听好话，喜人恭维。

自我恭维，在人世间更是屡见不鲜，比比皆是。为帝王者，不是到处篆额题签，便是花费巨资建陵造墓为自己树碑立传；为臣子者不但有人沽名钓誉为自己身后留名，担任地方长官者更不惜动用公帑大兴政绩工程；当今社会弄虚作假，谎报成果，让恬不知羞的文人墨客替其打造光辉形象更成了挥之不去的痼疾。

不过，在中国数千年历史上却有人反其道而行之，唐高宗李治的皇后——武周皇帝武则天是其中之典型。她在临死前将帝位归还李氏，并嘱咐立无字碑于墓前，让后人自行评说。

还有一位在家庭身世上不喜自我恭维的皇帝便是明太祖朱元璋。朱元璋在元末起兵，夺取政权建立大明王朝后，即为其早年死去的父母在家乡中都(今安徽凤阳)建了一座皇陵。陵墓将成之时，他指示翰林院侍讲学士危素撰一碑文。文成呈报，朱元璋一看通篇为吹捧恭维之语，不足为后世子孙诫，于是亲自动手撰写《明太祖御制皇陵碑》。全文叙述他贫苦的家庭出身，坎坷的人生经历，元末农民大起义的历史背景和他投身义军出生入死，东渡大江，统一全国的简略过程，文字通俗易懂，感情真实丰富，读起来铿锵有力、脍炙人口。如此自揭家底、以苦为训来教育后代的国家领导人在中国历史上极为罕见！此碑文成了明朝历代继承皇位的朱元璋子孙"忆苦思甜，永不忘本"的必读圣训，也是后人研究朱元璋的重要历史资料，因为它从一个侧面反映了贫苦农民掌握政权以后发自肺腑的心声，似一曲雄壮的交响乐，回荡在中国广袤的大地上！

22. 变通溯源

中国传统哲学是中庸之道，提倡"天人合一"，是一种定性的思维，适于文学创作，不似西方定量的实证思维，适于科学实验。正如一位科学家所说："科学是把糊涂的东西弄明白，文学是把明白的东西弄糊涂。"

与中国人欣赏山水画的朦胧美相似，中国自古以来即以善于"变通"为荣。因此中国古代法官运用法律也只是为了达到某种社会、政治目的，甚至成为证明法官个人能实现某种程度上的安定、和谐的一种手段。如果有其他手段、其他方法能实现这些终极目的，法官或其他执法人员就可以把法律置于脑后。传统法律文化很早就抛弃了战国时法家所提倡的"不急法之外,不缓法之内","以死守法者,有司也"之类的观念。

没有了机械的执法观,法律对于执法者来说也就不再是死的绳墨,而是一根可以灵活应用的橡皮筋。进而言之,还可以直接运用法律以外的手段,援引法律之外的规范体系。从现代法制眼光来看,这简直是不可思议的怪圈,而在中国传统社会中却是为人们所欣赏的一种富有才智的表现。所以清代师爷研究法律、精通法律的目的在于规避法律,活用法律,以达到避重就轻,化死为生,替自己积善积德,图来世好报应。为了能够做到这一点,刑名师爷除了读律之外,还要读书,以便用经义来判断案件。因为引经断狱一直是中国传统法律文化所认定的司法审判的最高境界。

例如,乾隆三十三年(1768年),浙江乌程县(今湖州市区)冯某无子,而本宗兄弟中也没有子侄辈可以继嗣,于是就过继了一个本宗姑妈的孙子、冯某的姑甥为继子。冯某去世后,继子继承了冯某的家产。可是同乡另一姓冯的人出来争论,说冯某的继子是异姓,不得为嗣,应该由自己的儿子出继冯某。按清代法律,异姓确实不得为嗣,异姓男孩只有在3岁以下时已被收养,才可作为养子承继。不过打官司的那个姓冯的与死去的冯某并不同宗,按清代法律规定,无子者应选择同宗晚辈亲属承嗣,并没提到同姓不同宗之人是否能承嗣。为此,这桩案件成为一桩疑案,双方缠讼多时。乌程县前任知县判争继方败诉,而争继的这一方败诉后上控到湖州府,湖州府则判争继方胜诉。冯某的继子进一步上告到道台,道台把此案又发回乌程县重审。

新任乌程蒋姓知县与汪姓师爷商量如何能使此案完结。汪姓师爷起初也觉得很难下判决,特别困难的是在判决后使双方不致再上告,因此,一定要找到过硬的理由使案件不能再翻过来。于是他从宋代理学家陈淳的《北溪字义》一书中找根据。根据这本儒学名著对于亲属的解释:"亲重同宗,同姓不宗,即与异姓无殊",争继方虽同姓,但不同宗,实际上与已继方的身份没什么不同,都算是异姓,都没有什么优先的地位。而已继的姑甥虽异姓,却是冯某亲自选择的,冯某本宗也都承认,可以作为继子继承全部家产,他人不得争继。

此批一出,果然使争继者哑口无言,不敢再上告要求翻案,一桩疑案至此了结。这位叫汪辉祖的绍兴师爷此后名声大振,被人尊称为"江南名幕"。

23. 罪与非罪

　　央视热播的电视剧《大宋提刑官》精彩地展现了提刑官宋慈高超的破案技巧和绝妙的法律推理,而中西司法理念的截然不同在其中可见一斑。

　　故事叙述作为大宋朝廷派遣四处察访冤狱的提刑官宋慈到达太平县察访时,发现曹墨见色起意杀人案疑点极大。诸如曹墨在情急之下开口喊冤;对于死者的尸检只是简单的一句不足为凭的刀伤致死;作为杀人证据之一的血衣却是夏天不会穿的棉袄;受害人妻子不顾杀夫之恨却照顾犯罪人的母亲。鉴于中国传统司法理念是有罪推定,实行"宁可错杀一千,不可一人漏网"的专制原则,面对如此重大疑点,宋慈也只好暗暗摇头,不敢立即提出重审此案,只能是暗中察访,直到获得有力证据抓住"真凶"才为曹墨平反。

　　在西方类似情节的电影《十二怒汉》中,由于西方司法贯彻无罪推定和排除合理怀疑的原则,在制度上便根除了可能发生的冤案。故事叙述一名年仅18岁的青年,被控在夜深之时杀害自己的父亲。法庭上提供的证据也极具说服力:居住在对面的妇女透过卧室及飞驶火车的窗户,看到被告举刀杀人;楼下的老人听到被告高喊"我要杀了你"然后就是倒地的声音,并发现被告跑下楼梯;刺进父亲胸膛的刀子和被告人曾经购置的弹簧刀一模一样,而被告声称从午夜11点到凌晨3点之间在看电影,却竟然说不出电影的片名。面对如此充足的证据,12个陪审员中只有一个人认为被告可能是冤枉的,因为西方有着"宁可错放一千,不可一人冤枉"的法律精神,仅仅一个人的合理怀疑,就可使案件不断审理,最终使这个青年无罪释放,避免了一场冤案的发生。

　　虽然这两个例子中,正义一样得到了伸张,但两者有着中西方司法理念本质上的区别。中国传统司法的审判过程是证明嫌疑人的清白，而不是证明嫌疑人有罪；西方的司法则反其道而行之，将犯罪嫌疑人置于受保护的境地，必须有充分的证据才能将嫌疑人定罪。因此，在中国传统司法环境里，不出冤案只能依靠清官主持下的"人治"，或同时依靠犯罪嫌疑人及其亲属自己拿出有力的证据"自证清白"，后者在清末"杨乃武与小白菜"冤案平反中表现得最为淋漓尽致。而西方司法不出冤案靠的是无罪推定的理念及其法律制度做保证。湖北京山佘祥林杀妻案冤坐监狱 11 年，直至其妻重新露面才被释放；湖南怀化滕兴善因所谓杀人碎尸案被枪决 4 年后，"死人"重新露面，司法部门仍不昭雪，直至 16 年后媒体披露才引起人们的重视。这一类的事件很难在西方的法律环境中出现。可见，具有五千年文明史的中国，要走向真正"以人为本"的现代国家，任重而道远！

24. 贫富与审美

　　东方人和西方人在如何对待贫富与审美问题上有着巨大的差异。由于产生于 16 世纪基督教宗教改革的新教教义既提倡人们积极创造财富，争取成为上帝的最好选民；又提倡平等和节俭精神，要求富有者过简朴生活，从而使整个社会对贫富的认识有了革命性的转变。尤其在当今信仰新教推行社会福利制度的西方发达国家，富有者富不傲穷，穷困者也穷不妒富；富人收入多，缴税也多，穷人收入少，缴税也少，并没有富人因为地位显赫而拥有少缴税的权利。在日常生活中，富有者既不会显山露水、招摇过市，穷困者也不因贫穷而自惭形秽。即使我们在大街上认真察言观色，亦很难从衣着和行为举止上准确判断一个人是否有钱，因为他们几乎个个文质彬彬、气宇轩昂，很难用中国人穷富显于形色的标准加以判断。

　　而在儒家等级文化统治下的中国，由于历来提倡出人头地，光宗耀祖，凡发财者非得招摇过市不可，不仅要衣冠楚楚，更要前呼后拥。在街上，一看那高昂着头颅，大腹便便，前呼后拥者，不是有钱人，便是为官者。因为特别渴望衣锦还乡的中国人，一旦有钱有地位了，就非得让人家知道不可，否则便是锦衣夜行，谁都不知道，岂不是白富、白当官了！

随着西风东渐，中国人的审美观发生了明显变化，他们不仅一改旧习，对自古放任自流的树木花草开始动手修剪，而且在新建的高速公路上对所种植的树木花草几乎达到了无所不剪的程度。至于对人们思想的修剪则随着社会的进步有所放松，从 2002 年开始还公开提出了"以人为本"的口号，这不仅是对千百年来"以道为本"、"以理为本"的儒家思想的反思，也是对公民权利的尊重，尤其是《行政诉讼法》的实施，更体现了一种平等精神。少修剪人们的思想，多修剪树木花草的审美观已逐渐成为时代不可阻挡的潮流。

25. 人文知识和人文素养

人生活在历史中，也生活在理想里，更生活在现实中，因此人需要有别于动物的人文知识和素养。人文既是具体的，也是抽象的。"人"是有思想的动物，"文"是人的思想反映，是人类温饱解决以后的产物，其外现为知识，内化为素养，两者合而称之为"人文"。

人文，作为学问可分为文、史、哲三大部分。"文"为文学，它使看不见的东西被看见，甚至还能使简单的问题复杂化。譬如通过它的描绘，让你看见溪畔湖滨，随风摇曳的柳树在水里婀娜多姿的倒影，这个倒影便是文学。"哲"为哲学，作为使人聪明的学问，它使你在思想的迷宫里认识天上的北斗星，明辨方向，从而有了走出迷宫的可能。"史"为史学，犹如古代的驿道纤路，它有特定的起点和并不孤立的相关关系。史学让人们明白，人不是从天上掉下来的怪物，而是从有着特定出发点和千丝万缕关系的历史中走来的有思想的动物。

人类永无止境的欲望,使人类社会成了一个充满矛盾的组合体,作为其成员的每个人又有着各自的欲望和由此而来的烦恼。为了摆脱这种接踵而来且千差万别的烦恼,人们通过无数次的大彻大悟,才创立了人文知识和解脱人生烦恼的灵丹妙药——人文素养。因为,有了文史哲的修养,人们便会明白从历史中走来的人类社会,几乎每个人都活在烦恼的迷宫中,唯有哲学才能使自己走出一个又一个的不可避免的生活迷宫,而想象力极其丰富的文学,则能引领我们的心灵,走进梦幻般的港湾,寻求理想的庇护。让我们每一个人都能明白如何让历史告诉未来,让自己在理想和现实中享受美好的人生!

　　然而人文素养并不等同于人文知识。从严格意义上来说,人文知识是外在的,人文素养则是内在的,它是知识内化为人们意识的结果,也是知识转化为心灵内涵的反映。因此,有了人文知识的人,不一定都具备人文素养,反之,有了人文素养的人,一定会有人文知识。只有具备相当人文素养的人,其举手投足、谈吐思维才会呈现出高人一筹的文雅与豁达。

人生是
单程旅行

RENSHENG SHI
DANCHENG LÜXING

1. "是"人与"做"人

在英国曾发生过这样的事：一位英籍东方血统的大学生在一家知名的会计师事务所实习，所长见此人业务水平不错，便动员他报名参加当年的全国注册会计师考试。此人只怕公开去报名万一考不上会被人耻笑，便推说今年做准备争取明年去考，而实际上他却悄悄地去报了名，结果发榜时竟然一举高中。这时激动万分的他便兴奋地到所长处报喜，所长不但不表示祝贺，反而告诉他不能接受他来所就业的要求，因为他太做作了——作为全国知名的会计师事务所，接受的是具有健全人格的人。

听完这个故事，中国会计界一个访英代表团的全体团员几乎无一例外地对这位大学生深表同情，因为在中国，这样谦逊又不事张扬的人属于善于做人的人，唯有大力表扬才对，哪有拒之门外的道理。其实这两种截然不同的认识来自东西方不同文化的差异。

西方文化源于希腊文明。由于古代希腊人生活在地中海之滨的多山地区，居民大多以捕鱼和狩猎为生，个人的技能和奋斗精神在征服自然的谋生中起到了举足轻重的作用，从而使人们产生了极强的个体意识。他们普遍认为先有个体，后有群体，群体是由一个个单独的个体组成，没有这些单独的个体就没有群体。因此，只有每个个体都自由发展了，群体才会发展；只有每个个体的利益都满足了，群体利益才会有可靠的保障。也就是俗话所说的各人都把自己的门前雪扫干净了，也就不会有他人的瓦上霜劳驾你去操心了。既然西方文化把人首先看成是人格独立的个体，那么群体就不是天然存在，而是人为的组织，即通过契约将诸多的个人组织起来才成为群体的。这种契约既有商业契约、婚姻契约，也有上升到全民契约的法律。在契约面前，任何个人都有权利，也都承担相应的义务，诸如夫妻关系、邻里关系、租赁关系、上下级关系，甚至基督教里人与神的关系也是这种享有平等权利的契约关系。

中华文明源于黄河流域的农耕文化，从上游到下游的水利灌溉，既需要处理上下游之间的自流灌溉关系，也要处理同一平面之间水量的分配关系，为此，商周时代的政府就把农民组织起来耕种井田。其办法是8户成一井，并开沟引水，当中一块土地为公田，由8户人家联合耕种，收获后归公家作为税收上交，周边每块同样面积的土地为私田，分别由各家各户自行耕种。每块地的面积在商代为70亩（每亩约相当于今0.2亩），周代为100亩，这种平均主义的集体耕作方式及其上下游水量分配的权威，使人们自然而然地形成了集体主义的群体意识和崇拜权力的仆从习惯。因此，中国文化认为，先有群体，后有个体，群体是天然形成的，个体是群体的一员，一个人不能脱离群体而单独生存。打比方说，人力大不如牛，行速不如马，而牛马为我所用；牙锐不如豹，爪利不如虎，而虎豹无奈我何。究其所以就在于人能"群"。众口铄金，众志成城，一根筷子一折就断，一把筷子却拧不弯。所以，只有群体存在，个体才能生存；只有群体发展了，个体才有出路。而群体又以遵守秩序、和顺共处的家庭为单位，于是自然而然地产生了社会家庭化的儒家学说，即国只是家的外延和放大，治国如治家，从而使"君为臣纲、父为子纲、夫为妻纲"和"尊尊亲亲"成了根深蒂固的道德规范。这种缺乏"自我"的人格组成中包含着很大的他人成分，强调"做"一个人而忽略"是"一个人。"做"一个人与"是"一个人是两个截然不同的观念。

在"个体意识"发达的基础上产生的西方文化强调"是"一个人的人格独立性。他们认为，"是"人就要首先面对自己，使自己以本来的面目在世人面前展现，在世俗关系里保持人格的完整性与独立性。而"做"人犹如演戏，是为了别人才去表演，"做"一个人的角色，意味着社会公众对自己的看法比自己对自己的看法更重要。强调"做"人是人格不独立不完整的表现，讲究"面子"与"人品"，追求价值的取向注重的是外在的而不是内在的东西。所谓"面子"是摆给别人看的；所谓"人品"那也是给别人品评的。如此"做"人，就要学会"察言观色"，下级对上级不仅要看"眼色脸色"行事，还要学会揣摩意图；对"有头有脸"的人就需要给足面子，即使他错了也不能使他丢面子;平时"做"人很在乎人家怎么说,惧怕自己的行动会"贻人口实"、"留为话柄"、"引人非议",甚至怕在别人眼中"有点出格"、"太不像话"等等。

由于"个体"被弱化,独立的人格很难形成,逆来顺受被当成美德,口是心非被推崇为有修养,个体对自己的权利抱无所谓态度。这种自我压抑的人格认为吃亏就是占便宜,任人利用、摆布与控制是有觉悟的表现。没有独立人格的个体组成的群体犹如一盘散沙,人与人之间仅靠世俗人情建立关系。这在熟人圈子里尚有一定约束,长幼尊卑分明,一般不敢胡作非为;在圈子外面则"宁可我负天下人,不可天下人负我",露出一副霸道嘴脸,如在公共场所只要是熟人,便客客气气争着买票付钱;若是生人,则斤斤计较,分文不让,哪怕稍微触碰了一下也会大发雷霆,出言不逊,甚至还会拳脚相加,引发事端,以显示自己不可一世。至于社会公益活动,除非单位或政府组织,个体根本不感兴趣。社会道德感低下,甚至在别人没有看见时,竟敢干包括随地便溺、高楼扔垃圾等不文明行为在内的种种丑事。在紧急关头,首先想到的是社会对自己的照顾和安排,而很少想到自己要主动和自律,对社会对群体以及人类生存环境缺乏应有的负责精神,与张扬个性、提倡平等竞争、实现个人价值的市场经济精神更是背道而驰。

在全球大多数国家认同并推行市场经济的历史性时刻,从计划经济向市场经济过渡的中国,有必要正视传统"做"人文化的缺陷,大力提倡"是"人文化,促进主动和自律的公共精神在神州大地的普及与发展。

2. 不可避免

人生是一个过程。婴儿在人们的笑声中哭着出生,老人在人们的哭声中微笑着离开人世。

从出生的第一天开始,婴儿就攥紧拳头收起小腿下决心征服自然,并常常被望子成龙的父母取为"征宇"、"天志"一类的豪壮名字。但在度过数十个春秋、经历过无数风雨和劫难后，人才慢慢领悟，自然是无法征服的，包括人的生命在内，只有顺应自然才能在世上占有一席之地。所有的人在临终之时，都本能地将早已逐渐松开的拳头完全摊开，两腿一伸，撒手西去，将自己完全融入自然之中。这种"生不带来，死不带去"的历史进程，任何人概莫能外。就连佛祖释迦牟尼都不能幸免，只不过他不像皇帝那样叫驾崩、大行，也不像重要人物那样叫逝世、仙逝，更不像庶民百姓一样叫死亡、故世，而是叫涅槃，意味着解脱与安乐。

在短暂的一生中，有的人充满了幸福，有的人则历尽了苦难。诚如人们所知，幸福的家庭都是相似的，不幸的家庭则各有各的不幸，例如突遭飞来横祸而死亡就是一种典型的不幸。2001 年 9 月 11 日，作为人类建筑科学成果之一的美国纽约世界贸易中心两座 110 层 420 米高的摩天大楼，突遭由劫机的恐怖分子驾驶的美国波音民航飞机的撞击而在一小时左右里先后坍塌，遇难人数逾 3800 人，那些瞬息之间失去亲人的家庭有90%以上连亲人的尸体都找不到，其痛苦又是何等深重！人生无常，谁会想到集美利坚智能、勇气、财富于一身的世贸双子星座大楼会瞬间崩塌，成为 150 万吨垃圾的废墟？而随之而来的巨大的生命毁灭，又震碎了多少人的心！

可见，生与死既远又近。人生在世，任何人都要有正确的人生观，也要具备正确的生死观。没有随时随地准备死、千方百计争取活的精神，是很难应对苦难和死亡的突然来临的。

3. 性格决定命运

凡喜垂钓者皆知，若钓上性格急躁之鱼，离水不久便在不断跳跃中死去；而钓上的若是性格沉稳之鱼，略跳数次便偃旗息鼓，在宁静中保存实力,不但当时不死,甚至数天以后还能存活。急躁者多为在水面浮游之鱼,沉稳者则多是生活在江河湖泊底部之鱼,甚至是成日在污泥中钻营的泥鳅。由此可见水生动物的性格与命运有极大关系。

鱼类如此,人类也不例外。只不过人类具有鱼类所不具备的思想,所以性格决定命运的涵盖面会更大一些;除了沉稳的正面例子以外,反面的例子不但有急躁,还有骄傲、感情用事、恼怒、轻率、事必躬亲、多疑、心胸狭窄等等心理弱点致死的事例。我们以"三国"部分著名人物之死为例即可知其大概。

例如关羽熟读兵书,武艺高强,却死于骄傲。在蜀汉军事集团里除了刘备、诸葛亮、张飞、赵云尚在他眼中,其余之人,连老将黄忠他也瞧不起,在集团之外,他更视若无人。当年孙权有意与关羽结好共破曹操,派诸葛瑾向关羽求亲,关羽勃然大怒:"我虎女安肯嫁犬子!不看你弟(指诸葛亮)面,立斩你首。"将诸葛瑾逐出。被关羽的傲慢激怒的孙权,决计联合曹操共取荆州,关羽最后败走麦城,为孙权所害。蜀主刘备则死于感情用事。他为了替结拜兄弟关羽报仇,不惜以 70 万大军贸然出击,因不懂军事被陆逊火烧连营 700 里,大败而逃,病死在白帝城。张飞则死于暴躁。关羽走麦城死后,刘备准备统率大军伐吴,深知张飞暴躁的刘备行前特意叮嘱张飞:"我素知你酒后暴怒鞭打士兵,此取祸之道,今后务宜宽容,不可如前。"张飞却本性难改,回到帐中下令三日之内置办白旗白甲,三军挂孝伐吴。第二天部将范疆、张达向张飞请示宽限几天。张飞却大怒,把两将缚在树上,各鞭打五十。鞭毕,以手指之曰:"来日俱要完备!若违了限,即杀汝二人示众!"两人被逼,趁张飞酒醉沉睡杀死了张飞。庞统一向追逐名利,最后死于斤斤计较。他为了与诸葛亮一争高低,妄加疑忌。当诸葛亮写信提醒他谨慎用兵时,他却认为诸葛亮是不让他成就取西川的大功,结果轻率用兵,在落凤坡阵亡。诸葛亮是一位智者,但有着事必躬亲,不肯大胆放手给部下的弱点,因此军旅劳顿,积劳成疾,54 岁便撒手西去。

在曹魏军事集团中,多疑是曹操突出的心理弱点。他不但轻率杀掉忠心练兵的水军都督蔡瑁、张允,而且还杀掉了为他治病的名医华佗,导致头痛病发作无人医治而死。当时曹操杀死华佗的理由只是由于华佗坚持要曹操接受手术治疗(即先饮麻沸汤再用利斧砍开脑袋,取出风涎的治疗方法)以及称赞关羽刮骨疗毒面不改色的英雄气概而引起他的疑虑而已。魏国司徒王朗在两军阵前被诸葛亮百般嘲弄,万般挖苦,无地自容时,急火攻心,当场大叫一声落马而死,乃是心理素质不足,容易恼怒所致。

对孙吴军事集团中的大将周瑜,诸葛亮深知其有着妒忌心强烈、心胸狭窄的致命弱点,便动脑筋使之"三气",最后将周瑜活活气死,可怜周郎临死前还大叹"既生瑜,何生亮"。

由此可见,一个人要了解自己的心理弱点,时时警醒,保持自知之明十分不易。古往今来,多少英雄人物在位卑职下时尚能保持清醒头脑,而一旦位极人臣,鞍上马下被人前呼后拥,阿谀奉承之言不绝于耳时,就容易忘乎所以,甚至为所欲为了,以至于在思想与行动上,不但避免不了心理弱点,而且还将其无限放大,闯过大风大浪的历史人物,却在小河沟中翻了船,走上了多舛的命运之途。反之,历史上能够从教训中平复浮躁保持沉稳性格并且取得成功的大人物亦有典型。最著名的要算春秋时期在位长达 43 年之久被孔子称道为"正而不谲"、孟子讴歌为"五霸桓公为盛"的齐桓公。他于公元前 685 年接位之初也曾有过血气方刚的短暂冲动,企图依靠武力一举确立齐国的霸主地位,汲汲于"欲诛大国之无道者"。可是,他的热情之火很快便让长勺之战齐军惨败所浇灭。在那场决战中,他一向引为自豪的强大齐军居然让曹刿率领的鲁国军队杀得丢盔弃甲。自此以后,齐桓公重新恢复了沉稳的心态,改急取冒进为稳重待机,变单凭武力为文武并举。正是这种稳重的性格,使他在迁邢、存卫、救助周室等事件中都取得了投入少收益大的效果,尤其是在邢国、卫国遭受戎狄的攻击时,他答应出兵驰援,却不立即行动,而静观待变,当局势明朗,邢、卫两国已被戎狄攻破时,他才出兵,这样齐军既未遭受损失,又获得抗击戎狄拯救危难的美名。正反两方面的例子无非说明,性格决定命运包蕴的是人们通常所说的性格与命运之间的辩证关系。

4. 命运与心态

　　人在自己的哭声中降生,在别人的哭声中离去。从出生到离世,弹指一挥间。欢乐与痛苦,成功与失败,哪一个人都在所难免。例如,人们都想做一番事业,都想取得成功,尽管有人经受了无数痛苦的煎熬,洒尽了艰辛的奋斗血汗,而到头来却与成功擦肩而过。因为,成功的概率和个人的付出不一定会成正比,成功有很大的偶然性,命运之神永远不会那么公平。有一些人能够成功,而另一些人恐怕穷其一生努力奋斗,仍然是两手空空。由于每个人的命运不同,有的人一生过得非常潇洒,享尽人间乐趣,在他们的眼中,人生非常美好;有的人一生过得穷困潦倒,历尽人间苦难,在他们的眼中,人生痛苦不堪;而绝大多数人的人生则介于两者之间,波澜不惊,过得平凡而寻常。

　　人们常将"命运"两字合而为一,其实"命"与"运"各有千秋,生于富贵之家与生于贫贱之家乃是"命"之不同,若末代帝王之被杀被废黜乃是"运"之不佳,如五代十国南唐之李煜生于帝王家乃命好成了一国之主,但惨遭亡国成后主乃运气不佳;而清末黎元洪在武昌起义时被蒋翊武等人从床底拖出就任鄂军大都督,结果中华民国成立后又成了副总统直至大总统乃为运好。可见命与运既有联系又有区别。

　　尽管谋事在人,成事在天,努力不一定都能成功,但不努力是一定不会成功的。这就意味着任何人都不能守株待兔,不但要发挥自己的主观能动性,有所作为,努力奋斗,还要勇于面对不成功的痛苦。

　　人生在世,几乎都在理想和现实之间生活,因此形成了人生的双重性:现实的人生和理想中的人生。在理想的人生中,你可以尽情展开想象的翅膀,天马行空:既可以当高官,也可以当富翁;既可以和心中的白马王子共度良宵,也可以和梦中的情人一起漫步;既可以和心上人一起纵情欢歌,也可以和你的亲朋好友一起周游世界。而现实的人生,却不尽如人意。它总是那么严峻,吃喝拉撒睡,油盐酱醋茶,哪一样都要操心,哪一样也不能缺;它总是那么烦恼,不但要面对许多人情世故的应酬,又要面对流言飞语的攻讦,还要为了生存而不停地奔波;它总是那么责无旁贷,日复一日的工作有着无尽的创新压力,家中的老人和孩子需要照顾,亲戚和朋友需要帮忙。闭上眼睛想一想,我们就像一架上了发条的机器,一直不停地转动。

欢乐与痛苦恰如一对孪生兄弟,紧紧伴随着我们苦短的人生,这就要求我们随时随地学会让自己心情灿烂,保持良好的心态。

首先,做过的事不要后悔。经常可以看到不少人自怨自艾,为曾经做过的错事后悔不已,为过去的事而消沉,为过去的事而落魄。世上永远没有后悔药,世上如果真的有后悔药,那么许多人不惜花费千金也要购买;时光也永远不会倒流,如果时光倒流了,那么历史将会重新改写。过去的就让它过去吧!痛苦其实也是一剂良药,与幸福相比较而存在。

其次,要心情愉悦,这是一个人修身养性的根本。心情愉悦,人就会神清气爽,精力充沛,人际关系和谐,工作效率提高。烦恼、忧伤不仅会搅乱一个人正常的工作生活,而且还影响人的健康,日久成疾,种下隐患。很多癌症和心脑血管病都和生气、郁闷的心情有着直接的关系。更确切地说,持久的坏心情就是人体健康的杀手,就是击垮健康的罪魁祸首。一个睿智的人,就会让自己保持乐观平和的心态,让心情时刻灿烂如晴空。烦恼、忧愁欺软,你越惧怕,烦恼越多,忧愁越深。不把苦难当回事,不把磨难当成苦,知难而进,以苦为乐,不仅是战胜坏心情的良方,也是人格升华的妙药。

最后,一个人,不但要让自己心情好,还要让别人的心情好,这既是责任,也是修养。千万注意:既不要把家里的烦恼带向社会、带到工作单位;也不能把工作上的烦恼,带回家庭。有的人在家余气未消,到单位对同事乱发脾气,势必降低自己的威信,破坏融洽的同事关系。同样,有的人工作烦恼无处发泄,竟然将家庭成员当成发泄的对象,不仅使自己的烦恼升级,而且也破坏了和谐的家庭氛围。如果有老人,更不应该把不愉快的心情传给老人，使长辈折寿。

面对欢乐与痛苦，能做到宠辱不惊，去留无意，始终保持灿烂的心情，是个人生命质量的保障，也是个人修养与人生艺术的象征。只要我们以良好的心态，让自己心情灿烂，一定能排除烦恼，建立融洽的同事关系，营造温馨的家庭氛围，培育浓郁的亲朋情感。

5. 厚葬之祸

作为帝王，不少人都想以拥有特殊权力和财富来炫耀自己，所以薄葬很难普遍和持久推行；而人是利益的动物，发丘盗墓在客观上也不可能完全制止。就拿清代诸陵来说，在清入关后存续的 268 年间，陵区设有皇帝近支宗室或王公大臣担任的守陵大臣并兼驻地军队总兵，较好地起到了保护皇帝陵寝的作用，但在改朝换代以后的民国时期就无能为力了。

1928 年，军阀孙殿英垂涎清代帝后陵的大量珍宝，以军事演习为名，赶走守陵人员，切断交通联络，于深夜用炸药炸开慈禧太后陵和乾隆皇帝裕陵的地宫，将陵内随葬的珍宝大部劫去，然后军队立刻开拔，逃之夭夭。其后当地盗墓贼又乘机蜂拥进入地宫寻抢遗漏下来的珍宝，致使两陵被洗劫一空，损失惨重，尤其是乾隆地宫进深 54 米，总面积 300 多平方米，其随葬品不仅数量可观，而且十分珍贵。清东陵盗墓案发生后，新闻媒体迅速披露，轰动中外。居住天津的末代逊帝溥仪亦多次致电蒋介石、阎锡山，要求严惩首犯孙殿英。而孙殿英为逃避惩罚，早已将珍宝分别贿送当局要员，摆平了各方关系，从而得以从轻发落，逍遥法外。

1938 年，陵区附近的一些不法之徒又密谋策划盗挖了清西陵光绪皇帝及其宠妃珍妃的陵墓地宫，并窃走了东西两陵中地面建筑内原有的大量御用金银器皿。驻防河北滦州的北洋军阀唐文道所部甚至将东陵近千棵二百多年的古柏尽行盗伐，以牟其利。其实，不仅在民国出现军阀拥兵盗墓,早在三国时期曹操就为了增加财政收入公开成立盗墓的"发丘"部队,其司令官称为"发丘中郎将",相当于现代之师长,下属之"摸金校尉"则相当于团长。

世上无永恒不变之事物,在人类的历史长河中,任何人想长生不老,图谋永久地占据权力高位,永久地享受荣华富贵都是不可能的,哪怕在"盖棺论定"的死后亦只能得逞于一时,不可能垂之永久。乾隆、慈禧、光绪陵墓被盗就是活生生的教训,至于一生的是非功过更非一块碑文就能左右人心,定鼎历史。对人生有更深刻领悟的现代人,身后将骨灰撒于江河大地,埋于绿树丛中,让矗立于天地之间的无形之碑来展示人生过程,评价人生功过,也许比武则天当年有形的无字碑更彻底、更有意义!

6. 相通的人与自然

既然人从大自然中走出来,人应该与大自然相通,甚至有着相似的表现和规律,譬如母亲保护孩子、眼皮保护眼珠的护卫意识和既为官又为民的双重性,自然界中是否有同样的物理现象呢?

我从儿时开始对此就十分感兴趣并希冀寻找其中的相似事例,以求证明。但由于知识和阅历的缺乏,起先没有什么进展,后来,从自然课中终于知道我们日常生活中极为常见的水便具有保护水生生物的功能。几乎所有物质都遵循热胀冷缩的规律,即随着温度的升高,比重不断减小,反之,比重不断增大,唯独水在摄氏 4 度时是一个例外,比重最大。据说其之所以如此是水为了在冰天雪地的日子里让江河湖泊比重最大的水能沉入下层,而使低于摄氏 4 度的水体,能浮在上面并在气温降到摄氏 0 度以下时用结冰的方式封住水面,使下层水体至少保持摄氏 4 度,以保护水中的生物免于冻死。这种自然界互相保护的奇妙现象与人类之间的相互保护具有异曲同工之处。

后来我与一位陈姓物理学家由此及彼还谈及自然科学与人的双重性问题。他说光既是粒子又是波,具有典型的双重性,但认识这个双重性,人类几乎花费了两个世纪。最初,大科学家牛顿在1704年出版的《光学》一书中说光是粒子,后来同时代的惠更斯挑战牛顿说光是波。1801年,托马斯·扬用光栅的绕射实验证明了光是波动,1864年,数学家马克斯威尔用数学证明了光是一种电磁波,1887年,赫兹在实验室里发明了振荡器,发射出电磁波证实了光的波动学说,几乎否定牛顿的粒子说,19世纪末,光电效应的实验又使粒子说抬头,1900年,普朗克提出了光量子学说正确解释了光电效应,使人类统一了光既是粒子又是波的双重性认识。

作为人,同样有双重性,每个人既为人父(母),也为人子(女),子女和父母都是相对而言的,与光的粒子和波一样,仅仅是不同过程中的不同表现形式而已。如年少时为人子女而年长时又有可能为人父(母),倘处理不好则会产生错位,有失身份。而对当官者来说同样也有双重性,既为官也是民,当官仅仅是人一生中的中间一段。如果为官者对这种双重性没有认识,自以为是,颐指气使,便会被人耻笑,更惨的是一旦失去职务更会产生严重的失落感,不仅会影响精神状态,甚至会影响健康,缩短寿命,有百弊而无一利,还不如好好向光学习,自觉地扮演好不同时期、不同场合下的粒子和电磁波的不同角色。

随着年龄增长、自然科学知识的积累,我逐渐对许多西方名人既是大科学家又是基督教徒的双重性产生了兴趣,但一直百思不得其解,直到有机会读过德国哲学家费尔巴哈所撰写的《基督教的本质》一文后,才明白,西方人广泛信仰的基督教认为上帝的本质就是人的本质,它把神当做人的理性化身,而理性是不能不探求真理的,所以许多虔诚的基督教徒同时又是大科学家,这是不矛盾的。难怪一位诺贝尔奖获得者曾告诉人们,自然科学溯源可至哲学,哲学溯源可至宗教。同样,西方经济学溯源即为伦理学和哲学,伦理学和哲学溯源亦直达宗教。

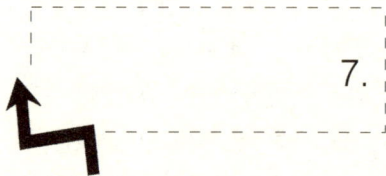

7. 羁縻

古人将用以控制马行动的马络头称为羁，用以控制牛行动的牛缰绳叫做縻，两者合而称之为羁縻，即控制牛马行为之意。牛马是吃苦在前、享受在后的典型，人们对生活之苦常用"牛马不如"来形容；对高山仰止、景行行止的德行及才学，人们常以"门下牛马走"来表达其仰慕之情，如清代郑板桥以"青藤门下牛马走"来表达其对明代文人徐渭才学的仰慕。可见牛马对于人是何等重要，在农耕社会更是不可或缺的动物。正因为重要，就有一个联系和控制的问题，人对牛缰马络的羁縻手段便显得必不可少了。

牛马受人羁縻，那么人又受谁之羁縻呢？人是利益的动物，其趋利性就决定了人必然受名利羁縻。"利"是物质享受，任何动物对利益都会趋之若鹜，只不过人具有修养，表现得更加蓄罢了。有报载，有些接受了不义之财的官员，老板一个电话就随叫随到，比哈巴狗还听话。趋"名"则是人类有别于其他动物的一个特点。有些人哪怕只要给他一个名义，他就可以不怕风吹雨打，拼命工作。若在他的职务后面加上一个括号，就会感激涕零，为了求得相当于某某官衔的职称不惜日夜奔走，托人说情，以求一逞。在功利心炒得火热的地区，有人更是不惜出卖肉体，出卖灵魂，以求名利。

在以人为本的今天，利是引导社会进步的动力，名是引导人们奋斗的航标，所以任何想推动社会进步的当政者都不会放弃名利这两个可靠的导向杠杆，任何希冀有所发展的社会都不会忌讳谈名说利。但一旦有人不择手段、唯名利是图时，名利就成了控制人们思想和行动的马络头和牛缰绳，成了羁縻人的"名"缰"利"索。

一个人成名固然需要才能和勤奋，但偶然的机遇也往往起着很大作用。如1911年武昌起义时，死活不愿担任鄂军都督的清朝新军协统（相当于今旅长)黎元洪被人硬是从床底下拖出来就职,而且民国初年还进一步当了大总统,你能说成名很难吗?但保持盛名则不一样,经常发生的是经营一生,毁于一旦。因而有"盛名之下,其实难副",有"峣峣者易折,皎皎者易污"的说法。如汪精卫年轻时参加革命党,怀着满腔热血追随孙中山先生"驱逐鞑虏,恢复中华",曾经置生死于度外,潜往北京刺杀清王朝的摄政王,被捕后在狱中写下"慷慨歌燕市,从容作楚囚。引刀成一快,不负少年头"的豪迈诗篇,为人们称颂一时。然而在中华民族面临生死存亡的抗日战争时期,他却投靠日本帝国主义,从著名的革命党人变成了中国最大的汉奸,成了民族罪人。

说到物质利益,孔子有"富贵于我如浮云"之说,但"不畏浮云遮望眼"者几人?在参加他人遗体告别仪式时,哀乐声中有多少人幡然醒悟,但走出火葬场又有多少人不再坠入名利场中!君不见在20世纪70年代末掀起的改革开放浪潮中,有多少官员过不了金钱、美色、权力的关,伸手被捉,赔上了前途,失去了自由,甚至丢掉了性命。有人说,酒具有"马太效应",一类如唐代诗仙李白"斗酒诗百篇",激发了创作的源泉;而另一类如云南省永善县乡镇企业局局长饮酒过度死于歌舞厅。酒真是"损不足以奉有余",可以使快乐者更快乐,赛过活神仙;忧愁者更忧愁,与死神交臂。名利亦然。它可以锦上添花,给人以鼓励和力量,也可能雪上加霜,成为束缚自己的缰索,区别在于承载者的品德和才能,特别是品德,它掌握着名与利对一个人是福是祸的密码。道德品质的高尚与卑下,首要的区别在于如何看待和处理与他人、集体、国家的关系。"宁可我负天下人,不可天下人负我"、"拔一毛利天下而不为",是为极端个人主义。名利之于这类人,作用不外是助纣为虐,结果只是欲益反损。而"先天下之忧而忧,后天下之乐而乐"者,忘我奋斗,名利不争,然美名厚利之类则常常会不期而至。

名利作为一种统治手段和社会评价的结果,对个人是一种责任引导,对社会是一种进取引导。古人云:"谋事在人,成事在天。"名利不应是行为者的出发点,而应是履行社会责任的副产品,若以个人名利思想作行为引导,着眼于衣锦还乡,封妻荫子,在人前显贵,则难免因誉致毁,求荣取辱,人财两空。所以说,加强修养应首先从无私奉献、淡泊个人名利开始。当然,提倡淡泊个人名利,不是提倡"无为",而是为了弘扬一种奋发进取的伟大精神,用超越功利的境界致力于功在当代、利在千秋的事业。诸葛亮在《诫子书》中所说的"非淡泊无以明志,非宁静无以致远",正是在这个意义上具有了新的时代内涵。

提倡淡泊名利,对已有所建树的各级官员来说,首先应体现在如何对待荣誉上。有了成绩,首先想到人民的养育之恩和同事们的功劳,不能贪天之功归为一己。在处理事业的长远要求和个人当前功绩的关系上,要反对急功近利,不能贪图虚名而做招致实祸的蠢事。在发展经济中,要划分正当得利和不当得利的界限,坚持君子爱财,取之有道,坚持正当手段和正当目的的统一,坚持对人民群众少取多予。

唐代诗人白居易诗云:"只见火光烧润屋,不闻风浪覆虚舟。名为公器无多取,利是身灾合少求。"他所指的名利当然是羁縻自己的个人名利。歌德笔下的浮士德,魔鬼靡非斯特给了他很多顶级的俗世享乐诱惑,他却总找不到对生活的满足感。后来,在领导百姓填海造田的事业中,他才情不自禁地喊出了:"多么美啊,请停留一下!"超越自我的社会成就使他获得了人生最美好的感受。由是观之,淡泊态度与进取精神的统一,平常心与责任感的统一,应该是人们正确对待名利问题的基本思路,也是人们讲求名利但不受名利羁縻的唯一途径。

8. 现代青睐野生

古代人们所见到的动植物几乎都是野生的,品质不一,经过人工优化培育后的动植物,不仅品质优良而且单产提高,因此,经多年培养的家畜如猪、马、牛、羊,植物如稻、麦、粟、稷,受到人们的普遍青睐。

随着时代节奏的加快,人们求成的心情越来越迫切,于是大规模使用机械化手段和催肥技术养殖动物成了新潮。如机械化养鸡、养猪,网箱养殖鱼虾,挖塘饲养龟鳖风起云涌,竞相仿效,生产周期大为缩短,而经济效益十分可观。

但不幸的是这种立竿见影的快办法使农产品产量大幅度提高的同时,也导致了产品质量的降低,如精肉成分少,口感差,鲜味大减等等。人们不得不回过头来重视以鲜美为标准的产品质量,要求食用味道鲜美的家养本鸡、肉猪和野生鱼虾龟鳖,将工厂化生产出来的鸡、猪、鱼虾和龟鳖一概视为伪劣的低档产品,因为汉语中早就将"人""为"之物称之为"伪","少"花"力"气的产品称为"劣"。

这种长得特别快的养殖产品其质量远逊于长得特别慢的野生产品,不仅在动物养殖业界随处可见,而且在果蔬植物培育方面的例子也不可胜数,如用大棚保温诱导蔬菜、茶叶、水果反季节猛长,用锯末奢糠给竹子根部增温诱导竹笋骤长等等,不一而足。

自然界与社会有相通之处,这种现象在人类社会也屡见不鲜。我不久前在浙江绍兴听民营企业家谈野生与养殖的生命力差异时,他们就强调国有企业犹如养殖动物,自己则属于野生动物,作为野生动物的民营企业生命力特别旺盛。

而令我久久难以忘怀的是我在象山县遇到的一位雕刻大师,他出身于贫苦农民家庭,只有小学文化程度,从小热爱根雕。1970年从师学艺,自20世纪90年代开始多次获得国内外美术大奖,其水平根据行家评论,他远比一般科班出身的美术学院毕业生为高,堪称浙东之"齐白石"。若戏言他属"野生",科班出身者则可称"养殖",而野生胜过养殖,不言而喻。

至于当今用快速成长法培育的在职"博士",其质量也难与"家养"的正规学校以正常办法培育的"博士"相媲美;而如果此人是自学成才的"野生"博士,其水平可能会比"家养"博士更高一些,因为他们不仅具有天赋,而且还辅之以兴趣和勤奋。若用经济学原理作更深一层的探讨,我们便可明了快速养殖产品以求利为目的,只是追求形式,忽略内容。家养或野生产品则以质量为目标在过程中将内容与形式有机地结合起来,从而走上了日臻完善之路。

9. 人情与利益

　　有人认为经济人寻求利益最大化是西方经济学的发现，其实不然。作为史学家、文学家的司马迁早在两千多年前就形象地指出了经济人寻求利益最大化所具有的"天下熙熙，皆为利来；天下攘攘，皆为利往"的一般性特征。他还在《史记》中举了一个从"宾客如云"到"门可罗雀"的生动事例说明人的趋利性。故事说，有个姓翟的下邽人，起先当廷尉（相当于今最高法院院长）时家中宾客来往如云，把大门都塞住了。被罢官以后，极少有人来往，大门外可以张设捕捉鸟雀的网罗。后来，翟公重新被朝廷起用恢复了廷尉职务，宾客们又准备前往翟府交结。此时恍然大悟的翟老先生便事先在大门口贴上一纸"一死一生，乃知交情；一贫一富，乃知交态；一贵一贱，交情乃见"的真诚告白，欲使那些恬不知耻者望而却步。尽管司马迁在《史记》中没有进一步交代翟公贴出告白后的效果，但我们可以想见在利欲熏心的人世间，作为翟公强调交友取向的"交态"和交友效果的"交情"，肯定难以完全摆脱人欲的功利情结。

　　一位姚姓名医告诉我，不仅古代的翟公会遇到这种令人感慨万千的人情厚薄问题，就是以救死扶伤为宗旨的医生也会遇到爱恨截然不同的问题。治病同样有能治愈或难以治愈，甚至死亡的问题，每当他治好病人，使病人享受久违的美好生活时，那种潮水般的感激之情和各种不同形式的谢意，使他精神振奋，干劲倍增，丰盛的精神收益激发了自己夜以继日的工作热情。倘久治不愈，病人的责难之声鹊起，医生也就陷入烦恼之中；一旦发生病人死亡时，那种蛮不讲理，拒付医疗费，甚至动手动脚的事真使他伤透脑筋。

　　不仅社会上如此，家庭内部也有相似情况。例如父母与子女的关系，也随着作用与需求的变化而变化。成年前子女没有自立能力，对世界上一切都很新鲜,那时父母是子女的家长和老师,子女也很愿意与家长一起外出,可惜父母工作忙很少有陪同的时间;成年后子女已不愿意与父母在一起,因为他们对世界已有一定的认识,有了自己的生活圈和朋友,这时父母只有成为子女的朋友,才能友好相处;到父母年老时,信息闭塞,能力减退,此时只能视自己亲生子女为"老师"和"阿姨",接受他们的关照和呵护,绝不能颐指气使,更不能随便发号施令了。不仅父母与子女之间的关系会有这种不同时段的变化,就是夫妻之间也有这种利益格局的变迁。年轻时郎才女貌两情相悦,随着岁月的推移,各自地位沉浮和女方人老珠黄的自然进程,夫妻感情乃至婚姻本身都会发生变化,甚至出现人们不愿看到的危机。这说明人与人之间是一种动态关系,离不开相互之间作用的演变及其所能给对方带来的实际利益。

10. 平衡比运动更重要

有人说生命在于运动,其例证俯拾皆是,如日前《报刊文摘》载,老年人只要坚持腿部运动,每天用紧走一段、慢走一段的变速法步行 30 分钟,就能使腿部肌肉保持紧实,从而会有一颗强壮的心脏,带来健康与长寿云云。生命在于运动确有道理,但我静夜三思,此话似有以偏概全之嫌。

君不见兔子运动强度大大超过乌龟,为何龟寿千年,兔子却仅数载而亡?还有,田径、球类、体操等竞技运动员寿逾百岁者寥若晨星,而从不知运动为何物的农村老妇却能长命百岁。这说明生命像骑自行车一样,除了运动以外,还需要平衡,包括身体各器官的生理平衡和心理诸多因素的心态平衡——只有平衡地运动才能不断前进。

有一图片杂志述及 20 世纪 20 年代多位黄埔军校的毕业生分别担任了国共双方军队的将领,在 40 年代末以辽沈、平津、淮海三大战役为代表的第三次国内革命战争中,不少正当壮年的国民党将领战败被俘。自

1959 年以后,这些战败者被陆续特赦释放。由于他们的心态在早年就获得了较好的调整,所以,除特殊情况外,普遍享有相对高寿。为此,该杂志还配发了有关人物照片,以证明其观点之正确。

按此推理,早在 1936 年"西安事变"后被软禁的张学良先生,1950 年因国民党建立改造委员会而出局的陈立夫先生,及此后不数年因"兵变"事件被囚禁的孙立人先生,更是生理和心理平衡提早调整并获得高寿的国民党军政界典型人物。

早在 20 世纪 30 年代被鲁迅先生骂得狗血喷头的浙江海宁籍文人章克标,新中国成立后因历史问题沦为默默无闻的一介平民,竟然活到百岁,还能撰写以"征求伴侣"为题的趣味征婚广告,最终与一个 50 多岁的东北女子结为夫妻,成就了中国文坛一则稀世佳话。文质彬彬的章克标先生并非仅仅依靠体育运动锻炼身体的形式延寿,更多的还是依靠生理和心理平衡晋年。

不仅人类如此,就是自然界的生命也在于平衡。黄河断流,长江洪灾,沙暴袭击,无一不是人类过度开展征服自然的"运动"所导致的环境生态危机。若我们对国土沙化问题不采取有力措施,让北京长年累月地受沙暴袭击,试想还有中国首都的自然生命吗?

至于理财治国之道,也与自然、人生之寿数机理相似。自大禹公元前 21 世纪初建立夏朝算起,历商、周、秦、汉、三国、两晋、南北朝、隋、唐、五代、宋、元、明、清、民国凡十余朝,四千年之久。其中通过"外兴兵革,拓疆辟土;内聚夫役,大肆兴建"进行激烈建国"运动"的要算秦始皇和隋炀帝。尽管嬴政兴建的万里长城和杨广开凿的京杭大运河成了中国历史上的伟大工程,但毕竟由于秦、隋两朝役使当时的民力过度,引发了老百姓的强烈不满,以致分别成了立国仅 15 年和 37 年的短命王朝。其中的教训是只知"一万年太久,只争朝夕"的"运动",而忽视了一个时期国力、财力的综合平衡。这与社会上一些只知埋头做事的为官者往往不如善于协调上下左右平衡关系的人吃得开的道理如出一辙。

若推而广之,不注意平衡的"木"独秀于林,风必摧之,也就理所当然了。同样,我们也就极易理解古往今来凡有本事的人为什么行事往往抱残守缺,以大智若愚的处世之道来求得与周边人士的平衡关系,千方百计逃避"出头椽子头先烂"之良苦用心了。

11. 相互依存比竞争更重要

竞争,是当今世界的核心价值观,其最初的理论依据源于达尔文的进化论。1809 年 2 月 12 日,出生在英国什鲁斯伯里的达尔文在生物界中发现了竞争与演化的相关性。1842 年,他第一次写出了《物种起源》的简要提纲。经过 20 多年研究后的达尔文,在 1859 年 11 月正式出版了《物种起源》。在这部书里,达尔文提出了"物竞天择"的"进化论"思想,推翻了"神创论"和物种不变的理论,冲破了人们的思想禁锢,启发和教育人们从宗教迷信的束缚下解放出来,具有深远的历史意义。

也正是因为"物竞天择"的进化论向人们揭示了优胜劣汰的价值观,让人们时刻不忘成为战胜对手的强者。这样的价值观放到人类与大自然的关系上,就成了疯狂掠夺。地球上的矿藏、森林、土地、各种生物以至于所有物产⋯⋯无不成为掠夺对象,"征服自然"成了人类企图独霸世界的豪迈口号。在这一价值观指导下,人们为所欲为,无所不为,从而破坏了自然界的平衡。生物学多样性的急剧失调,最终威胁着生物圈的稳定。全球气候一反常态,沙尘暴纷至沓来,蓝藻遍布湖泊,赤潮席卷沿海,无数突发性的疾病威胁着人类的生存环境和生命安全。

达尔文提出进化论的年代,正好是资本主义社会疯狂积累资本和向外扩张侵略时期,"物竞天择"迎合了当时西方资本主义世界经济发展的理论需要,受到了极大的推崇。因为,根据"物竞天择"的理论,美洲土著的灭绝、非洲黑人的奴化、鸦片战争给中国人民所带来的痛苦,其责任不在资本主义列强,而是"物竞天择"的结果!

今天,优胜劣汰的进化论思想,进入了我们的社会生活,渗透进无数男女老少的心灵之中，竞争成了人们获取名利地位的重要手段。城市发展，以大都市为目标；企业发展，以做大做强为目标；个人发展，以有名有利为目标；财富积累，以一夜暴富为目标。这种以提高效率为号召的竞争，导致人口向大城市集中，财富向顶尖富豪集中，土地向大地产商集中，权力向"一把手"集中，军事力量向超级大国集中，生产能力和市场份额向跨国公司集中。"集中"成了当今社会无所不在的精灵。经济学家们对产业政策的建议，也是抓大放小，集中资源做大做强龙头企业。这一政策建议的依据是效率与竞争，而统计数字告诉我们，越是大企业，其资源利用效率越低，单位资本提供的产出和就业机会越少。

与集中毗邻的是垄断，集中超过了一定限度，就成了垄断。谁只要控制了大部分资源，再辅之以行政权力，获取优惠政策，当然就无往而不胜。这种竞争的宏观效果必然是财富向少数人集中，让多数百姓就业的中小企业日趋艰难，多数国民的购买力在不断增长的社会生产能力面前，呈现出日渐萎缩的可怕趋势。其最终的结果必然会危及经济的循环和社会的稳定。

推而广之，一个以竞争为核心价值观的社会，由于集中必然会产生单向支配关系，并成为社会关系的主体。它导致等级制，导致高等级者对低等级者的控制、支配与奴役，使谄上欺下成为基本的处世哲学。在这样的社会里，上级利益高于下级，为了上级利益牺牲下级利益，乃至牺牲广大群众利益也在所不惜，少数人对多数人的盘剥更是理所当然。只要这种竞争现实不改变，对支配地位的追求就永远是最高层次的社会追求，社会就永远不可能和谐。

我们不妨想象，远古时代的一片荒坡，在适当的阳光、水分条件下，生成了各种微生物、地衣、苔藓，然后又生出了草本植物；植物的增加，促进了昆虫的发展；它们的共同作用，使土壤增厚、增肥，为灌木生长创造了条件；此后又长出了乔木，最终形成了一片原始森林。在这片原始森林里，物种形成了复杂的相生相克关系。如果某一物种异常增多，导致以之为食的各物种随之增加，到头来又将遏制其发展，从而达到了生态的平衡。恰如松树多了，导致松鼠大增，而松鼠多了，争食松籽，又反过来遏制了松树的繁殖，最终导致松树相对减少。由此可见，自然界既存在着相互竞争，也存在着相互依存的关系，而相互依存比相互竞争对生物圈的稳定更为重要。

同样，人类社会也不例外。例如，某一地区为了发展经济，在 GDP 的竞争中取胜，不惜在江河湖泊之滨大办工厂。为了降低成本，他们对废气、废水、废物不加治理，结果获利甚丰。由于污染破坏了当地环境，造成了疾病和死亡的威胁，不但周边居民染病，就是企业员工也因"三废"而中毒，丧失了劳动力，甚至失去了生命。后来，企业不但因此而倒闭，老板也被追究刑事责任，失去了自由。再如，对企业家来说，为了寻求利益最大化，在竞争中获胜，最好的办法是通过压低工人工资的手段来降低生产成本。由于工资低，招收不到高素质的工人，于是生产出来的产品质量低劣，班产比不上同类设备的企业，到头来"偷鸡不着蚀把米"，只好以倒闭告终。

可见，无论是自然界，还是人类社会，既互相竞争也相互依存，竞争是手段，相互依存是目的，相互依存比竞争更重要，因为自然界和人类存在的本身便是谁也离不开谁。行星相互依存才成宇宙，平原、高山、江河湖泊和大海相互依存构成地球，动植物和人类相互依存形成生物圈，灌木和乔木相互依存形成森林，男女老少相互依存形成人类社会，长辈与孩子相互依存才有家庭，男女相互依存方有夫妻，相互依存才形成了如此精彩的世界！

12. 古镇人生

人皆有欲望。有人总是在孜孜不倦地追求着自己缺乏的东西，如穷困者梦想一夜暴富，便产生了假冒伪劣、坑蒙拐骗；有钱者企求提升名誉地位，便产生了古代明码标价的公开卖官鬻爵和现代贪贿卖官的私下交易；有名望地位者则日夜渴望获得金钱财富，以安抚自己不平衡的心态，因此就有了无数的贪官身陷囹圄的宣判。至于名利双收者，则不免觊觎女色之禁区。可见欲望既是人类进步的动力，也是人类陷入痛苦以致不能自拔的根源。

世界上不仅名、利、色三者如此，就是人们对文化的需求也不例外。随着 20 世纪 90 年代开始的大规模城市化建设，在中国 960 万平方公里的广袤土地上，从东到西，从南到北，无数的城镇和城市都已旧貌换新颜，很难找到早先的小桥流水、小街窄巷，聚族而居的旧檐老墙、古宅深院。面对日新月异充满洋味的城市街区、鳞次栉比高耸入云的现代建筑，人们的心灵不免若有所失，不知不觉间，怀旧便成了一种情结。而那些由于近几十年来水运的衰落而导致经济发展缓慢、无力翻建新房的城镇，正好因祸得福成为历史的化石，惊喜地被人们重新青睐。近几年我有幸漫步过的周庄、角直、同里、西塘、乌镇、南浔等江南古镇就是这样的幸运儿。

凡是有兴趣到水乡古镇参观的游客，或多或少都有怀旧的情结。而怀旧往往包括两个内涵，一是属于硬件的时尚怀旧，二是属于软件的人文怀旧。作为时尚怀旧，可以一目了然，这些小镇依河而建，因水成街，因水成市，粉墙黛瓦，小河石桥，还有迷人的田园风光，洋溢着浓郁的乡土气息，足以使人在枕河居室中忘身于时代，沉浸于历史的长河之中。最为难得的，是在这六个水乡小镇中体验完美的人文怀旧。当我们漫步在水乡的廊棚之下、狭小的长弄之中时，往往会遇到那些远离浮躁的老人，他们不仅宽容热情地允许我们进入他们的内宅，参观堂前的摆设，抚摸贴有灶神的大灶，甚至允许我们从极其狭窄而陡峭的木质楼梯摇摇晃晃地登上二楼，参观他们睡过不知多少代的雕花木床，用过不知多少年的陈旧箱笼，洗了又洗色泽模糊的蓝印花布床上用品以及已经超过百年历史的雕花马桶。当我们目睹镇上的青壮年在临河的小街上前店后厂不慌不忙地劳作，老人们聚精会神地在河畔的廊棚下搓麻将搭方城，在枕河人家的小楼里走象棋、打扑克，和休闲的人们在廊棚转角的美人靠椅上优哉游哉地晒太阳的样子时，我们不平静的心灵仿佛返回到了那一个优游宁静的世界。

水乡古镇在生产力飞速发展的今天显然是落伍了，但它所反映的以人际关系为中心的生存环境却有着更贴近大自然的古朴和美好，从而引发了不堪当今优胜劣汰市场竞争重压的民众心理上的怀念。市场经济对效率的片面追求尽管推动了生产力的发展,却造成人类与自然的冲突,民族与国家的冲突,追求个人利益的最大化还造成了人际关系的高度紧张,从而激发了人们寻求心灵上的慰藉和对以往道德风尚的怀念。而社会生产力发展滞后的水乡古镇作为一种历史,也许正是人们所向往的那种放射着和谐人际关系光芒的文物,因此能像磁铁一样深深地吸引旅游者的忘情驻足。

据熟悉水乡民情的高玲慧女士介绍,西塘人和江浙其他五个水乡小镇的居民一样,平时日出而作,日入而息,吃喝拉撒,生儿育女,过着有如白开水般的平淡生活,不如那些知名的大去处有壮怀激烈、惊天动地、挽狂澜于既倒的英雄,日进万金的企业家,以及与时俱进有发明创新的大科学家。我说,人生在世不可无欲望,因为欲望是推动经济发展、社会进步、人民生活改善的重要动力。现代社会的市场经济就是利用人欲的力量,驱使商业行为每时每刻充斥天南海北,层出不穷的新产品日日夜夜闪现于大众媒体,引发出人类史无前例的巨大欲望,来诱导人们优化资源配置。如果人的欲望毫无节制,会使人铤而走险,沦为罪犯;那些超乎个人能力及现实条件的欲望更使人终日郁郁寡欢;而一味纵情声色的结果也必是伤身害命。所以,现代人安排自己的人生道路时,对欲望一定要有所节制,否则会像元末明初周庄巨富沈万三一样,以财富自恃,与朱元璋比赛建造南京城墙的速度,在取胜后又不知天高地厚地要求犒劳军队,结果招致皇帝妒忌,落得个流放云南边陲的悲惨下场。

尽管水乡小镇百姓生活寡淡,无稀罕可言,但若以人生观而论,却是很不错的生活哲学,因为平平淡淡才是真。即使是叱咤风云的英雄豪杰、名闻四海的企业家、改变世界的科学家,也有世俗的一面,而且不管是谁,最后都要归于平淡,不可能永远轰轰烈烈。安于平淡实在是一种参透人生的境界。我说到此处,一位卖粉蒸肉的男营业员和一位卖猪蹄髈的女营业员竟然不约而同地站了起来,异口同声地附和道:"客人说得有理,我们的体会也是如此。"

一位久已驻足倾听我们议论的上海退休老人此时也不无感慨地说:"我年轻时志存高远,做过许多成龙变虎的梦,结果一眨眼几十年过去了,什么王侯将相都没有做成,终于明白,中国人多,王侯将相只是极少数,科学家、企业家也不是人人都能做得。前几年退休回到西塘老家后,融入平淡的水乡小镇生活,每天做点家务,余暇读些杂志报章,偶尔与二三儿时好友聚谈,天南海北,无所顾忌,既获取信息又增长见识,逢年过节更是阖家老幼团聚,在子孙绕膝、欢声笑语中平添一番热闹,享尽了天伦之乐。"西塘镇长寿老人很多, 与欧洲生活得特别潇洒轻松的长寿之国——瑞典颇有几分相似之处。可见,所谓平淡并非是贬义词,而是人生难得的一种境界。

一位须发与众不同、看上去像搞文化工作的上海游客说:"今年是马年,我20世纪60年代末上山下乡去内蒙古牧区插队落户,对骑马和牧马十分熟悉。随着岁月的推移,我对人生的认识也越来越深刻。人生犹如骑马找马,跑得越快,出去越远,越容易迷失自己。因为人生的最高境界并不在于功成名就,而是在于宁静与快乐,也就是说在于悠然地品味流逝的或正在流逝的、看似寻常而实不寻常的生活片段,这也许就是我们不少上了年纪的上海人喜欢来江浙古镇旅游的根本原因。"

细细琢磨这番看似平淡实是掷地有声的议论,颇有感触的我禁不住对身为一县之长的高玲慧女士说:"体悟人生应该是做人的主要内容。记得三国时诸葛亮有过'非淡泊无以明志,非宁静无以致远'的教诲,我以为你们水乡古镇的百姓不愧是这一教诲的模范执行者。若能抓住机遇,将宣传水乡古镇的广告词修改为'游水乡古镇,找真实人生',岂不是更有文化内涵?"

13. 欲望的尺度

人不可没有欲望。失去欲望就不会有追求,人类就不可能进步。倘我们的祖先当年没有丝毫欲望,我们至今还是一种手脚不分的脊椎动物,天天四脚落地行走在山野之间,风餐露宿于草丛之中,更不可能成为居住有华屋、出入有舟车,昂首挺胸、目光远大的衣冠望族。可见人之所以能从二百多万种动物中脱颖而出,乃源于先祖们成人之美的欲望。诚如人们所知,合理的欲望就是理想,而手脚分离、直立行走还只是人类有别于其他动物的初始欲望。随着人们借助工具实现了手的延长以后,才真正与禽兽相揖别,开始实践钻木取火、烹饪饮食、种植养殖的新欲望。此后随着一个又一个新欲望的实现,人们终于从当年一切取之于天然的动物不断进步,相继走进了农耕时代、工业化时代和信息化时代,成了傲视寰宇的"万物之灵长"。

千百年来,凡有作为的统治者,为了推动社会经济的发展和各项事业的进步,就必然鼓励社会成员不断构思出梦幻和欲望,并为之奋斗以至献身。中国的儒家思想就是这种欲望的鼓动者。自汉武帝"罢黜百家,独尊儒术",儒家以"朝为田舍郎,暮登天子堂。将相本无种,男儿当自强"来鼓励青少年"修身、齐家、治国、平天下",为实现自身的社会价值而奋斗,即使死也要死得重于泰山。对于一个人来说,纵或有种种机遇,比较多地实现了个人欲望,但由于人生在世,有做不完的玫瑰色的美梦,一欲既终,他欲随之,如秦始皇实现了并吞六国的旧欲,又有了长生不死的新欲。一个人在短暂的生命历程中实现的欲望,不但不会很多,而且还常常受制于偶然的机遇。如孙中山先生致力国民革命凡四十年,终因病而长叹"革命尚未成功,同志仍须努力",依依不舍地撒手而去。君不见名震宇内、气吞六合的秦始皇和中国民主革命的先行者孙中山先生,尚且有诸多无法实现的欲求,不具备超群能力,且无天时、地利、人和优势的普通黎民百姓难以实现的欲望就更是不可胜数,以至古代文士写了一首打油诗:"终日奔波只为饥,方才一饱便思衣。衣食两般皆俱足,又思娇容美貌妻。娶得美妻生下子,恨无田地少根基。买得田园多广阔,出入无船少马骑。槽头扣了骡和马,叹无官职被人欺。县丞主簿还嫌小,又要朝中挂紫衣。做了皇帝求仙术,更想登天跨鹤飞。若要世人心里足,除是南柯一梦西",来刻画贪得无厌的人欲。可以毫不夸张地说,一个人的欲望有万分之一实现就很了不起了。而实现不了自己梦寐以求的欲望,就会产生欲而不得的急躁,急躁不断积累便会产生痛苦。如著名国学大师、浙江海宁籍的王国维先生早在上世纪初欲留住前清的旧文化而不得，内心痛苦不已，难以自拔，以至于纵身跳进昆明湖，了此残生，以一死求得痛苦的解脱，换来一顶文化遗民的桂冠。

由此可见，一个人的欲望太多，超过可能的尺度，就会带来无谓的痛苦。如从政为宦者既想当大官，又想求大利，以至贪贿违法而身陷囹圄，被处极刑，即是太多的欲望带来痛苦的典型。就这一点来说，佛教规诫其信徒"欲望就是痛苦"乃一矢中的的真谛。

一个人不能无欲，又不能纵欲，这就带来了欲望的尺度问题。在尺度内的欲望是能够实现的想法，在尺度以外的欲望则是无法实现的梦幻。如要想学习，要想劳动，人人得而为之。反之，要想成为艺术家、体育明星，则七分靠天赋，三分靠机遇；要想当官，则七分靠机遇，三分靠才能。倘无天赋，再勤奋也成不了明星；倘无机会，再德才兼备也只能望洋兴叹。千里马老死于马厩之中。如 20 世纪 20 年代，初中文化程度者入黄埔军校学习，不到半年即能毕业入伍，到抗战时不少人都已成为高级将领。而到南京国民政府时期，即使高中毕业入学 4 年的陆军大学毕业生也只能充当中级军官，很少有人进入高级将领的行列，足见当官机遇之重要。

人们要摆脱由"人心不足蛇吞象"的欲求不得而带来的焦躁和痛苦，保持快乐的心态，就必须知己知彼，严格控制欲望的尺度。这就带来一个知足的问题，因为只有知足才能常乐。而常乐不像知足一样是一种尺度，它完全是一种感觉，这种感觉有不同的境界，如陶渊明的知足常乐就是"采菊东篱下，悠然见南山"，当今西部贫困地区的农民知足常乐则是温饱生活，东部地区是小康生活。可见知足常乐比起"无欲"的禁锢，多了一层人情味，比起一无所有的自得与佯狂，返回了世俗的理性。它既不由于常乐而毁于安乐，也不因为知足而拒绝奋斗，这样的人生在不知足的奋斗中绝对地追求，在自得其乐的知足中相对地满足，使得人们在自我释放和自我克制中间，砌筑了一座合理的心理平台。在世俗"见好就收"的意义上，它既有丰富的人生成果，又规避了未知的风险。如此书写人生的人，虽谈不上叱咤风云，却能使平凡生活有滋有味，延年益寿，岂不乐哉！

14. 身椅小议

人们习惯将皇帝的坐椅称为宝座,将官员的职位称为交椅。无论是宝座或是交椅皆身外之物。

在现代国家,若干选票即可让人坐上总统宝座,若票数不占优势即使其垂涎三尺亦不可得,而一般官员的职位更是顷刻之间连一行字都不到的一纸公文,便可决定去留。所以,标志着官职的所谓"宝座"、"交椅",与餐厅的"餐椅"、茶馆的"茶椅"、会议的"会椅"无异,皆一时的过程而已。餐完、茶毕、会散,统统身椅分离,各自归位,不能带走。

由此可见,人生不能光靠外来的"椅子",更多的时日需要本身的自立能力。生存于世,流动于途,这种自立能力就是人的德行、知识和能力。若肚子空空仅靠溜须拍马、攀龙附凤谋得一官半职,在固定的位子上尚可蒙混,若一旦身椅分离,自己又无自立能力,在势利无比的红尘俗世真是难以为生!

15. 追求过程

金秋十月,齐鲁大地一片丰收景象。我们从济南东去青岛,顺道参观了位于淄博市淄川区的蒲松龄故居。蒲松龄,明崇祯十三年(1640年)出生于蒲家庄,幼时聪颖,18岁时即以县试、府试和院试三试第一取得了秀才资格。蒲家多少年来梦寐以求子弟中举的希望似乎已在咫尺之遥,唾手可得了。为了考中举人,蒲家上下及蒲松龄本人不惜血本刻意追求,结果历时半个多世纪的长途跋涉，多次往返济南赴省赶考仍未与举人名号沾边，"有心栽花花不发"，蒲松龄痛苦之极。尽管在晚年他曾获得选拔为"岁贡"的安慰称号，但仍无法抚平他心灵的悲怆。

也许是追求过程胜过追求结果，一生对撰写鬼怪小说情有独钟的蒲松龄，通过奔走各地搜集民间传说，以茶引客，用请路人讲述鬼怪故事等办法积累了丰富的素材，以一生之笔耕写成了《聊斋志异》，而对此书是否能流传于世，蒲松龄在世时并没有过多考虑，因为对他来说这仅仅是一种兴趣而已。直至清乾隆三十一年(1766年)，即蒲松龄去世后的第51个年头，一个偶然机会，浙江严州府的赵杲知府发现了此书，他读后对蒲松龄的文学造诣赞不绝口，而且出资在衙门(今建德市梅城镇严州古衙)后花园青柯院组织班子将《聊斋志异》手稿编校刻印成书，广为发行，称为"青柯亭本"，结果蒲松龄名播九州，誉满全球，其影响远远超出一个举人、进士，甚至状元。

我猛然想起20世纪50年代湖南老乡通过陈赓大将请毛泽东题写岳阳楼匾额，毛泽东认为他的草书不适宜题匾，改请郭沫若题写。由于是领袖嘱托，郭沫若思想负担很重，难免过分追求结果的完美，花费很多时间，写了不少"岳阳楼"的条幅供人挑选，结果人们挑中的竟然是他不经意间写在信封上的"岳阳楼"三个字。

可见，人生只能追求过程，不可强求结果，也就是古人常说的"谋事在人，成事在天"。当踏着古老的毛石路，步出蒲家庄圆洞形的石砌庄门时，我不禁感慨万千。

16. 转折的艰难

3月的南非正是初秋，处于非洲大陆南端的开普敦时有大风。当我们从开普敦市区乘大客车来到60公里外的好望角时，尚未下车就听见狂风呼啸而过。下车伊始,只见远处水天一色,近处巨浪滔天。尤其是强大的浪潮冲击岸边巨石时,碧蓝水柱顿时粉碎为弥天白浪,涛声惊天动地。来自世界各地的游客无不对如此强大的自然力叹为观止。

从洋流来看,好望角是来自南极的大西洋寒流和来自印度洋的阿格拉斯暖流交汇处;从交通来看,在苏伊士运河开通以前,好望角是东西方海上交通的唯一转折点,海面惊涛骇浪,风云激荡,水下更是暗流汹涌,深不可测,数百年来多少往来两洋的船只在此葬身,即使人们出于吉祥愿望,将其原名"风暴角"改为"好望角",也不能改变其作为转折点的本质。

人生亦犹如行船,也面临着不同时期的心志轨迹交汇和转折,读书自学,求职就业,工作调动,岗位转换,下岗退休,婚姻变化,无不如此。倘事先有所准备,在驾驭自己身心时便能妥为转折,平稳过渡。倘事先无准备,转折时又掉以轻心,则极有可能无法及时转换角色,轻则影响自己的学习工作和身心健康,严重的还会危及自己的宝贵生命,因为,在人生的风浪中失去航向,失去重心,人生之舟就会像绕不过好望角的航船那样倾覆,甚至葬身鱼腹之中。

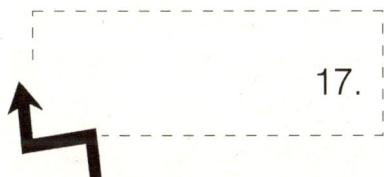

17. 实难圆满

中国人自古以来崇尚"圆满",直至今日,每逢庆典和会议必称"圆满结束"、"圆满成功",而在戏剧中也喜欢以圆满作为结局。人们所熟知的爱情故事《梁山伯与祝英台》中,梁、祝生不能结为夫妻,死后变成蝴蝶也要成全爱情,满足了观众"大团圆"的愿望,获得了人们的赞扬。此剧数十年前在江浙沪一带十分流行,几乎尽人皆知,至今还有人能哼上几句优美的《梁祝》越剧唱词。

这种受佛教"善有善报,恶有恶报;不是不报,时候未到"的因果报应思想影响的"圆满"情结,不仅在中国江南地区普遍存在,就是在我国北方地区也十分流行。据说，数十年前，京剧名优"小叫天"谭鑫培在北京一个露天剧场演出传统剧目《清风亭》时，突然天空乌云密布，大雨行将来临。戏园老板担心观众遭暴雨浇淋，临时决定这出戏演至主角张继室的父母惨死以后就收场。不料，降下帷幕后观众皆不肯离去，纷纷抗议，非要台上忘恩负义的张继室当场死掉不可，无奈的老板急中生智，立即改变剧情，让张继室被天上正在轰鸣的雷击劈死。这个"恶有恶报"的圆满结局终于赢得了观众的喝彩，心满意足的观众才在瓢泼大雨中尽兴散去。据说遇到这种场面，女性反响比男性要强烈，因为女性容易把戏剧当做人生，而男性则容易把人生当做戏剧。

"圆满"在印度佛教中本是指个人的身心修行所能达到的一种境界。其内容有四：一是常，即志向永恒不变；二是乐，指可以排除烦恼；三是我，做到自觉自在，不受外惑；四是净，远离污垢和罪恶。这与中国人以事功大小为标准的圆满相去甚远。前者是追求精神陶冶的过程，后者则是追求现实的完美结果。对人生，不能只追求结果，更要注重过程。马克思曾经说过一句脍炙人口的名言："幸福不在于其结果，而在于追求的过程。"

中国人背负着千百年来追求圆满的文化包袱，至今在做人行事中，仍表现出其未摆脱的不良影响。

首先是缺乏"一分为二"的精神。对于"好人"一味肯定，对于"坏人"说得一无是处，对于现职官员之一言一行必曰重要，对于"创造历史"的农民兄弟必言教育，不知天下"尺有所短，寸有所长"和"金无足赤，人无完人"之哲理。人们常去参加追悼会的殡仪馆，在那里，人们悼词评价中的死者皆十分崇高，人格更是万般完美，简直个个都是无与伦比的今古完人，值得大家效法，"死"在国人心目中，似乎更代表着圆满中的圆满。

其次是常常强调不切实际的"一步到位"，不知社会是一个不断发展的历史过程，人生更是一个复杂的过程，世界上任何事物都不可能一步到位。如果人生一步到位，岂不是早上从妇幼保健院出生，下午就要送往殡仪馆火化了吗？

还有是醉心于"心想事成"。人世间"事"有好坏之分，如心想事成做坏事，其危害性极大，即使是好事，也不可能一帆风顺，想到就能做到。"失败是成功之母"，人生要经历很多坎坷和曲折才能到达终点，这一点任何人都不可能例外。因此我们须时时记取"如临深渊、如履薄冰"。一旦有了邪念，随心所欲，心想事成，为官者将经不起钱、色的诱惑而贪赃枉法，科学研究者为虚报成果而剽窃他人数据，经商者为聚敛财富会不择手段，文化人为了出名会不惜斯文扫地，凡此种种，举不胜举。这些心想坏事而成者到头来不是身败名裂，遭受牢狱之灾，就是走上断头台一命呜呼。

现实生活中有"圆满"与"如意"之名，而无"圆满"与"如意"之实。在短暂的人生之中，只有不懈地追求过程才能得到幸福，才能获得丰硕成果。反之，一味追求"圆满"和"如意"的结果，最终不会"圆满"也不会"如意"，到头来你会由于虚度年华而悔恨，由于碌碌无为而羞愧，因为作为过程存在的人毕竟都有一天要化作一缕青烟乘鹤西去。人生就是这样一场没有结果的结果。

早在1936年，西班牙佛朗哥将军经过3年内战，推翻了第二共和国，成为终身国家元首。为了安抚双方死难将士，争取全国和解，进一步巩固政权，佛朗哥于1936年在马德里西北阳光充沛、风景秀丽的广德提马山谷，请台湾籍的风水先生选定了一座朝南偏东、视野开阔、奇石嶙峋的山头，动用了数万名劳动力，花费了长达20年的时间建造了一座山洞教堂，并在此山的顶上建了一座150米高的十字架纪念碑及其他配套石砌建筑。整个工程十分浩大，气势极其恢弘，光纪念碑碑座上的人像群体雕塑，单人就有20多米高。因为该地是为了纪念4万多名战死者而建，所以西班牙人俗称这个距马德里市仅50公里的山谷为"战死者之谷"。1975年佛朗哥死后也葬于山洞教堂的地下，去西班牙考察的中国人常将其称为佛朗哥墓。在教堂升天大厅的地面上，一块长2米、宽1米的花岗岩石板上，一端刻了一个十字架，另一端刻着佛朗哥的名字。整块碑上没有生卒年月，更没有彪炳丰功伟绩的生平事迹。据说这是根据佛朗哥生前嘱咐安排的。由于墓碑与周边黑色大理石的地面浑如一体，无高低之分，所以有的人践踏其上而过，有的人则恭敬地献上鲜花，佛朗哥在人们心中的评价，有天壤之别。举世闻名的西班牙强人——佛朗哥当年显赫不可一世，但此时此刻他一生的是非功过却只能让历史来评说，这也许就是佛朗哥的自知之明。

由此及彼，我国唐代女皇武则天无字墓碑也蕴涵着同样的哲理——不写比写好。一位叫王尚炯的明代进士在公元 1525 年利用出公差的机会，在武则天墓前无字碑上题写并镌刻了"千年冤结一抔土"的诗句，对此作了最透彻、最简洁的回答。更明智的做法是将骨灰撒向汪洋大海，撒向江河大地，什么都不留下，看来没有墓比有墓更好。当年慈禧太后花费巨资建起之陵墓，被军阀孙殿英抛棺扬尸，价值 5000 万两的陪葬金银珠宝被掳掠一空，仿佛在嘲讽西太后的身后欲求圆满。历史上，很多显赫的名人往往都逃脱不了生荣死哀的历史结局。有鉴于此，我们小民百姓更应该"君子坦荡荡"，何必用道德沦丧去追求在世的功名利禄，再奢求用名利堆积成看似圆满实则虚空的坟墓呢！

18. 放弃也是收益

人类尽管处于同一地球，但在东西方不同的文化背景下，对人生所下的定义却有很大的差异。中国的词典一般认为"人生是指人的生存以及全部生活经历"；美国的教科书则表述为"人生就是人为了梦想和兴趣而展开的表演"。两者之间的差异在于前者是"生存"，后者是"表演"，生存显得有些被动，表演则较为主动。

若用经济学的成本与收益来衡量人的一生，除了要主动地取得收益外，也需要主动放弃。例如，动手能力不强的一位华裔物理学家 1945 年赴美留学时，立志要写一篇实验物理论文。然而在实验室工作期间，他经常操作失当，甚至不时发生爆炸，工作进行得非常不顺利，以至于当时实验室里流传着这样一句笑话：哪里有爆炸，哪里就有他。密切关注着他的美国教授泰勒博士便直率地建议他放弃写实验论文的目标，而改写理论论文。经过痛苦的思想斗争后，他接受了泰勒的忠告，放弃了原有目标，而专攻理论物理,最后取得了成功。1957 年 10 月,他和另一位华裔科学家联手摘取了当年的诺贝尔物理奖。这是弃己之所短、扬己之所长而取得成功的范例。

而世上不懂得放弃以至于得不偿失的现象比比皆是。例如老人一般搬入新居时舍不得扔掉旧家具,往往将那些已派不上用场的东西搬入新房,占据了一块不小的面积,让小辈眼睁睁地看着每平方米花了几千元乃至上万元钱买来的住房成了废旧物资的仓库。旧家具既不能使用,也有碍观瞻,更不利于搞卫生,简直有百害而无一利。

又如在"一粥一饭当思来之不易"的中国,老人们年轻时饿怕了,在物质条件有很大改善的今天也舍不得倒剩菜剩饭,为了节约硬撑着吃下去,久而久之,不但不利于健康,反而用掉大量的医药费,甚至缩短了自己宝贵的生命。

再如有些缺乏自信心者表现出极强的"自尊心",很在乎别人的所谓"尊重",尤其那些稍有权柄者,一定要人向其当面恳求才肯为之办事,对别人的一言一行及所谓说法也十分在乎,甚至对那些捏造的小报告亦信以为真,加上本身缺乏宽阔的胸襟,常常受不了各种渠道诸多不利消息所带来的委屈,心中充满了莫名其妙的无尽怨恨,害得自己寝食不安,泪水不断,常发牢骚,影响形象,危及健康,其收益与成本相比是极大的负数。如此看来,此类人士与其在乎表面的自尊,不如努力学习,不断提高自身涵养,增强发自内心的自信,把那种自欺欺人的所谓"自尊心"弃之如敝屣,等闲视之为妙。

当然还有另一种情况,那就是身居特殊位置,自视甚高者,自己平常的一言一行都希望周边的人给予足够的重视,获得见诸媒体的恭维,如某某人的指示非常重要,向某某人学习之类的吹捧,以此取得虚构的心理收益。倘一旦不能如愿以偿,他便会懊恼无比,久而久之也就产生自我否定的自卑心理,露出平庸的自我形象,这种起先依靠虚构心理收益维持,而最后却以实实在在付出高昂成本告终的自诩恭维则属于更大的得不偿失。

由此可见,人生要使自己每天的生活都充满阳光,实现收益大于成本的真快乐,办法之一就是要懂得放弃!

19. 人走与茶凉

　　茶凉与不凉皆在于"作用"这个加热器。通常人们所说的"人一走,茶就凉",既指个人主观上的自我感觉,也指客观上的社会认识。从价值观来看,"人走茶凉"是客观规律的必然结果。因为"不在其位,不谋其政",其职位之"茶"日渐冷却,可谓顺理成章。从自然科学角度来看,如果茶不凉,就不符合物理学的热交换原理。至于从道德层面上来看,人情本有冷暖,感情需要一定的温度维持。

　　什么都有一个过程。我以为,可以考虑慢慢冷。譬如,刚从第一线现职岗位上退下来的官员可以到某些二线机构过渡一下,以调整心态,其犹如铸造厂刚浇铸出来的铸件那样,起先内部充满应力,为消除应力、防止变形必须进行时效处理。处理办法可以采用露天存放,让应力逐步消除,也可以放入热处理炉中加速消除。前者相当于人类心态的自我调整,后者则相当于通过适当过渡和思想工作加速调整。但归根结底外部世界的"茶"不可能不凉。尤其是当事者不能由于一夜之间人情的变化而震惊,因为在你当政之时,权柄炙手可热,聚集在你身边的既有仰慕你学识的正人君子,也有敬畏你的权力者,还有那些希冀利用你的权力以求一逞的心术不正者,各种甜言蜜语和无微不至的照顾之举犹如浪潮之涌,撞击着你的心灵。如果你对这一切都十分在意、乐不可支的话,便会上当受骗,尤其是当你权力不再,某类人便会烟消云散,甚至相遇之时,还会故意回避,陌生如路人。

　　更值得人们重视的是在大力推行以利益为诱导的市场经济体制的今天,农耕时代所形成的人际感情关系日益边缘化,实际利益成了人们关系的主宰,倘我们仅仅依靠个人职位所形成的身外之"茶",不但难以做到"人走茶不凉",而且比以前的感情社会"凉"得更快。唯有从自身之品格和学识上下工夫,才有可能赢得人们发自肺腑的尊重和敬仰,做到"人走茶不凉",因为人们发现你与众不同,还能发挥作用,具有市场所需要的价值。尤其当你还保有一副强健的体魄时,处于"人走"状态的你更能摆脱日常纷繁事务和人际瓜葛,获得足够的时间和精力用于研究有兴趣、有专长的学问,进入人生第二个学习的春天,实现自己在工作岗位上往往难以实现的价值,那时,真是其乐无穷,自我感觉之"茶"不仅不会"凉",也许还会比在位时更"热",更自在。同样,由于你对社会仍然有贡献,社会认识之"茶"也会温暖如春。总而言之,"人走茶不凉"不是做不到,而是取决于你还有没有给"茶"加热的实际作用。

20. 有得必有失

在劳务市场,打工者付出劳动,老板就会给予相应的工资报酬;在商场,顾客按价格付钱就能获得自己所需要的商品。这种得失关系就俗称为交易,遵循得失相当的价值规律。对于不同的客体有得失相当的问题,对同一客体也是如此。在植物界,凡挺拔的树木多不茂盛,而茂盛的树木多不挺拔。在动物界,凡凶猛的动物一般不长寿,长寿的动物多温和。在自然界,柔软的水源远流长,善于应变,即使流入大海也能蒸发成云,下雨成溪,重新汇成江河;而坚硬的石头一旦破碎或风化成沙砾,就难以像水一样再生复原。

可见世界上万事万物皆一分为二,对某一事物来说都只能占有一时之利而不可能做到两全其美,也就是说"鱼和熊掌不可兼得"。人世间要强者往往阳寿短促,柔弱者却能长命百岁;心态平衡与世无争者延年益寿,心态不佳、好与人争短长者难有高寿。当官者声名显赫,出入舟车,但难以名利双收,若要名利双收,势必违法违纪、贪污受贿,轻则受处分,重则失去自由,以至失去生命。当大官者尽管能决定天下大事,但在日常生活中却由于事事靠他人代劳，自理能力日益衰退，以致拿着工资信用卡，不是忘了密码，便是未带身份证，领不出现金。有一相当级别的官员曾向我诉苦说，不久前他跑了4次银行才领出了1.5万元的现金。至于当官者不适应社会发展的事例更是比比皆是。一位担任重要职务的领导坦率地对我说："社会上很多人都会使用手机的多种功能，我如今竟然只会打打电话，别的什么都不会。如果我现在还是当年的工程师绝不至于如此。"同时，当官者由于忙于应酬，很少与家人团聚，不但缺少天伦之乐，而且往往容易在陪吃陪喝中不自觉地变成酒囊饭袋，患起脂肪肝、糖尿病和高血压等诸多富贵病，自折了寿命。早在清代，曾任山东潍县（今潍坊市）知县的郑板桥，由于忙于公务和应酬，不能潜心创作，就曾感慨"酒阑烛跋，漏寒风起，多少雄心退"，表达他无限凄怆与愤懑。现在不仅官员应酬极多，就连学术界最高荣誉获得者两院院士的应酬也变得不可胜数，不仅兼职繁多，采访不断，而且还要迎来送往、逢场作戏，被人当做花瓶任意摆放，以至于一位中国工程院院士在一家中央级大报上撰文："70岁了，来日无多，我只想按自己的方式生活，按自己的意志做人……一句话，不再做花瓶。"另一位知名的两院院士则大声疾呼："一个科学家如果经常在电视上出现，那么他的科学生命就结束了。"

诚如人们所知，当官者忙于公务，不但缺少自由，而且为显示以身作则的榜样，往往在人群中间装出一副正人君子的架势，免不了扭曲了人的天性，带来无言的痛苦。反过来，那些广播无声、电视无影、报纸无名的黎民百姓却享有充分的自由和天伦之乐。古代百姓虽处穷乡僻壤陋巷旧宅，却能阖家团聚，教子饴孙，享尽人间对酒当歌之福。但当百姓也并非样样好。贫穷者有饥寒之苦，巨富者有子孙不思进取、富不过三代的忧愁，更有家人被绑架、被勒索甚至被暗杀之灾。由于职业不同，一心为文者虽精神富有，但在经济上却大多清贫；从商、从工者往往很难兼顾精神文化享受，且常惧经营不善，有亏本之虞。各类明星名人虽能找到鹤立鸡群之优越感，却常常由于被人事先安排、簇拥，被迫为人签名、题词、剪彩，充当花瓶沦为傀儡而痛感犹如笼中之鸟，缺少人身自由。而且在西方，无论何种名人明星都会被媒体追逐曝光，甚至在平民眼里的小事都会掀起轩然大波。

可见任何人活在世界上都逃脱不了有得必有失的基本规律。同样,有失也必有得,如张学良从1936年12月12日"西安事变"后被囚禁了半个多世纪,以失去自由为代价,成为中华民族五千年文明史上活着的英雄;岳飞、文天祥、于谦则以生命为代价获得了英雄的桂冠;著名福建籍南洋侨领陈嘉庚倾家办学,输财抗战,以失去金钱为代价受到了国人的称颂;著名科学家陈景润以失去人生的多种情趣为代价,登上了哥德巴赫猜想的数学高峰。人世间诸如此类否极泰来,有失必有得的事例俯拾皆是。"塞翁失马,焉知非福"教育了多少中华儿女,身处逆境,奋发图强,不坠其志。

有失必有得,有得也必有失。能在名利两端斟酌权衡其得失并作最佳选择,使两者都不再成为自己的沉重包袱者,方能做到知足常乐。这犹如佛教将人的精神享受称为定(空),将人的物质享受称为慧(色)一样,既不能只有定而没有慧,也不能只有慧而没有定,只有做到"定慧双修"才能心理平衡,跳出被"名"缰"利"索所羁縻的苦海。这也许就是反映对立统一思想的佛教"不二法门"和"中道"在人生得失观上的最好应用吧!

21. 上天入地

百家姓起于宋,当时官方按社会地位排序为赵、钱、孙、李,民间按人口多寡为张三、李四、王五。因为赵姓为皇族,官方将其排在首位,纳土归宋完成祖国统一大业的吴越国钱氏论功得以名列第二。汉字之"王"字,共有4个笔画。其上、中、下三横分别代表天、人、地。这说明人生天地之间,既爱拥抱大地,追求物质利益;又常向往天空,追求精神家园。人就是这样一种在天和地、精神和物质之间不停顿地上下求索的动物,而少数能求索到贯通天、地、人三者之境界者,也就有了当中一竖,才能称得上王。可见"王"是文明的巅峰,并非一般人所能企及,只有像孔子那样的大成至圣先师才配得上追封为文宣王。

早在商周之交就有伯夷、叔齐劝谏武王伐纣未成而隐居首阳山,不食周粟而死。到了汉武帝接受董仲舒"罢黜百家,独尊儒术"思想的年代,人们更是坚信"饿死事小,失节事大",把精神家园高高地置于自己的生命之上。商品经济发达的宋代则物极必反,人们受利益的诱惑,纷纷拥抱大地追求物质利益,全社会也迅速陷入了物欲横流的状态。理学家程颢、程颐和朱熹顺应社会需要,提出了"存天理,灭人欲"的程朱理学。在统治者的支持下,他们大办书院,开馆授徒,使人们在包括"三纲五常"在内的尊天活动中,精神世界有所提升,并且在这种提升中获得向往"上天"的精神满足。

　　明清之际,商品经济有了发展,人们又开始注重物质利益。王船山、戴震等人针对程朱理学存在的问题,反对把"天理"与"人欲"对立起来;鸦片战争以后的章太炎、谭嗣同等受西方影响的先进思想家更是攻击"天命"、"天理"、"天子",直接向"天"挑战。这些都是中国人从过分向往"上天"又物极必反,返回"大地"的运动表现,其内涵是对物质利益的肯定和强调。

　　上世纪六七十年代"反对资产阶级法权"的10年"文化大革命",又将人们从地上推向了天上,搞生产变成了"唯生产力论",追求物质利益变成了"资本主义尾巴",唯有高呼革命口号、与人斗才是"其乐无穷"。直到1978年12月党的十一届三中全会以后,确定了以经济工作为中心的方针,人们才又从精神世界的"上天"返回到人欲这块"大地"。也许这种返回来得太快太急,一部分人就失去了飞离"大地"、奔向"上天"的意识和意愿,以至于整日沉湎于物欲横流的"大地",不想上进,从而丧失了自己的精神家园。可见,作为处在"王"字中间一横的"人"在追求合理物质利益的同时,也要注重向往"上天",向往一个高尚的精神世界。这就要求这一横既不能写得太靠上,也不能太靠下,要不偏不倚、上下兼顾,若再加上处于一定层次的少数社会管理者又能 "心有灵犀一点通",及时用一竖将天、地、人三者贯通的话,神州大地的生产力何愁不发展,社会风气又何愁不正呢?

22. 谋事与成事

在埃及考察时，同行的一所中国重点大学研究生院的方院长，在卢克索位于尼罗河畔的希尔顿酒店餐厅里，给我讲了一个"谋事在人，成事在天"的故事。

他说，当他还是一个中学生的时候，一个绝顶聪明且极其勤奋的同班同学告诉他，要努力学习，毕业后一起考北大、清华，进军哥本哈根，争取成为有成就的物理学家。不幸的是，1962年高中毕业前夕，这位同学在例行高考体检中发现患有肺结核病，按规定不能参考，直到1964年上半年康复后才体检合格允许参加考试。由于从1963年开始当局者对1962年唯分数的招生方针实行纠偏，恢复凡家庭出身不好的学生一般不能进高校学习的做法，受父亲曾任国民党省参议员的历史问题牵连，他在1964年、1965年两年高考中都被所谓"家庭有严重政治问题不宜录取"的名义排斥在外。学业成绩不如他的方先生却在1962年一举高中顺利地进入综合大学物理系本科学习，"文革"后恢复高考时又顺利考取研究生，并获得出国读博进军哥本哈根的机会。而那位天赋和勤奋都远远超过方先生的同学，却始终得不到深造的机会，为了生计只好从事普通的商业工作，淹没在茫茫的人海之中。听了这个故事，我也不免和方院长一起感慨"天意弄人"。

后来，我们到了南非约翰内斯堡，了解到这座无比美丽、清新、生机勃勃的城市也是依靠一个偶然的机会崛起的。早在19世纪80年代初，当时叫白水岭的约翰内斯堡还是非洲内陆地区名不见经传的小乡村。从澳大利亚来的青年人乔治·哈密尔顿路过这里，在荒山野岭中百无聊赖地漫步时，他突然被路旁的一块大石头绊了一跤。当他爬起来细看这块可恨的石头时，惊呆得不敢相信：竟然是块金矿石！经过初步调查，他发现这种石头在这里不止一处，于是他给当地政府写了一份申请报告，取得了在约翰内斯堡地区金矿开采的特许权。

也许，哈密尔顿急于想回去，便匆匆忙忙地以 10 个英镑(以黄金价格计，相当于今 400 多英镑的价值)的价格把特许权卖给了一个叫克劳斯的欧洲青年。克劳斯在取得特许权后，进一步调查发现，弧形矿脉长达 240 公里，极有开采价值。于是他从 1886 年开始组建克劳斯公司，1898 年产量即达到 12 吨，超过美国居世界第一，近几十年来年产量一直维持在 600 至 800 吨，相当于世界黄金产量的 6 成，成了全球最大的金矿，迄今已生产黄金 5 万吨，占人类历史上生产黄金总量 11.2 万吨的 2/5 强，为海拔高达 1700 米的内陆高原城市——约翰内斯堡在百年间迅速崛起打下了坚实的基础。

可见，"谋事在人，成事在天"，千古不易。没有天意，哈密尔顿何以发现金矿？没有克劳斯的谋断，约翰内斯堡又凭什么能够崛起于南部非洲？一个只有数百万人口的城市，其每年 GDP 竟然与拥有 7000 万人口的埃及旗鼓相当！位于稀树草原地区的约翰内斯堡，完全用黄金堆出了今日巨木参天的绿色之城！

23. 人生有无之变

一个人在降生之前什么都没有，包括自己的生命，出生时赤条条地来到人世，也是两手空空，一无所有。后来人们运用自己的双手和智能渐渐创造财富。由于机会和能力的差异，有人成富翁，有人成贫民，而大多数人都成了普通百姓，过着日出而作、日入而息的普通生活。这就是人从"无"到"有"的过程。

随着岁月的增长，人渐渐苍老，有了病痛，直到撒手西去，化作一缕青烟，剩下一点骨灰，又是赤条条地走。这就是人从"有"到"无"的过程。

由此可见，人的始与终都与"无"相联系，"有"仅仅是始与终之间的短暂过程。在这个过程中，只要生活无虞就要过得轻松愉快，不要欲望太多，自己与自己过不去，更不要贪得无厌，以致身陷囹圄，丢掉性命。

有些商人做得很成功，为了赚更多的钱，拼命在"有"字上做文章，结果连笑都不会了，活得太紧张，那就太对不起自己了！

24. 有用与无用

与人类相似，植物也有有用和无用的问题。只不过人类有用之材具有较强的生存能力，无用之材则难以在社会上立足；而植物的命运恰恰相反，有用之材易被采伐，无用之材则往往能延年益寿，长久地保存下来。

例如在海南岛有一种叫龙血树的植物，由于它没有主干，成不了建筑用材；点上火只会冒烟不会燃烧，也做不了燃料；更严重的是这种树表皮流出的红色浆汁还有毒性，皮肤破损者一旦遇上浆汁便立即中毒。因此，这种树人见人怕，谁都不去砍伐。在三亚南山风景区竟有一株 6300 年树龄的龙血树，由于此树树皮已长出老年斑，其形态极似老松树，当地的导游戏称它为"南山不老松"，成了三亚地区引以自豪的景点。

而下面是有用之树遭厄运的例子。在浙江省临安天目山山顶上，有一株长得十分高大的冷杉，相传开始时依靠佛寺和尚的保护，长了 1000 年，十分平安，后来不幸被皇帝看中晋封为"大树王"，成为树界之明星，其厄运便随之降临。民间盛传剥下树皮煎汤可治百病，百姓蜂拥而上，此树很快被剥光了皮。没有了树皮，根部的养分无法往上传导，这株冷杉就枯死了。

同样，在人间，老年人不如中青年，而植物界恰恰相反，老树胜过中小树，得到人们更多的青睐，常常能获得从农村进入城市的"农转非"殊荣。可见，人和树木都有一个有用和无用的问题，只不过树木因有用而被人利用，难以自由生长；人则因为有用能过上好生活，实现自己的价值，却不得不付出失去个人自由支配时间的代价。

25. 最后的礼物

在一次聚餐会上，一位报社总编辑讲了一个发人深省的故事。他说一位著名的工程公司总经理行将退休，在他向董事长告辞的时候，董事长说："您一生主持的工程几乎都是优质工程，在您卸任以前，我想最后一次劳驾您负责建造一座小型民宅。"

志得意满的总经理心里想，造一座小型民宅与那些大型工程相比，几乎是小菜一碟，根本不在话下，便很快答应下来。由于他的自满和工作上的马虎，这座民宅建得很不理想。在竣工仪式上，董事长郑重宣布，这座民宅是董事会送给总经理的退休礼物，以酬谢他一生为公司的发展所付出的辛勤劳动。

为之一惊的总经理此时环视民宅，这才发现整个建筑几乎没有一处称得上精美，是他一生中从来没有出现过的败笔。这时，他才猛然醒悟，健步走上前台对着麦克风说："董事会送给我的礼物不仅仅是我自己建造的住宅，更珍贵的礼物是人生的教训，即一个人任何时候都不能失去精益求精的工作激情。我一生通过自己刻苦钻研和一丝不苟的勤奋工作取得了一定的成绩，得到了大家的认可，但在退休前夕的人生最后关头，我却自满起来，放松了对自己的要求，没有了新的奋斗目标，失去了前进的动力，而且眼中也没有了周围的人，总认为自己能力最强、水平最高，结果在小阴沟里翻了船，付出了沉重的代价。从我身上，大家可以发现成功始终属于那些永不自满，而且坚持不懈地努力的人。永不满足是人生最珍贵的礼物。它属于我，属于你，属于世界上所有不自满的人。让我们一起把这份珍贵的礼物牢牢地铭记在心中，持之以恒地把我们的工作做成作品。"

26. 退半步海阔天空

皖南一处古宅"大夫第"其东南角的部分建筑完全打破了徽派建筑高墙深院、依靠天井采光、内外隔绝的传统模式,别出心裁地在临街转角处建了一个用于观景的飞檐角楼,楼额上高悬"桃花源里人家"六个大字,外地人来此还误以为是富贵小姐抛彩球择女婿的古楼台。

由于角楼底部的东南两侧墙面各退了一步左右,所以此楼下面还嵌有"作退一步想"的小篆题额,一语双关,耐人寻味,反映了主人社会阅历深厚,对"忍一言风平浪静,退半步海阔天空"的哲理有着极其深刻的理解。

最典型的"退半步海阔天空"的故事发生在清康熙年间(1662—1722年)的桐城县六尺巷。当时的叶姓乡绅与当朝大学士(相当于丞相)张英家为宅基地界的多寡发生了争执。张英在朝中收到家中来信后,十分焦急,连夜给家人写了一首"一纸书来只为墙,让他三尺又何妨。长城万里今犹在,不见当年秦始皇"的诗作为回信。家人接信后恍然大悟,当即拆墙让界三尺,深受感动的叶家亦随之退后三尺,本来没有巷的地方变成了宽为六尺的小巷。

三百多年来,小巷两侧建筑几经拆建,面目全非,但标志着高风亮节的"六尺巷"精神却被人们广为传播。一个人给后辈留下万贯家财,还不如留下永恒的精神。而且以小见大的精神毫不失其魅力,正如世上很少有人知道张英在当宰相的时候干过什么惊天动地的大事,但古往今来不少人都知道"六尺巷"的互让精神,它与"孔融让梨"的故事一样永放谦让的道德之光。

27. 智慧比聪明更重要

　　记得多年前,听不少出过国或在国外生活过多年的人说,中国人比外国人聪明。比如:外国人即使深夜在空无人车的马路上开车,只要前方红灯亮就会立即停车不前,等候绿灯亮起再开动;一张普通桌子,不但看得见的桌面用油漆漆得铮亮,并且桌板反面,即人们看不见的下方也用油漆漆过,甚至连桌脚着地的那一面也漆得极其亮堂。起先,大家会认为外国人不如中国人聪明言之成理,并且由此产生了不少民族自豪感。后来,随着改革开放,国际交往日益频繁,尤其是自己也有机会出国了,才知道这种自豪感只是一种误解。特别是到了德国,知道德国人的脑袋是"方"的,老太太不仅把自己的短裤洗得干干净净,而且还要将它用电熨斗熨烫得十分平整,这才知道德国人之所以科学技术领先世界,产品的精密可靠举世无双,根本是在于德国人的这种"不聪明",看上去似乎很蠢,实际上是一种智慧。

　　聪明与智慧不同。聪明意味着一种技巧,一种手段,一种心机。例如,在汉朝末年的赤壁之战中,聪明的诸葛亮让老将黄盖略施苦肉计,取得曹操信任,以计谋诱使不习水性的北军用铁索将船只连接在一起,再草船借箭,利用刮东风的季节,火烧赤壁,以少胜多,打败了实力强大的曹操,取得了奠定三国鼎立的巨大胜利。这一依靠聪明取得的胜利充其量也只不过是一种谋略。智慧则是一种研究,一种思考,一种创造。例如,孔子给了中国人道德文章,老子给了中国人辩证法,它们和佛教文化一起组成了中国传统文化,不仅使中国人明白了做人的道理,也使一代又一代的中国人懂得了如何处世,成就了一种认识世界、改造世界的心智和能力。可见,智慧是解决人整体素质提高之道,而聪明只是解决具体问题的一种谋略。

　　而且就聪明本身来说,也有"聪明反被聪明误"的问题。所谓聪明人常常会做蠢事。聪明人总以为自己比别人知道得多，离无所不知也就一步之遥了。倾听建议对于成功来说至关重要，但是，一些聪明人却没有耐心听取别人的意见。因为，智力超群本来就是一种容易孤立的因素。在某一领域显露出才华的人，并不意味着他无所不能，更不能确保他事事成功。那些聪颖过人者往往自命不凡，极易固执己见，排斥合理化建议，以至于最终走向反面。这就是说，自负傲人，孤立褊狭，无所不能是"聪明反被聪明误"根本原因所在。

由此可见，智慧不但比聪明更重要，而且是永远颠扑不破的品质。

28. 快乐在于计较的少

人生在世不是为了追求痛苦，而是为了快乐而来。出生时，婴儿都是哭着出来的，长辈们却是笑着看下一代来到人世。婴儿出生后都会捏紧拳头，蹬蹬小腿，拼命在哭，内心世界装满着长辈的期望，不但攥紧双手希望把人世间的一切美好都握在手心，更希望征服世界，成为国家的栋梁，祖辈或父母则怀着殷切的期望把他们取名为"征宇"、"兴国"、"国栋"、"国梁"……几十年、一百年过去了，人们才知道世界是征服不了的，成为国家栋梁的人也只是少数，大多数人只能起着砖头瓦片、泥巴沙子的作用，希冀获得人世间一切美好的愿望也只是痴心妄想。最后，所有的人无一例外地松开拳头，把腿伸直，安详地撒手西去，拜在身边的小辈恸哭着给他们送行，这就是人生的过程。无论是帝王将相还是庶民百姓，在人生这一过程中的起点和终点都是相同的，所不同的只是其中的过程而已。与双程休闲的旅行不同的是，人生的过程只是单程旅行。也就是说，人生只能往前走，不能倒回来重过。因此如何在这几十年，最多一百来年的人生旅程中过得快乐，几乎是每个人的共同追问。因为我们是为了快乐和幸福，而不是为烦恼和痛苦来到人间的。那么，我们又如何获得快乐呢？

由心而生的快乐既是物质的更是精神的,它不是得到的多,而是计较的少。有人想发财的确也赚了不少钱,但他老是想成为首富,成了乡首富想成为县首富,成了县首富又想成为市首富,成了市首富又想成为省首富,成了省首富又想成为全国首富,成了全国首富又想超过拥有500亿美元资产的比尔·盖茨,成为全球首富;有人想当官,当了乡长想当县长,当了县长想当市长,当了市长又想当省长,当了省长又想当国家领导人;有人希望自己脸蛋更漂亮,不但要用高档化妆品,把黄皮肤抹成白皮肤,把黑头发染成黄头发,还要想通过整容使自己更像高鼻深目的老外。如果这种追求永无止境,他一生的烦恼也就挥之不去。因为他总是感觉自己生不逢时,怀才不遇。生活在一个上苍不公、无法让人满意的世界里,名利与自己无份,富贵与自己无缘,要想得到的东西不是失之交臂一无所获,便是七折八扣不能尽如人意。我们这个世界之所以难以让他满意,并不是他缺衣少食,生活无着,而来自他每时每刻都忘不了与人攀比的欲望。

"人比人,气死人。"早在三国时期,东吴水军大都督周瑜,因胸襟狭窄,心眼小,嫉妒诸葛亮的雄才大略,又屡遭失败,怒气填胸,以致箭伤复裂,在"既生瑜,何生亮"的比较中被气死,死时年仅36岁。自古以来,人们常把"心眼"两个字放在一起,说明人的眼睛与内心气度有关。

"成于欲,败于欲。"合理的欲望是推动人类不断进步的动力,人类之所以能从动物界里脱颖而出,成为雄视自然界的衣冠望族,离不开欲望的推动。反之,难以企及的欲望则是让人陷入痛苦的根源。例如,官吏的贪赃枉法、毒贩的冒险运销、炒家的挪用公款、骗子的买空卖空……无不是落得人财两空,身陷囹圄,甚至失去生命的下场。其实,人的生理需求很少,家有华屋千间,也无非是六尺床一张;家有佳肴盈屋,也只能一日三餐。求官求富亦有尽头,生不带来死不带去,到头来谁也逃脱不了在熊熊烈火中,化为一缕青烟,乘鹤西去的相同结局。对短暂的人生来说,万贯家财,高官厚禄无非是过眼烟云而已!

人生在世,"谋事在人,成事在天"。如果你能从自己的实际出发,努力学习,积极工作,就对得起自己,对得起社会。至于能不能出人头地,则有很多自己难以把握的客观因素。也就是说,努力的人,不一定都能成功;但不努力的人,肯定不会成功。所以,只要你清醒、准确地认识自己所处的客观环境,认识自己的长处、弱点和成绩,舒心地做自己想做的事,过自己想过的日子,还会有什么想不开的呢!"想得开"加上"自得其乐",胜过一切"快乐秘方"。

心态是人生的镜子,快乐来自积极的心态。只要你心胸宽广,遇事乐观,仁善知足,就会拥有良好的心态。在怡然和谐的心境中,你不但容易认识自己,还能发现身边的美好。感激他人,报答他人,会让你更好地看到别人存在的价值,从而以积极的心态面对人生,不断思考自身价值的实现,把你想做的事情做得更完美。心存感激的人会为他人着想,并乐意帮助他人,因此更受欢迎,从而获得更多的肯定。别人的肯定往往是自己进步和快乐的助推器,会激发你不断取得进步,感受到更多的快乐。

人处文化中,文化在心中。祝愿诸君能张大自己的心眼,控制住自己过多的欲望,有张有弛地学习,有声有色地工作,有情有义地交往,有滋有味地生活,有苦有乐地体验,终身与快乐相伴!

29. 参悟"赢"字

赢是竞争中的胜出者,世界上没有人想输,都想赢,但赢并非人们所想象的那样是事事领先,处处得益,而是有得有失。作为象形汉字的"赢"字,由"亡、口、月、贝、凡"五个独立汉字组成,无论从结构和内涵上都充分体现了辩证的得失关系。

"亡"处于"赢"字的顶峰,"亡"与"存"、"死"与"生"是两个极端,其重要性不言而喻。它告诫世人凡事要低调,绝不可太张扬。因为自然界"木秀于林,风必摧之"、"出头橼子头先烂";人类社会更有一个人要想自取灭亡,必先猖狂的历史教训。发动第二次世界大战,让亿万无辜百姓陷入战火的德、意、日法西斯就是从嚣张、猖狂最后走向灭亡的。不可一世的希特勒本人不也是在苏联红军攻入柏林，兵败如山倒，走投无路之际不得不与情妇一起自杀，落了个焚尸毁迹、进入地狱的下场。

"赢"字的"口"位于"亡"下面，属于第二层次，起着承上启下的作用。"口"非常重要，既可用来讲话，也可用来吃饭。"口"用于讲话：倘无遮拦，言多必失，小则伤了和气，大则会有牢狱之灾，更甚者会招致杀身之祸；倘缄口不言，疏于沟通，则难以与人交往，在市场经济社会中不但难展身手，甚至于一事无成。"口"用于吃饭：随心所欲，大吃大喝，会带来高血压、高血脂、高血糖，最终危及生命；反之，若只知一味节食减肥，营造外表美，而不注意营养搭配，也会危及健康，引起疾病，缩短寿命。

"月"、"贝"、"凡"处于"赢"字的最底层，是"赢"的基础。左边的"月"说明人生是一个过程，它像月亮，有圆也有缺，不可能都一帆风顺，更不会万事如意，欢乐与痛苦在所难免。"贝"是古代的钱币，它意味着"赢"要有经济基础，一个人不能没有钱。但钱毕竟只是人生的一部分，人生绝不是钱的一部分。"贝"字不偏不倚处于月、凡中间，昭示人们对于钱不能走向极端，既不能没有钱，也不能唯钱是图，要做钱的主人，千万不可以做钱的奴隶。"凡"是组成"赢"字的五个独立汉字中最后一个字，它意味着每个人都应拥有一种平凡的心态，因为任何人都是凡人，而不是神仙，不会长生不老，从政当官的最终要退休，经商、务工、务农的也有不得不歇手的一天。谁退下来后，都是一个普通人，唯有保持凡人的心态，我们才能赢得幸福而美好的人生！

可见，"赢"字的内涵极其丰富，蕴涵着做人处世的深刻道理。

态度
改变人生

TAIDU

GAIBIAN RENSHENG

1. 管人管事管协调

人是我们一切工作的出发点和归宿。所以,孙中山先生倡言"天下为公";列宁号召布尔什维克当"人民公仆";毛泽东要求共产党人"为人民服务"。

"管人",先得从"人"字说起。据说,古代仓颉造字先从最重要、最常用的字开始,所以,最重要的字笔画最简单。人号称万物之灵长,在自然界的地位最为崇高,字的笔画也很简单,只有一撇一捺两个笔画。"人"字在结构上,撇与捺也是相互支持的,无论缺了谁都站不住。所以,人也被称为社会关系的总和。"人"字的撇与捺起笔之处是连在一起的,差别不大,但随着笔画的延伸,差别不断地扩大。这说明人是环境的产物,不同的环境条件和自身努力程度不一样,培养出来的人差距是很大的。同时,人是有思想的动物,兼有动物性和修养性,而修养性是人类所特有的。关于修养问题,古人就很重视,周代以"周礼",汉代用"孔孟之道",宋明提倡"理学"来规范人们的行为举止。作为马克思主义者,刘少奇 1938 年在延安中央党校所作的《论共产党员的修养》的报告中,就着重强调共产党员要有严于律己的修养。在当前社会主义市场经济条件下,共产党员加强自我修养,对于反腐倡廉,是十分必要的,也是非常迫切的。所以,1998 年党中央举行了纪念刘少奇诞辰 100 周年大会,决定重新发行《论共产党员的修养》单行本。所有这一切都说明,人的管理是最根本的管理,而对负有"管人、管事、管协调"职责的部门领导而言,明白这一点更为重要。正如毛泽东所说的:"政治路线确定以后,干部就是决定的因素。"

"管人",一是管自己,管本人;二是管别人,管部门里的人。管人的目标是最大限度地调动人的积极性,包括自己的积极性。古人言"天时、地利、人和"很重要,而其中"天时"不如"地利","地利"不如"人和"。只要"人和"，什么事情都好办，所以领导者一定要将"人和"抓好。

《论语·子路》说："其身正，不令而行；其身不正，虽令不从。"古谚称："桃李不言，下自成蹊。"都强调领导以身作则的重要性。因此，"管人"，首先应管好本人，要加强自己的思想政治学习，要带头搞好廉政建设，同时，要不断地提高自身的业务素质。第一要掌握本部门的业务；第二要有宽阔的知识面，多读书，丰富自己；第三要多和同志们交谈、探讨，拓宽自己的社会知识面；第四是要不断地锻炼自身的口头表达能力和文字写作水平。同时要注意改进工作方法，理清工作思路。一是要严于律己，宽以待人，胸怀豁达，开诚布公。要吃苦在前，享受在后，带头苦干、实干。要带头遵守纪律，以模范的行动来带动整个部门的工作。要善于听取不同意见，不光要有肚量，而且要有胸怀。二是要敢于探索、敢于创新。现在在改革年代，假如不探索、不创新，你工作的领域将越来越窄。三是遇事要冷静，多思考，多研究，碰到问题要敢于挑担子。我们经常碰到很多紧急的事，有时也碰到一些不是太急的事。中国有句古话，"急事缓处，缓事不拖"。就是说，"急"的事如果考虑不周就不要急办，要三思而后行；"缓"的事不能由于大家认为不急，就一直拖下去，时间一长就难以解决，甚至转化为难题。同时，碰到问题不要互相责怪，责怪是解决不了问题的，反而徒增新的矛盾。四是要关心同志，团结同志，善于调动干部的积极性。我以为领导者要有才能，但主要领导的工作不是与周边的同志比个人才能，而是要不断地与自己的缺点和弱点作斗争，致力于研究如何最大限度地发挥周边同志的才能和智能。所以，领导者要努力创造一种人格的力量，带动和影响周围的同志，达到"不令而行"、"下自成蹊"的境界。曾记得前几年，我右手受重伤住院治疗期间去上天竺散步，在禅寺回廊的墙壁上发现贴着佛教界告诫信徒的二十句话。其中有两句话与世俗的关系最为密切：一曰人生最大的财富是健康；二曰人生最大的敌人是自己。一个人健康的时候，真体会不到健康的可贵，一旦失去才痛感健康之宝贵。年过半百的我，对于"手"从来没有认识和研究。1996年4月1日上午，我去浙江大学经贸学院给研究生班讲课，不幸摔倒在地，右手被玻璃茶杯碎片切割成重伤。刹那间，血流如注，血管、神经、肌腱皆断，生活工作顷刻无从谈起。儿时读过"切肤之痛"的成语,四十多年后才将其含义"印在脑子里,溶化在血液中,落实在行动上"。嗣后在辗转浙江医院、上海华山医院治疗期间,才知道生物界中只有人的"手"具有对指功能。"手"是人和动物的重要区别之一。一位在杭州邵逸夫医院工作的美国医生说:"唯有人,才有手;唯有了手,才成为人。"如果不能把手伤治好,那就将失去人的重要功能,其后果不堪设想。健康真是人生的最大财富。当我看到第二句话时,不由得想起唐代杜牧《阿房宫赋》中的一段话:"呜呼!灭六国者,六国也,非秦也。族秦者,秦也,非天下也。"真是振聋发聩。一个人、一个单位的敌人不也是自己吗?当今,就拿一些行政执法部门来说,其工作人员办理社会事务往往比其他人顺手,个别不知就里者还颇为自得。其实这多半非能力使然,乃权力所致,而且此等事宜倘办得超过限度,不是祸起萧墙,就是社会上闲言碎语、怨恨批判由此而生。所以,我们务须"如临深渊,如履薄冰"以自律,凡事把握左邻右舍之间的平衡,做到将心比心,适可而止,平顺之际要考虑拂逆之时。

"管人"也要管好别人。第一是领导要懂得用人之道,要用人所长,补己所短。疑人不用,用人不疑,这是中国历史上传统的用人之道,在现代还是有借鉴意义的。第二要建立规范化、制度化的管理,绝对不能有随意性。同时,我们的干部也一定要实行分级管理,不要越俎代庖。第三要从尊重人、关心人着手,启发同志们的主动性、创造性。第四要培养人,提高干部的素质。第五要敢抓敢管,大的问题不能姑息迁就。

"管事",先得从"事"字说起。"事"在商务印书馆出版的《现代汉语词典》中解释为"关系和责任",在中华书局出版的《说文解字》中解释为"职也",如果将两者联系起来,"事"即为"有关关系的职责"。所以说,"管事"就是要"尽到处理关系的职责"。因此,我们强调"管事",首先就要强调尽职尽责,做好本职工作。在这个基础上,我们对领导者"管事"有七条要求。第一,工作思路要清晰。中央的方针政策要全面掌握,邓小平理论要认真学好,在这个基础上,上级的指示要很好地研究,本省的实际要很好地调查,上级的要求要很好地贯彻落实,部门内职工的想法要摸清。这样工作才有清晰的思路,工作有思路,实际工作才有道路。第二,"管"字从"竹""从""官",古代曾以竹简记事,也就是说,官员按竹简文字规定的制度办事,就称之为"管"。所以,"管事"一定要管得规范,按制度办事。第三,办事要有个程序,才有科学的决策。第四,工作要有个合理的分工。第五,工作要有计划、有目标。第六,在综合平衡的基础上,工作要抓重点,抓主要矛盾。第七,要抓检查落实,做到办一件成一件。

事物是普遍联系和矛盾的。凡是有人类的地方都会产生不平衡。要取得新的平衡,非"管协调"不可。在这里,我们不妨将"协调"两字拆卸开来。"协"字左边是"十"字穿心,说明做协调工作要诚心诚意。繁体字右边是三个"力",说明要一而再,再而三地花力气;简体字右边是个"办"字,再拆卸开来,"办"字当中有一个"力"字,力字身前背后又各有一点水,同样说明要付出力气和汗水。因此,"协"字就表明我们在做协调工作时必须怀着坦诚之心,不遗余力地付出辛勤劳动。"调"字,左边是个"言"字旁,右边是个"周"字,意思显然是协调时讲话要周到、得体。所以说,做协调工作一定要诚心诚意、尽全力,言语周到、不厌其烦,才能平衡各方,取得成功。

对于不同层次的人来说,平衡协调的要求是有所差异的。一个大国的总统曾经说过"政治就是妥协",这就是说上层领导更多的是平衡协调;而基层的工人、农民则主要是干活,很少有人际协调任务;起着承上启下、处理事务作用的中层干部,应该做到平衡协调和业务工作并重。当然,这是就总体情况而言,并非"五五"分,而是视各部门情况不同,有所侧重。

2. 有德有才有表率

在一次旅途中,我看到路边农家大门上的一副对联而受到启发,想到了一句与"管人管事管协调"相对应的联语"有德有才有表率"。

我们的中层干部应该有德,有良好的道德品质、道德风尚,要有适应当干部的领导才干,还要有当干部的表率,以身作则。

现在的社会经济发展很快。大家记得,当年我们生活很困难的时候,单位里发一些吃的东西,诸如米、油、猪肉、咸腿、水果、饮料之类的,大家都很高兴,发得越多越高兴。现在可不一样了,有些同志会提意见:怎么发这么多,吃都吃不了。有个别人平时缺少体育运动又吃得太多,都吃出糖尿病、脂肪肝、高血脂等富贵病来了。为什么会出现这种情况呢?因为现在生活水平提高了,物质丰富了,社会进步了,人们的要求也不一样了。就拿穿衣服来说,1984年奉化县几乎没有人穿西装的,县领导班子中就我一个人穿西装,大家都习惯于穿中山装。到国庆节前两天,我提议县级领导班子都穿西装,以穿西装来反映我们班子改革开放的崭新风貌。9月30日国庆晚会,由于领导班子全部穿西装,面貌焕然一新,全场的老百姓为之一震。奉化县是中国出西装的地方,当时有三百多家工厂加工西装,但是竟然没有一个人敢穿西装。人们认为西装是卖给外面的人穿的,奉化本地人穿西装是"出洋相"。当时人们的思想很封闭,这几年应该说大为改观了。现在反过来很少有人穿中山装了,穿中山装的是一些老先生,包括像我父亲一辈这样的人才穿。穿中山装成了守旧和不开放的表现。这几年社会的发展变化很快,开放精神也渗透到方方面面,包括农村里造房子,过去的房子墙头打得很高窗户很小,现在的房子不仅用落地窗,甚至门也都采用玻璃门,从上到下全部透明。这种开放和透明的精神跟我们当前的政务公开,跟我们穿着开放式的西装都是有联系的,是全社会一种"透明"思潮的形象化反映。所以说公开、透明是全社会进步和发展的总趋势,是一股不可阻挡的潮流。大家知道,过去拥有一台电视机很不容易。20世纪80年代,我第一次出访的时候带了一台电视机回来,那个时候1港币合人民币4角7分,花了2050港币买了一个20英寸的,看看已经很好了。现在已经没有这种类型的20英寸电视机了,就连直角平面的21英寸电视机都不需要花那么多钱了。当时2050港币折合人民币接近1000元,相当于我当时七个月的工资,今天我们把工资、奖金等折合起来,不到一个月的收入就完全能买一台这种电视机了。所以说,社会发展很快,变化很大,几乎我们每个人都能亲身感受到。

但是大家要看到,社会在不断进步、不断创新的同时,也进入了物欲横流的浮躁时期,千奇百怪,什么都有。有一天上午,我到省人大常委会开会，碰到省计经委的孙主任，他说："老翁，你们原来省府办公厅工交处的那个孔某犯罪杀人了。"我听后，惊呆得好长时间回不过神来。记得十几年前我调到省府办公厅任副主任时，孔某是我分管的工业处副处级调研员，人很爽直，不像一个杀人犯。几年时间怎么会堕落成一个罪犯？真是不可思议。现在为什么这种以前闻所未闻的事情多得不得了？在公平、公正、公开条件下的利益驱动使人们在满足自身欲望的过程中给整个社会带来生机和活力，推动着各项事业的蓬勃发展，但是也带来了很大的消极面。欲望犹如泛滥的洪水肆意漫过合理的边界到处流淌，不少为官者经不起诱惑而利用职权贪赃枉法；不少经商者为了聚敛钱财而不择手段；就是一些素来以清高自诩的文化人也难耐寂寞，他们之中的不少人为了欲望的满足不惜斯文扫地，在生活中不断放纵邪恶欲念，不断上演、导演闹剧与悲剧，使社会有机体受到令人扼腕叹息的侵蚀。

从腐败的进程来看，20 世纪 80 年代拿物的多，拿钱的少；90 年代初期开始拿钱；紧接着现在升级到第三阶段是贪"色"。"物、钱、色"是三部曲。人是欲壑难填的动物，我们现在所处的社会环境极其浮躁。开开飞机掉到地上；开开汽车翻到沟里；开开船沉到渤海海底；造造桥桥垮人亡；挖挖矿产不是塌方便是爆炸；连偶尔运运废旧爆炸品，也会运出"新疆伤亡"这么大的爆炸案。连古代的强盗也只是谋财不害命，劫色不夺命的。众所周知，《水浒传》里拿着两把斧头的假李逵也是只收买路钱不伤及客官性命的。古代没有人像曾任某市市委书记的孔某那样轻率地把人家杀掉，还大摇大摆地走掉，尸体还留那里。真是胆大妄为、忘乎所以了。

在这种利益驱动浮躁不安的社会形势下，要冷静处世，我认为首先要做到有德。因为人跟其他动物不一样，人是有道德品质的。我们要有羞耻感，哪些东西是光荣的，哪些东西是羞耻的，一定要清楚。很多读过《三国演义》的人都知道，关羽以其忠义受人尊敬，死后还获得很多崇高的封号，被晋封为武财神，与赵公明齐名，被佛教界任命为伽蓝殿菩萨，相当于佛教警卫部队的高级将领，到清代道光年间又被皇帝封为"大帝"，并敕建其纪念馆"关帝庙"，至今"关帝庙"遍及全国城乡，甚至连越南等邻国也信奉关帝。有人问，关羽为什么受到这么多人的尊重？除了有封建帝王刻意树立榜样及封建迷信思想的作用外，最终还是离不开关羽忠义的德行。所以说，有德是第一位的。

第二是要有才。"才"由两方面组成：一是人们先天拥有的天赋。每个人都有不同特点、不同程度的天赋。如有些人从来没有受过特殊训练，字就写得很漂亮，他就有写字的天赋。有人有音乐细胞，听一两遍就能把歌唱得有滋有味。有人小时候看看小人书，画画得十分相像，他就有绘画天赋。假如没有这种天赋，光靠勤学苦练是没有用的。艺术家也好，文学家也好，音乐家也好，书法家也好，都是有天赋的，没有天赋绝对成不了这种特殊的"家"。二是人们通过后天学习所获得的才干。后天所获得的才干，很大程度上取决于个人的努力学习。有一首不少人都曾念过的古诗叫"长歌行"，诗曰："百川到东海，何日复西归？少壮不努力，老大徒伤悲。"人跟人的差异，就在于有人在努力学习，他就前进，成为智者；有人却让时间像流水一样白白地流逝，他就很快成了愚者。我们这里有不少人经历过上山下乡的锻炼，他们之间的差距特别大。有些人上大学成了专家学者，或成了领导干部；有人却下岗在家，生活困难，连子女上学都无力供养。可见面对短暂的人生，我们要珍惜时间。像我们这些年过半百的人，已经老了，但是我认为还要"垂死挣扎"，努力学习，做到不愧对光阴的流逝。钱是身外之物，而时间则是属于自己的宝贵财富，抓紧时间努力学习，我们才会拥有身内之"才"。一个人完全没有身外之物的"财"是不行的，毕竟"民以食为天"，不吃饭人要饿死。但是现在多数人不会到濒临饿死的地步。所以今天对我们大家来说，无"贝"的"才"比有"贝"的"财"更重要。将来有一天你要离开人世时，绝大多数人肯定会有余钱存世。假如留的钱多，可能会使下一代坐享其成，不思进取；留得少，反而能激励下一代自力更生，奋发图强。没有房子、租住阁楼的上海人，几乎没有下一代为争夺房产而引起兄弟阋于墙的。在农村就由于有自己的住房，下一代往往为了争夺很小的一块墙基就不惜大动干戈，甚至伤及性命。农村里为纠纷而死掉的人几乎都是为了争夺有"贝"之"财"，很少是为大是大非而牺牲的。同样地，你看现在成克杰、胡长清之流犯罪、坐牢、吃枪子也不是因为反党、反社会主义的政治问题，而是人为"财"死，人为"色"亡。

有天赋的人千万不要骄傲,天赋不高的人也不要自卑。世界上有两种人,一种是做学问的,并不一定需要拥有很高的特殊天赋,他更需要的是勤奋。假如你财经学院毕业,在财经学院当老师,你只要天天学习,不断笔耕,当你50多岁的时候一定能成为教授,因为教授是做学问的,其关键在于"做"字上下工夫。假如你要到美术学院当教授,首先必须具备美术天赋,没有天赋光靠勤奋是不能解决问题的。像我这样一个没有艺术细胞的人,再努力也不可能在音乐上有造诣,连唱好一支歌都很困难,想到音乐学院当教授简直是癞蛤蟆想吃天鹅肉——痴心妄想而已。李卜克内西曾经说过"天才就是勤奋"。这句话可以作为我们的座右铭。我们所需之才,主要要靠勤奋,也就是说,大家要静下心来努力学习。现在最难的就是静下心来,利益驱动的市场经济条件下,应酬多、交际多,很多时间都花费在我们不该浪费的地方。社会上什么活动、什么娱乐都有,你什么都要参加都要试一试,那你就永远没有时间学习了,你认为自己年轻、有知识,好像很了不起。宁波人说:"眼睛一眨,赖孵鸡娘变鸭。"你很快就落后了。像我们这些"文革"以前的大学生,有人不断学习,还能跟上形势,成了一方面的专家,有人长期不求上进,早就被历史淘汰了,甚至有人已经"退休"在家,无所事事了。不管你原来是什么学历,有什么基础,不力争上游、努力学习,有一天会"老大徒伤悲"。当然,像我们这样年过半百的人再学习也不可能超过年轻人,"长江后浪推前浪",这是事物发展的客观规律。我们这一类人的学习无非是使自己不要落伍得太多而已。

学习有多方面的内容,甚至包括学习做人的道理,只有这样,你才能真正感受到富有。倘一个人拥有很多钱,但他什么都不懂,看到文化底蕴很深厚的东西一无所知,他就会感到自己很浅薄、很寒酸,这时候身内之"才"就会超过身外之"财"了。有一次我出差去山东,有机会参观了淄博市淄川区蒲家庄的蒲松龄纪念馆。蒲松龄是个很有才华的人,18岁考秀才时县试、府试、院试三试第一,而考举人,一直考到70多岁,还没有考取。为什么呢?科举考试的八股文有严格要求,不能多一个字,也不能少一个字。这种科举考试是隋文帝时发明的,在西方一本关于全球伟大人物排名的书中,隋文帝曾与毛泽东一起被列为中国两大伟人。科举制度在隋唐时考试内容主要是考诗赋。考诗赋有个缺点,即考官难以评分。并且当时还规定,一要推荐,二要考试。(其做法与当今的干部选拔"双推双考"差不多。可见,一个民族文化都有它自己的传统继承性。)推荐这一关就大有文章可做,唐代写"南朝四百八十寺,多少楼台烟雨中"优美诗句的杜牧,他为了考进士写好《阿房宫赋》请人推荐给考官,由于考官已经接受了四位名人对四位考生的推荐,不得不告诉他,你的文章写得很好,但由于我已经答应了前面四位名人所推荐的学子中进士,所以只好委屈你排在第五位。到明代,人们就想了个办法,以南宋学者朱熹给"四书五经"所作的注解为依据,所有的考卷必须严格按照他注解的东西为答题标准。从此,科举考试就标准化了。但标准化走到极点就成了机械的东西,也就失去了创新能力。(所以我们平常讲规范是讲制度的规范,并不是说不需要创新,更不能使规范成为工作一成不变的理由。创新的精神是人类生命活力的反映,是生产力发展的最终动力。)蒲松龄写文章不拘一格,答卷始终不合规范,多次往来省城,考了几十年,就是考不中,成了老秀才。而他平时勤奋撰写的《聊斋志异》在他死后半个世纪,由慧眼识英才的清代浙江严州府知府赵杲组织力量刻印发行。从此,蒲松龄有如崂山道士破壁而出,成了举世闻名的文学家,这是他生前所始料不及的。可见人生不能追求结果,只能追求过程,尤其是做学问一定要追求过程,因为做学问主要靠勤奋,而当官主要靠机遇,其差异是很大的。例如,生在帝王之家的溥仪 3 岁就能做大清皇帝,但 3 岁的孩童却连木匠都做不了。因为作为皇帝有人会帮他料理,而木匠则要凭借自己的能力。在中国历史上没有人肯出钱买木匠、泥水匠的头衔,只有买官卖官的丑闻。所以大家不要把当官看得太重,要看重的是抓紧时间学习,争取成为有才之人,要往有才方面去努力。

最后谈谈对有表率的认识。有表率,就是为人师表。中层干部承上启下,是一个为人师表的岗位。对普通干部而言,中层干部就是他们的表率。但是现在社会上却产生了一种怪现象,当官的人老是想着自己应该享受什么,而不是想我应该为老百姓做表率,为社会多做贡献。这差不多成了当今社会的一大痼疾。中国人宗教意识淡薄,"无事不登三宝殿",习惯临时抱佛脚,千百年来流行典型引路的"榜样文化",早在两千多年前的秦始皇就提出了"以吏为师"的要求,汉武帝以后,作为当年"博导"的孔夫子成了"万世师表"。中华人民共和国成立以来,河南兰考焦裕禄、西藏阿里孔繁森,都成了人们的学习榜样。就是在大陆失败以后跑到台湾的国民党,在成立改造委员会重新登记时也要求党员"能以身作则"。可见有表率是自古以来各种不同政治力量对下属干部的基本要求。

3. 人生的一二三四五

清明时节,我与几位大学教授、专家乘坐一辆牌照尾号为"12345"的旅行车前往浙中一著名城市参加研讨会。一路上,车外春光明媚,景色如画;车内欢声笑语,煞是热闹。此时有人突发奇想请大家围绕着有趣的车牌号码说出人生的"一二三四五"。在短暂的冷场之后,气氛迅速升温。一位女教授首先发言,她说人生的"一"意味着单程旅行,一去不复返,出生时痛哭而来,死亡时撒手而去,充满了痛苦。为了摆脱痛苦寻找幸福,人才开始了一生的行程,无论是帝王将相,还是庶民百姓,其起点与终点几无差别,有差别的仅仅是从起点到终点的中间那一段经历,因此人生经历犹如旅行之观景,心灵之游走,越丰富越好,其间既有成功,也有失败,既有愉悦,也有坎坷。一位"文革"中"有幸"坐过冤狱的老先生甚至说即使去坐牢亦不失为一项苦其心志劳其筋骨的历练,对平衡自身心态尤其对忍受磨难大有益处,如张学良先生当年不被监禁就很难寿过百岁。

一位王姓教授若有所思地说,中国人际交往中常常会发生当面客气背后非议的双重人格,以及中西方的其他不同认知,可统称差别人性归纳为人生之"二"。

我紧接着说,无论人生有多少种经历,其贯穿始终的还是要有价值。一个人不是利用自己,便是被人利用,有条件的还要利用别人,而其中能够和善于利用自己则是一切利用的基础。利用自己分为两个方面:一是利用自己的动手能力,二是利用自己的动脑能力。前者小至衣食住行的自我料理,大至巧夺天工的发明创造;后者小至一言一行的慎独,大至惊世文章的问世。总而言之,利用自己便是最大限度地发掘自己的潜能,体现人异于其他动物的崇高。而一个人是否能被人利用,是有没有能力的标志,也是一个人有没有价值的反映,只要不践踏人格,不触犯法律,被人看中并接受利用不啻是一种光荣。因为被人利用才能有作用,有作用才会受人重视,受人尊敬。说到底,一个人是否能引起人们的重视完全取决于其本人发挥作用的程度。至于利用别人则取决于客观条件,如有权力者可以指挥部属,有金钱者可以雇人服务,博导亦可利用研究生做各种课题。然而一旦失去所能依赖的条件,如当官者失去了官位,富豪失去了金钱,从业者失去了岗位,那就只能望洋兴叹,无法利用别人了。

这时一位满头白发且一直在沉思的老教授,突然若有所悟地挥舞着右手,画龙点睛地说:一个既不能利用自己,也不能被人利用,更没有条件利用别人的人便是无用之人。这可以称作人生之"三"吧!

我说,即使有用之人在内涵气质上也有"四"个不同的层次:最低一层是知识,比知识高一层的是文化,比文化高一层的是思想,比思想更高的是境界。李教授说,这四个层次我不十分明白,是否请你举例说明?我当即举起手中的茶杯,解释道,以茶为例,种茶、采茶、制茶是知识,当成品茶叶进了茶馆,和水结合施以茶艺便成了文化,唐宋时佛教徒通过品茶冥思苦索产生了顿悟的禅宗则进入了思想层次,若一个人进一步提高到以出世之心,行入世之事,做到宠辱不惊,那便进入了最高层次——境界。可见人生不仅要拥有知识,更要超越知识。至于艺术的境界又分为"四"个层次:最低层次为"欲",比欲高的是"意",比意高的是"情",比情高的是"性"。中国的山水画写意,西洋画写情,若能达到性的层次便能进入"写真率性,物我两忘,随心所欲"的最高境界了。

最后一位心理学教授概括性地说,至于人生之"五",是人的需要由低到高分为:生理需要、安全需要、归属与爱的需要、自尊与他人尊重的需要和自我实现的需要"五"个层次——这是美国著名的人本主义心理学家马斯洛的研究成果。

4. 别迷失在细节中

　　与浩瀚的历史长河相比,人的一生十分短暂。在这短暂的人生中有方向性的大问题,也有细节性的小问题。如何抓大放小,不让自己迷失在细节中,至关重要。古人说:"人贵有自知之明",它意味着一个人最可宝贵的是明白自己拥有什么,自己又能做什么,这种涉及人生定位的大事比高智能更重要。

　　你自以为拥有的可能是虚无的;你自己浑然不觉的品质,可能是一笔宝贵财富。例如许多出生于偏远地区的运动员就是在当地体育老师的指导下,才发现了自己的优势,走上了国内和国际领奖台的。同样,世界上还有更多人才的潜质都是被慧眼识英才的学校老师挖掘出来的, 可以说没有老师就没有他们的成长和事业。从这个意义上来说,进学校的目的之一便是让老师发现学生的潜质。

　　至于明白自己能做什么,那就更难了。找不到生活方向的人实在太多了,尤其是在当今浮躁的社会氛围里,很多人觉得自己才能卓越,什么都应该去做,什么经商、做官、办企业、编辑报刊、当文体明星,都不在话下。他们喜新厌旧,见异思迁,人生像鱼一样,忽东忽西,居无定所般地游弋。这种没有弄清自己拥有什么,以及在此基础上应该做什么的状态,导致一生扬短避长、屡战屡败,是所有缺乏自知之明者的症结所在。

　　人生在世细节颇多。如果你在意的话,领导的批评、同事间的摩擦、家庭的不一致、邻里的评头品足都会引起你的烦恼。一位蓄有长须铺垂及腹的著名老画家,活了半个多世纪也没有因长须带来烦恼,就有一天,一位好生奇怪的人突然问他,老先生你晚上睡觉时胡子是放在被子里面,还是放在被子外面?由于他平时对胡须安放一事从不在意,一时语塞,只好说,待我晚上睡觉时弄清楚了再告诉你。及至当晚就寝,他对平常熟视无睹的胡子极为关注,起先将胡子放在被子上好像不舒服,后来放在被子里面也不自然,折腾了整整一个晚上连觉都没有睡好,反反复复还是解决不了胡子的安放问题。结果到第二天,老画家精神委靡不振,什么画都画不成了。这种人为地在自己的思想上加压引起的心累,使老画家明白了人生对一些不涉及原则性的细节问题要顺其自然,切不可太在意,倘过分在意了便会使自己迷失在不必要的细节中,以致失去了大方向。

5. 人才三用

天下人才,形形色色,但归根到底可分为"贤、能、忠"三类:一类是道德情操特别优秀,素孚清望,堪为楷模,但办事能力相对薄弱,权略机变相对逊色的"贤者";另一类是道德品质也许尚有瑕疵,声誉名望或许不那么让人仰慕,可办事能力出色超群,韬略权谋老练娴熟的"能者";还有一类是办事能力和道德情操并不出众,但与之相交,替你服务周到且绝无二心的"忠者"。

贤者乃是大旗,是招牌,树立正气不可或缺;能者是得心应手的工具,是使单位部门机器运转的动力,开展工作的刀斧;忠者则是工作生活中寸步难离的直接助力。

领导者对待"贤者",要给予崇高的地位,提供优厚的待遇,让他们以其无与伦比的道德魅力感化民众,体现道德风尚的正确导向,是谓"贤者在位"。对待"能者",要充分发挥其办事能力强、应变功夫深的优势,让其担任具体的职务,委以干实事的权限,快出业绩,是谓"能者在职"。而"忠者"则宜引为朋友。因此,"尊贤、使能、忠为友"乃千古不易之真理。

6. 激发潜能用好人

　　凡是动物,都具有潜能,其中人的潜能尤其难以估量。记得一位朋友曾告诉我一段街头奇闻。有位怀抱婴儿的妇女在马路上行走,突然发现一辆失控汽车迎面而来,在这就要遭遇车祸的千钧一发之际,这位妇女竟然急中生智,异乎寻常地抱着婴儿跳上旁边的矮墙,躲过了死神。据说事后叫她再重复一次,她却怎么都达不到当时的水平。这真算是临危挣扎,潜能无穷。那么人的潜能有多大呢?

　　为了有一个定量的概念,我曾经请教过浙江大学附属第二医院的院长江观玉教授,他说凭他的专业知识,只知道三个器官的潜能,那就是肝、肾和肺,至于脑的潜能,他不清楚,须请教生理学教授。两天后,治学严谨的江教授给我打了一个电话,告诉我一般人的肝、肾和肺功能只用了 1/5,所以根据医学界的经验,将一般人的肝、肾、肺切掉 3/4 都没有问题,仍能维持生命,而人的大脑一般只开发了百分之几到百分之十几的功能,也就是说高级知识分子的脑子也只开发了 10% 多一点。后来,江院长又召集有关专家作了一次认真的研讨,神经内科专家陈怀红教授以书面形式正式告诉我:"人的大脑约有 100 亿个神经元,平常应用连 1/10 都不到。神经生物学证明,皮层区内有许多'睡眠神经元'只在特定刺激形式下才有反应,如能开发这部分脑组织的功能,有可能对智能的提高产生很大的影响。"可见从生理学的观点来讲,人的潜能是很大的。

　　从社会特征来看,人也有很多需要用开放和竞争来诱导和激发其潜能的特点。

　　首先,人进化为万物之灵长是潜能不断开发的结果。人是由非人通过长期劳动,不断由单纯适应环境的"被动"生存物,变成可适当改造环境的"主动"生存物,并且不断通过自己生产生活资料走向自由生存之路。从此，人不止是环境的组成部分，而是使环境成为了人自我建构也就是人化的一部分。正是劳动使人具有了高度发达的大脑及大脑支配下的复杂行为，被称为万物之灵长，具有其他动物不可比拟的高度创造力。比如手，人跟动物不同。人类的始祖从爬行演化为直立，走上了"人猿相揖别"之路，从而人能够站得高看得远，有了革命性的飞跃。至于人的手是动物的爪发展起来的，人的大拇指能与其他手指一二三四对起来，这就是人的对指功能。而动物的爪不能对起来，所以只能叫做爪，不能叫手。因此，唯有人才有手，唯有手才是人。可以说，手是人脑的延长和工具。没有脑，无法思维，没有手，则难以实践，两者缺一不可。如果偏废其一，则人类的理想和创造力统统付之东流，理论联系实际更是天方夜谭。

同样，一个人需要教育和培养才能更好地激发潜能。众所周知，如果一个人不接受教育，不与别人交流，就成为孤立的人，就不可能有创造力。我举个例子，一个人假如是个孤立的人，他不仅不可能发明火柴，连发现钻木取火都不可能，他只有在与很多人不断地交流、不断地实践中，然后才能懂得前人积多少年经验方才取得的钻木取火技术，在此基础上才能进而掌握火柴制造技术。又如我们经常用的回形针，是由一根铁丝弯出来的，尽管结构和原理都很简单，但它毕竟是一种发明、一种创造，是人们在实践和交流中互相启迪而来的。发明者也不愧是一位有成就的科学家。

由此可见，人只有接受教育，只有相互不断地交流、学习，不断地提高、发展，才有人类的进步，最终表现为生产力的发展。

人的思想也是有潜能可激发的。人的动物性是一种本能，所以赚钱无须上级发通知、进行培训教育就能达到人人皆知的程度，甚至有人不择手段，招摇撞骗，牟取不义之财；而人的思想，即道德修养倒需要进行坚持不懈的教育，如周代有"周礼"，汉以后有"孔孟之道"，宋明有"理学"……凡此种种，不一而足，无非说明要使人有修养是一项十分艰巨的工程。

据医学专家说，男女具有各自不同的长处。如一对夫妻外出，一般男性善于辨别方向，女性善于记住具体位置，两者取长补短，就具有优势。人才是人中之杰，是推动生产力发展的主要因素，但是人才是人，不是神，他们身上也存在着各种各样的缺点。例如，有才能的人不一定是个谦虚的人，我们有的领导就是容忍不了他们的骄傲，所以很多人才留不住，要知道你主要是用工资报酬换他的才能，不是买他的骄傲。所以对营造人才环境要有个很好的认识。记得清代林则徐曾书写过"海纳百川，有容乃大；壁立千仞，无欲则刚"，这副对联说的是，领导者要用好人，首先要出以公心，其次要有虚怀若谷的胸怀，唯有浩大的胸怀才能动员千千万万的人才为创造物质财富和精神财富做出贡献。

7. 成功之路在于求变

桃红柳绿、春光明媚的西子湖畔，我请已成为中等企业家的大学同班同学曹先生谈谈自己的成功之道。

这位略比我年长的老同学并没有直接回答我的问题，而是指着正在地上爬行的蚂蚁对我说："少年时我看过一本书，书上说蚂蚁与羊一样会产生个体有意识、集体无意识的'循规蹈矩'现象。你不信可以拿一个圆盘做试验，当你把一群蚂蚁头尾相接地放在圆盘周围，并让它们前进，这时你便可发现它们一只紧跟着一只，像一支长长的游行队伍，即使你在队伍旁边放置一些食物，它们也决不动摇地继续往前走，直走到累死为止。"

他说，作为高级动物的人也会出现这种因循守旧的思维定势，不知不觉地步入求稳怕变、不思进取的死胡同。本着打破思维定势，寻找新的出路的想法，早在20世纪80年代，他就决然抛弃铁饭碗，辞去月薪近200元的国企总工程师职务，去外资企业打工，以学习他们的管理制度。六年后，他觉得自己已基本掌握现代管理知识，并有了数百万元的资本积累，于是又毅然离开待遇极好的外资企业，决计自己实践办厂。从那时起，经过十余年的艰苦奋斗和跌宕起伏的考验，他终于有了上亿元资产，成了当地知名的企业家。而当年跟他一起工作，甚至比他能干的领导和同事，都随着国有企业的倒闭而变成了下岗工人，两者境况判若天壤。

可见，人世间成功之路在于求变，尤其是在极其顺利的情况下，要目光长远，急流勇退，不惜抛弃所拥有的名利地位去寻求自己的新价值，才能取得新的成功！

8. 办事不养人

计划经济讲公平，政府以养人办事为首要，如需要产品便招工开厂，要看戏便招演员办剧团，要开发新技术便招技术人员建立科研所，要打扫卫生便募人建立环卫站……凡此种种，不一而足。由于养人势必带来人与人之间的矛盾，因而便派生了解决人际矛盾的思想工作及专做此项工作的初、中、高级职称。市场经济讲效率，政府只给钱办事不花钱养人，要产品、要看戏、要技术、要打扫卫生便实施政府采购，公开招标投标，谁的价格低、质量好、服务优便向谁下订单。

浙西南某市的环卫站，便经历了从养人办事到办事不养人的转变。该市政府在计划经济年代招收了城关居民户口的人员 120 余人组成市环卫站。此后每年花费 200 多万元的巨款养固定职工清扫 100 万平方米的街道，结果不但街道仍是垃圾遍地，肮脏不堪，而且内部还产生了种种人际是非，告状信函满天飞，弄得领导机关头痛不已。

近年来，该市根据市场经济的要求对新区近百万平方米的街道环卫进行了公开招标，只花费 100 万元人民币便达到了环境保持 16 小时有人监管的清洁状态，不但清扫及时质量好，而且价格只及原体制同面积的一半，据说一块 4 万平方米的广场年招标清扫服务费竟只有 5000 元，仅及原体制平均价格的 1/8，这在旧体制下是难以想象的低成本。而且这些中标者来自四面八方，有本市人也有外地人，有城市居民，也有农民。由于他们都各自承包中标地块，相互之间不存在矛盾，从而省却了先养人再办事模式的所谓思想工作。可见市场经济既降低了成本，提高了效率，也减少了人与人之间产生的无谓矛盾，其优越性不言而喻。

9. 上任三思

大凡新官上任，多半热血沸腾，大有当今之世舍我其谁的使命感，因此一到新单位便感到这里也看不惯，那里也有问题，大有革故鼎新一展宏图之雄心。

其实，一个老单位犹如一辆旧自行车，不该响的地方老是发出声音，该响的地方则响不起来，也就是说由于老旧的缘故，多半会有不少问题和缺点，不尽如人意是必然的。这些问题是日积月累慢慢形成，并非一朝一夕产生的，也绝非短期能够解决。所以，作为新任领导你不妨照旧使用这辆自行车，让原有运作方式继续运转。切忌上任之初，下车伊始就指手画脚，说三道四，试图立即大拆大卸，使之立地成佛，整旧如新。若如此，你非得触霉头不可，不但会立即招致各方非议，且如旧自行车拆卸之后装不起来一样，那结果不是人骑自行车，而是自行车骑人，让你背着自行车上路，其滋味又如何呢？

常言道："新官上任三把火。"我不是说新官上任不应有所作为，而是说，首先要多听、多看、少说，更不可当"马虎先生"，贸然动手，唯有弄清情况，在有绝对把握的条件下方许动作。犹如对自行车那些机理十分清楚的地方，有计划地更换一些磨损的零部件，谨慎从事，循序渐进才能确保其正常运作，否则适得其反，欲速则不达。这与人们常见的水中之鱼，凡性格急躁者，多半离水即因激烈跳跃而亡；性格温和之鱼离水后稍事反抗即趋平静，千方百计适应新环境伺机生存下来的道理是相通的。

新官上任还要掌握急事缓处，缓事急处，三思而后行的工作原则。急事由于急往往会考虑不周，缓事则由于不急而无人办理，若不三思而后行都会误事以致坏事。

新官上任在弄清本单位各方面业务情况的基础上要注意发挥其他人的作用。须知人生在世，人人都希望发挥作用，实现自身价值。若作为主要领导，你事必躬亲，最大限度地发挥自己在具体事务上的作用，那么别人便没有了用武之地。因此，主要领导的作用在于为他人发挥作用创造条件，搭设平台，做下属干不了或不能干的事，获得下属发自内心的尊敬。也就是说，主要领导只可与他人比魅力，切不可与他人比才能。俗话说，"木秀于林，风必摧之。"凡能让别人做的事尽量让别人做，自己少做或不做者是高人；不让别人做，只想自己说了算的是笨人。人人有责任，人人都能实现自己价值的工作氛围，才是一个理想的工作环境，也是一个能干成事业的环境。

·

10. 小人物做大事之怪现象

早在尧舜禹时期，当官的除了尽义务为社会服务以外，本人生计皆要依靠自身参加生产劳动来解决，因此，天底下不但没有人愿意出钱买官，即使被人看中欲让其任官者，亦往往推辞再三而不愿就任，这不失为看待尧舜禹"禅让"美谈的一种另类却颇合理的眼光。

后来，当官的有了不必参加生产劳动，并且能享受到荣华富贵、金钱美女的好处，人们对当官便渐渐趋之若鹜。但由于当时官场文牍往来繁杂，且必须亲力亲为，如秦代始皇帝嬴政每天亲自处理的公文就超过60千克，文化不高者一时难以胜任，仍视之如畏途。到了清代雍正年间，朝廷给官员发放巨额的养廉银，全面推行职务消费货币化，衙门有条件普遍配备师爷以后，从政成了一种名利双收的享受，于是那些有钱而无文化者便蜂拥而来，买官卖官愈演愈烈且登上了历史的巅峰。例如在太平天国起义以后的晚清州县，朝廷命官中七个便有三个是买来做的。

从那时候开始，官场便出现了大人物做小事，小人物做大事的怪现象。衙门中的一切事务和文书皆由小人物师爷安排和草拟，作为大人物的州县长官，只需按师爷设计的程序办理即可，上下行文只要在师爷写就的文书上画个押便算完成了公务，升堂判案则有师爷在长官的帘幕之后悄声细语地加以点拨，州县长官用不着动脑筋只需言听计从，按师爷的嘱咐处理，便能如鱼得水，游刃有余。

到了现代社会，开会作报告、剪彩讲话、主持各种仪式成了长官们的一大任务。应运而生的秘书便开始取代旧时的师爷做起草工作，不但报告讲话要写成文字材料，就是极其简单的主持词都要一个字一个字地写出来。即便如此，可怜的大人物还是常常出差错。例如某日一市领导要参加甲乙两个不同性质的会议，并作报告，在甲会议上，他误读乙会的讲话稿，弄得听众满头雾水，秘书如坐针毡，不得不闯上主席台，谎称上级有急电请领导聆听，才结束了这场滑稽戏。事后领导并不自责，反而埋怨秘书误事，送材料时不该把两个稿子一起送，今后要一个一个地分开送。甚至有些领导自己读过的报告，时间一长记不起来了，便反问提问者："我说过这样内容的话吗？"更可笑的是有人在主持会议时，连没有几个字的主持词都读错了，弄得诸多与会者目瞪口呆，不知所措。当然，也有偷懒的秘书从中钻空子，他们每遇撰写领导应景的讲话材料时，便把上年同样性质的材料略加修改交差，有的甚至只改日期不改内容也能蒙混过关。

也许正是因为处于社会管理高层的长官疏于亲自动脑、动手起草报告，精心组织会议，而把千斤重担仅仅压在工作层次并不太高的秘书身上，才导致会议各种程序越来越繁琐，内容日趋空洞，赴会者的兴趣日益消减，逃会者与日俱增，为了防止逃会，主持人不得不采用签到、刷卡、点名、立姓名牌等"自己生病，让人家吃药"的种种办法加以限制。

至于人们司空见惯的笑话则是职能部门请行政长官作报告，行政长官的稿子则由职能部门办公室的秘书起草，在慷慨激昂的一番报告结束后，作为领导的"重要讲话"成了全系统学习的"重要内容"，此时，秘书又得抓紧收集基层单位"学习情况"，起草学习领导报告的"反馈文章"，上报领导自我欣赏，完成循环的最后阶段。对如此习以为常的循环，一手操办的秘书常常为之哑然失笑。

大人物做小事，小人物做大事，不仅为买官卖官提供了强大的诱惑力，也造成了为官者的"无能""无用"。人的功能用进废退，当官不动脑便意味着自理能力的丧失，很多长官不知如何发表无讲稿的讲话、出行如何订票、如何上车、如何登机、如何用信用卡取钱，甚至不止一次地出现过官员晚间停车方便时，由于车门被大风吹上，马虎的驾驶员误以为后座的官员已上车，结果长官被丢在路上，因身边未带钱、未带证件，陷入了寸步难行的境地。由此可见，当当官变得越来越舒服越来越不需要动脑筋的时候，我们离始自秦代的"以吏为师"的要求也就越来越远了，与伟大出于"平凡"的"大人物做小事"则越来越近了。

11. 用人之道

"亭"本为秦汉时期介于乡里之间的治安管理机构，110 户为一里，10 里为一亭，100 里为一乡，亭长相当于公安派出所的所长。汉代的开国皇帝刘邦在起义前就是江苏沛县的泗水亭长。

三国时期的街亭之名则来自街泉亭。街泉是汉代的一个县，位于今张家川回族自治县境内，街亭则是甘肃天水街泉县境内的一个亭，也是陇山的一个山口，在小说《三国演义》一书中简称为"街亭"。据说在 1700 多年前的 228 年，诸葛亮亲率大军欲攻取位于今甘肃礼县东部的祁山，但由于前锋马谡在街亭打了败仗，诸葛亮功亏一篑，只好退兵汉中，这就是《三国演义》中挥泪斩马谡的一段故事缘由。

当年的街亭是魏蜀相争的战略要地，谁先占领街亭，谁就掌握主动权。为了阻挡直奔街亭而来的魏军大将张郃及其 5 万兵马，一向处事谨慎的诸葛亮听信了奉承和吹嘘，一反常态，派遣了言过其实的马谡来防守街亭，结果铸成大错。好说大话好话而又无实际作战经验的马谡无视诸葛亮的部署，墨守"居高临下，势如破竹"、"置之死地而后生"的兵法教条，扎营布防于长 1000 米、高 500 米的山头，结果被老谋深算的张郃切断水源团团围困，不战自乱，兵败而逃，诸葛亮"出其不意，攻其不备"的伐魏计划从战略上被完全打乱了。

可见，自古以来凡任用说大话的人办事，到头来会自食其果，在真刀实枪面前更有生命之虞。诸葛亮不仅为"失街亭"承担责任，自贬三级，而马谡也为自己的吹牛付出了血的代价，丢掉了宝贵的生命。但是千百年来这种文化还是生生不息，因为"天下十八省，马屁不穿绷"，在只对上负责的体制下，急功近利，希望别人吹捧，想听好话的人实在太多了。要改变这种状况的唯一办法就是变权力源的天河注水（天水市地名来自天河注水的传说）为平地喷泉，把官员自上而下的选拔改为自下而上的选举，让最广大的人民群众成为权力的源泉。这不仅是现代国家长治久安的生命力所在，也是避免一贯英明如诸葛亮先生竟也犯错误的唯一途径。

12. 如意与不求人

在博物馆的诸多展品中，人们常常可见各种材质做成的如意。如意，除了人们所熟知的象征心想事成及作为装饰艺术品使用以外，很多人并不了解它还有什么其他用途。可以说，在中国见过如意者不少于千百万人，语言中使用万事"如意"者更是数以亿计，而真正研究过如意从何而来，有什么实用价值者可也不多见。

其实，早先的如意是一种背部抓痒的工具。人们在抓痒时背部往往有手够不着的部位，为了解决手不够长的问题，便有人开动脑筋发明了一种其形如耙的工具，称为"抓痒耙"。起先，抓痒耙大多用竹木制成，且不叫如意，而称"不求人"。其柄长约为 20 厘米，头部弯曲如指，模仿手指功能进行抓耙去痒。后来，由于王公贵族用高贵的金玉材料将这种"不求人"精雕细刻成了艺术品，于是，民间实用的"不求人"，也就慢慢随着岁月的推移、身价的上升渐渐地脱离了通俗的民间阶段，上升为宝贵的艺术品——如意。

千百年来，"如意"是中国人常用的吉祥字眼，每当节日来临时，不仅人人以"万事如意"相互道贺，而且在崇尚圆满的中国，"万事如意"还以文字的形式见诸各种场合，成了使用频率最高的词语。

作为人类的理想，万事如意不失为美好的祝愿，有着其他词语难以替代的作用，但在实际工作中，我们决不可当真把希望寄托在心想事成、万事如意的口头祝愿上，每前进一步我们都要如履薄冰，谨慎行事，因为世界上并不存在真正的万事如意。至于现代社会的诸多企业，由于相互之间专业分工越来越细，与社会各界的接触、沟通和相互依赖程度越来越大，作为企业家更不能万事"不求人"。要知道，人世间凡是成了口号和祝愿的美好字眼，都是很难做到，甚至是做不到的事，否则它就成不了口号和祝愿。

13. 次优化与最大化

前些日子，我在北京遇到一位在一家大型企业当老总的朋友，他说，他们公司最近引进了一位总经理助理，是 20 世纪 80 年代毕业于北京大学物理系理论物理专业的硕士生，此人不仅有注册会计师等诸多财会金融类的执业资格，而且颇具实际操作水平。但奇怪的是，他不愿担任较高的职务，也不要太高的薪金，说这样他的精神压力会轻一些，有利于人生物质和精神利益的兼顾，做到身心健康。这位老总说在当今寻求利益最大化的市场经济条件下，这样的人十分罕见，建议我不妨与他聚谈一次。

在徐姓老总的精心安排下，这位矮矮胖胖的杨姓助理如期而至。他自我介绍是 20 世纪 70 年代末刚恢复高考时当地的理科状元，进北大物理系七年读到硕士毕业，后来发现物理系毕业的学生若从事科研工作差不多一生都在向人证明"此路不通"，极少有人能取得"此路可通"的重大突破，于是他谢绝了导师攻博的推荐，踏上了人生自我丰富之路。十多年来，他当过大学教师、政府机关的处长、国有大型企业的中层领导、私营企业的财务总监、个体企业的老板，刚刚踏上现在的这个岗位。此人不仅睿智，而且幽默风趣，他建议并陪同我们到北京植物园游览。在园中，我们除了观看各种植物以外，还参观了不少名人墓葬和碑刻。他边走边说，凡矮胖者不是傻子便是聪明人，而且聪明人往往食量很大，人称"智者多食"。我说你应该属于后者，他笑着说也许属于后者之中的中下水平，但食量却是上乘的，这就是俗话所说的"饭桶"。他兴奋地说："作为一个'饭桶'，我以为人生在世首先应该丰富多彩，为了这个丰富多彩，我硕士毕业后的十余年时间里转过不少岗位，而且每次都在最辉煌的时候转岗，这只不过想让人知道自己不但是有能力的，而且还在不断寻求丰富多彩的人生。"对于人生，他认为不能只局限在单一的专业工作上发生量变，而是要在不同专业的工作上发生质变，才会丰富。他举例说，一个人当乡长与当县长、当市长、当省长其实是一回事，只是管辖范围大小不同的量变，并非工作性质不同的质变，只有转行才是质变，他所寻求的正是这种有趣的质变。同时，他也在积极寻求人生物质利益与精神利益最大化的平衡点，这就是说只有主动放弃物质利益的最大化才能尽可能多地实现精神世界的利益。他指着那些名人墓葬感慨地说："他们如果能重新从九泉之下复活，来到我们中间，一定会支持我的观点：'只有放弃单项利益的最大化，也就是说，只要求单项利益次优化，才能达到人生综合利益平衡的最大化。'"稍微停顿了一下，他接着说："其实，包括事业追求与家庭幸福在内，也同样存在着次优化与最大化的问题，既不能为了事业而放弃家庭幸福，也不能满足于过小日子而无所追求。"

听此言，我不禁沉思，西方经济学认为人作为经济人必然会寻求利益最大化，一般人都以为人们寻求的仅仅是经济利益也就是物质利益的最大化，其实不然。社会的最大化是福利的最大化，个人的最大化是幸福的最大化。财富之所以重要，在于它是幸福的物质基础，但不能把财富作为唯一的目标，经济学源于哲学和伦理学，而西方的哲学和伦理学涉及人生眼前和终极的关怀，所以人们所寻求的最大化利益还应该包括超凡脱俗甚至超越今生的精神利益。这就意味着人生应该拥有经历的丰富性和物质利益、精神利益的兼顾性,因为人之所以高于禽兽在于他的心灵,人类最大的享受是心灵的享受,况且自由还是人类一切财富中最昂贵的财富。有人说,人的一生是一次单程旅行,旅行则是一段双程人生。但从旅行这一点来看,无论单程和双程论皆具共性,也就是说人的一生如同在旅行线上游览,既要尽可能多地参观一些景点,也要兼顾其中的物质享受和精神享受,这样的人生才是对得起自己的人生。寻求单项利益的次优化才能达到综合利益的最大化。只有这样,你的人生才会丰富多彩。尤其当你晚年回首往事的时候,你就可以自豪地说:我没有虚度此生。

14. 才华与际遇

江南三大名楼之一的滕王阁建于高宗永徽四年(653 年),系唐高祖李渊的 22 子、唐太宗李世民之弟、滕王李元婴都督洪州(即南昌)时所建的饮宴歌舞厅,阁以其封号命名,故有"滕王阁"之称。当时的滕王阁高 30 米,共 3 层,东西长 28.7 米,南北宽 15 米,还有两亭,南为"压江",北为"挹翠",是中国历史上建设最早、规模最大的省会酒吧歌舞厅。其闻名于世倒并非是酒吧和歌舞,而是才子王勃的一篇千古名文。

唐高宗上元二年(651 年)的重阳节前夕,洪州都督阎伯屿为了使女婿吴子章名扬天下,发布笔会布告,宣称农历九月初九重阳登高之日在滕王阁举行现场命题笔会。为了确保吴子章临场获胜,他不惜事先把笔会的命题《滕王阁序》泄露给女婿,让他事先做好充分准备,以便临场默写,一举夺魁。说来凑巧,也正好在重阳节那天上午南下探望父亲的诗人王勃路过此处,当时他忙于赶路,饥饿难忍,见布告上说参加笔会者除文章被选中者有物质奖励外,还可免费就餐。一举两得的待遇,使他大为振奋。于是他当即报名,席间宣布命题后他便挥毫疾书,写下了《滕王阁序》,其文辞气势力挫群芳,被公认为第一。

可见，人要出名首先要依靠自身所拥有的才华，想通过作弊夺魁不但是痴心妄想，弄不好还适得其反，贻笑大方。当然，才子要出名也要有机会，阎都督的笔会的确给王勃提供了一个施展才华的舞台。没有阎都督也许就不会有王勃的《滕王阁序》，没有使王勃名扬九州的千古名篇了。

王勃的《滕王阁序》，是历代骈体文中最优秀的名篇。它既描绘了洪州形胜，也表达了作者怀才不遇的感慨，以及希望有所作为的心情。全文结构严谨，对仗工整，用典极其自然贴切；辞藻华丽精致，神采飞扬，顾盼生辉；视角宽广，意境深远宏大。文章把一般思想上升到哲学的高度，把对自然景观和人文景观的审美上升到对人自身的写照，在滕王阁及周围自然形胜的博大文化空间里，寄托人类最深远最宽广的理想与追求。后人引用频率极高的"物华天宝"、"人杰地灵"等古语均出自这篇文章。其中"落霞与孤鹜齐飞，秋水共长天一色"已成为千古名句，这是诗人登上滕王阁，面对眼前无比瑰丽的景色所发出的由衷之叹。

同样，从来没有登临湖南岳阳楼的范仲淹，也由于任岳阳太守的朋友滕子京给他提供了撰写《岳阳楼记》的机会，方使他久积于胸的才华得以发挥，在遥远的河南邓州衙门写出了"先天下之忧而忧，后天下之乐而乐"的千古名句，使一座并不出名的岳阳楼成了中国江南三大名楼之一。

15. 保存古物便是财富

土耳其的棉花堡原有一座建于公元前 1100 年的古城爱克罗堡，大概由于火山爆发的白色熔岩淹没了耕地，使这一带成了石质棉花遍地的熔岩景观区。古城居民迫于生计，不得不迁往他处安身，因此这座历史悠久的古城也就逐渐成了废墟。而这样的废墟今日反而身价百倍，全世界无数游客到此旅游怀古，寄托幽思，甚至古老的棺材和木乃伊都成了供人顶礼膜拜的宝贝了。

时至今日，在这个世界上，谁能保存历史遗物，谁就能赢得财富和人们的青睐。如我国某地农村的一株古樟要花数百万元搬迁，引出了不少老人"做人不如做树"的慨叹。但以"物以稀为贵"的价值规律来评价，古树比人"贵"是不足为怪的。

由于中国历史上的城市民房、皇宫多为砖木结构，很难存之久远，再加上凡改朝换代、揭竿而起者又喜欢纵火焚烧，大掠数日，故除砖石结构的万里长城以外，在中国的土地上尚能保留的古城遗址较之外国实在少得可怜。如果历史能够假设，当年我们的祖先倘用石头及其雕刻构筑和装饰我们中华民族的诸多古城，把历朝历代数百个皇帝都制成木乃伊，那么今天我们中国的旅游业将有可能是世界之最，其旅游收入绝对会大大超过土耳其全国每年 100 亿美元的水平，毕竟我国人口为土耳其的 19 倍，疆域是土耳其的 12 倍之多。

16. 调节有度

金钱是财富，人体内的金钱是脂肪。脂肪对人体有着保护和支持的作用，对人体来说须臾不可或缺。尤其是腹部的皮下脂肪适度可使男人显示健美和风度，女子显示丰满和匀称。但脂肪超标将会危害身体健康，引发糖尿病、高血压、高血脂等多种疾病，且在行动上也带来诸多不便。如我认识的一位熟人，身高不足 1.60 米，体重超过 100 千克，从大腹便便发展到连弯腰捡东西都很困难，更不用说行动灵活自如了。由于"横竖"比例失调，连小轿车的门都挤不进去，要人使劲往里推才能入座；衣裤规格与众不同，腰围大于裤长，除了定制以外别无选择。当然，世界上任何事物都要一分为二，有弊也有利，唯一方便的是当坐在沙发上打扑克时，他的肚皮可以当茶几，起到别人起不到的牌桌功能。

人们所拥有的财富则是人体外的"脂肪"。财富对于人类来说，不仅是持续发展的重要基础,也是文明进步的象征。但对于个人来说,超过需要的财富就是超标的"脂肪",也会像便便的大腹,带来诸多不便,如亲朋好友借贷,子女争财,歹徒强盗觊觎,常恐被人绑架,天天如坐针毡,惶惶不可终日,出入不离保镖,不仅有失去自由的精神痛苦,而且还有人身安全之虞。更兼常在金钱堆里行,习惯于以金钱作为万事万物的衡量标准,难免缺失了无数常人所应拥有的亲情和友谊。可见,财富"脂肪"不能走向极端,调节有度方能获得幸福。

这种调节有度的尺度行之于社会便称为"政策"。所谓"政策",其实就像渔夫套在鸬鹚脖子上的圈子。鸬鹚跳下水去若抓上大鱼,由于脖子被卡住了吃不下必须吐出来,但若抓起小鱼则允许吃下去,所以对鸬鹚的政策圈子既不能太紧,也不能太松。若太松,抓到的大鱼都吃到肚子里去了,它不饿,不饥饿就不想去努力干,那就达不到渔夫抓鱼的目的。

医学专家经抽样调查后发现人在半饥饿状态免疫能力最强,所以出家为僧道者往往比一般世俗人士长寿。人作为利益的动物,与鸬鹚一样既不能饿死,也不能吃得太饱,才会永远有前进的动力。

中国历史上的统治者都为知识分子设计了两条合理之路。一条是当官之路,一条是职称之路。知识分子皓首穷经也爬不完九品十八阶的仕途和童生、秀才、举人、进士及其他郎、大夫一类名目繁多的职称阶梯,就永远会有动力,当然设计的台阶愈多愈好。这样绝大多数人未到达顶点就中途呜呼哀哉了。

不仅知识分子有两条路,就是佛教界的僧众也有职务和职称设置之路:职务系列有方丈(住持)、监院(当家)、知客、维那、纠察、照客、殿主、香灯;职称系列有座元、首座、西堂、后堂、堂主、书记。甚至人们攀登浙江舟山普陀观音道场的佛顶山巅也有两条路,一条石级台阶,供信徒们走上去,可以一路走一路叩头祈祷;另一条是机动车道,专供旅游者快速登顶。两条道路形式不同,通过速度不同,但有各自的用处。

总而言之,一个社会对不同人群都要调节有度,让他们找到一种感觉,哪怕是一种不太有实际利益的感觉也可以。不过这种能让人找到感觉的政策也不能太紧、太繁琐,因为古人曾告诫我们:"政剧事繁必败,政宽事简必成"。

17. 两种经济学

大家都很清楚,水电站如果水位高,落差大,它的势能转化成动能的可能性就大,这个水电站单位水量发电的能力肯定不小。浙江省有几个高水头的水力发电站,如在文成县的百丈漈水电站,有 208 米,还有安吉天荒坪抽水蓄能电站,落差有 600 米,这些水电站只要有少量的水就能发很大的电量。但水电站的落差也不是越高越好,若超过一定的限度,就会走向反面,造成机毁人亡。根据现在的技术水平,落差不能超过 750 米,若超过 750 米, 水轮机就会被冲坏, 即现在水轮机的材料和设计都承受不了 750 米以上水落差所产生的冲击力。所以到现在为止,世界上还没有超过 750 米水头的水电站。当然,假如说水位很低,落差很小,那么发电的能量也是很有限的。如杭州西湖也有个水电站叫少年儿童发电站,这个发电站只有几个千瓦,因为落差太小了,只能给少年儿童用于水能转化为电能的实验而已。至于完全没有落差的水,那就不能发电。

水电站如此,社会发展也是如此。

三年前,在一次开会的间隙,我与当时的浙江大学校长潘云鹤闲谈。他说他去国外参加过一次世界著名大学的校长会议,坐在他边上的西方国家的大学校长恰好是一位有名的经济学家。那位校长说:"世界上只有两种经济学,不是效率经济学,就是公平经济学,没有第三种经济学。"具体地说,以效率为目标的经济学,其实现形式是公平竞争的市场经济体制。在这一体制下,人们展开竞争,形成落差,可能有人在竞争中取得了胜利,获得了很多的财富,而大多数人在这个过程中都是失败者或半失败者,没有获得很多的财富,甚至还有个别人失去了财富。这样继续不断竞争的结果,资本也就不断地集中到少数人的手里,从而形成了促进生产力迅速发展的资源优化配置,反之就不能推动生产力的发展。譬如我们在这里开会的各位,假如有 200 人,每人都平均分到 10 万块钱,能推动生产力发展吗?不可能的。假如 2000 万元钱集中到某一个人身上,就能推动投资,促进生产发展。由于有了 2000 万元,他就能到银行再借 2000 万元,就能办一个很像样的工厂了。而假如我们走公平经济学之路,每人平均拿 10 万元钱,那只能投入个人消费,根本不可能投入生产。而且,由于个人生活过得去,根本不愿意低三下四地给人打工。可见只有使我们 199 人始终处于相对贫困的状态,资本跟劳动力才会有合理的资源配置,即一人办工厂,我们去打工,从而促进生产力发展。

有人曾经说过:"文明产生于财富的绝对增长和相对集中。"现在杭州有一个全中国最有名的豪宅——胡雪岩故居,当年建造的费用是 500 万两银子,假如说按照当时的物价,相当于 6 亿斤大米,即好几亿元的投资。现在杭州值得骄傲的,浙江省值得骄傲的,胡雪岩故居是其中之一。这个豪宅完全是财富集中的结果。仅仅整修和拆迁费,杭州市政府就花了 5300 万元人民币。文明不但是财富的相对集中和绝对增长,而且文明的过程也是痛苦的过程。痛苦就是社会的穷富差距拉大了,人们的心态失衡了,社会不稳定因素就上升了,像水电站一样,若水头一旦超过极限,水轮机以至整个电站将全部被破坏。

公平经济学,也就是说人们在计划经济条件下从事无差别的劳动,相互间的收入落差很小,心态都比较平衡,社会也肯定是比较稳定的,但是它的弊端是缺乏竞争机制,不可能形成资本的积聚及资本和劳动力的优化配置。假如全世界就只有我们一个国家,这样公平而缓慢发展的社会也是可以生存下去的。但现实的情况却不是这样,全世界有二百多个国家,并且都在你死我活地竞争,假如别人都发展很快,我们却发展很慢,最后就会挨打。在现代社会,在一个国家范围内推行公平经济学导致生产力发展缓慢,影响综合国力增长,在国际上不但没有地位,可能还要被开除球籍。在世界上那些灭绝或行将灭绝的种族就是活生生的典型,原来居住在美洲的印第安人,不就是因为本民族生产力发展缓慢而被发现新大陆的欧洲移民所取代,落到了今日地位低下的局面吗?

千百年来,人们的实践表明,如果对两种经济学非此必彼,各执一端,那么都会出现弊端。推行公平经济学,平均主义盛行,生产力发展停滞;反之,推行效率经济学,生产力发展很快,贫富差距拉大,社会不稳定,结果若干年后物极必反,从效率转向公平,再从公平转向效率,不断转换,所以历史上无数统治者和学者都自觉和不自觉地去寻找两种经济学的最佳结合点。现在人们所能找到的最好办法就是在市场经济体制条件下,建立完善的社会保障体系,以保证生产力在竞争中能够得到迅速的发展,同时使那些由于多种原因在竞争中最终没有取得胜利的普通老百姓能过上最起码的生活。

市场经济是很残酷的经济,有人说平等竞争,但出身于贫家的子弟和出身于富家的子弟其生活教育的条件不一样,会平等吗?即使家境条件差不多的人也有不平等的问题。如高考,既平等又不平等。那些基因特别优异的父母生的子女,他们不需要花很大的力气,就可能在竞争中取得胜利,而那些基因可能比较差劲的孩子,就是很努力,在竞争中也难以取胜。能怪他们本人吗?不能怪他们,他们已经够辛苦了。竞争既有公平又有不公平,你不能只说是公平竞争,所以说,那些在竞争中没有取得优胜的人,也必须让他过上最基本的生活,获得必要的社会保障。

18. 降低心理成本

人类的任何活动都有收益和成本的问题,凡是收益高成本低,其效益便随之显现出来,此类活动就称为有价值。而在人们付出的成本中,除了物质成本以外,还有一种无形的成本:心理成本。

2003年8月,我应邀去河北涿州参加一次专家研讨会,碰巧与几位蜚声中外的经济学家同桌用餐。他们相互之间比较熟悉,无话不谈,气氛十分热烈。因不久前河北出了几件轰动全国的大案,席间不免一次又一次地引发起大家对人生价值及其心理成本的讨论。同桌就餐者一致认为，由于人们从业的差异，所要实现的价值也截然不同。如：科技工作者所要实现的价值是创造发明；体育运动员的价值是刷新纪录；演员的价值是精湛表演；画家的价值是传世之作；企业家的价值是经营效益所表现出来的利润；从政者的价值则是庶民百姓的口碑。如果有人为之奋斗的事业收益高，成本低，尤其是心理成本低，那不但有价值，而且人生也充满着比他人更多的快乐。若有人欲望过度，希冀追求本不属于自己的价值，甚至还要通过道德沦丧以至违法犯罪来实现，那么此人便会从提高自己的心理成本为起点，走向问心有愧的反面人生。

当时一位胡姓学者形象地以成克杰、许运鸿、李真等国内几位著名的贪官污吏为例，指出他们从政追求的价值本应是百姓的口碑，但由于见异思迁，企图名、利、色兼收并蓄，走上了不该走的歪门邪道。在钱、色满足感与日俱增的同时，他们的心理成本也不免日益提高，问心有愧之心随着钱、色的堆砌而惶惶不可终日。俗话说："天下没有不透风的墙。"贪淫者一旦东窗事发，便不可收拾，轻则被撤职查办，丢失公职，重则身陷囹圄，失去自由，甚至被处以极刑。难怪有人生动地说，在今日之中国大陆，除了贩毒以外，当官便成了风险最大的行业。倘用西方经济学收益与成本的比较来衡量，这些跨行业去寻求不正当利益者，不仅在做蚀本生意，而且简直成了芸芸众生中间典型的傻子。就算那些以扶贫等正当名义假公济私谋取官位或那些为数不多却千方百计恋栈的官员，他们不会受现行法律的追究，但心理成本也在不断提高，百姓口碑的边际收益也会随着真相的逐渐暴露或恋栈时间的延长而不断下降，其得不偿失显而易见。

因此，希冀获得金钱者应该去从商，希冀获得学问者应该去从事学术研究，有文学天赋热爱文学创作者应该从事写作……也就是说，无论何人，只有做自己有特长又喜欢做的工作，才称得上各得其所，才能使自己的心理成本降到最低限度，获得最大的人生乐趣。从这个意义上来说，人生对快乐的追求过程，也是一个努力降低心理成本的过程。对社会管理者而言，能使亿万百姓的心理成本降得最低，社会的稳定度也越大，其管理的成效越显著，也就达到了古人所称道的"普天同庆，万民同乐"的大同世界。

19. 得益诚信

　　明清时期的徽商之所以能够脱颖而出，成为独执商界之牛耳、富甲一方的地域性商帮，除了他们敢于离乡背井，大胆搏击商海，前仆后继，百折不挠的精神之外，还与他们诚信、守法经营直接相关。自古以来，制售假冒伪劣商品，以假充真，以次充好，是投机奸商获取非法暴利的惯用伎俩。尽管徽商中也有此类无耻渔利之徒，但就其总体而言，绝大部分的徽商还是非常重视商品质量，并在商业营销活动中自觉抵制和拒售假冒伪劣商品的，不少人甚至为此承受巨额亏损也在所不惜。

　　例如，清代徽商吴鹏翔在一宗胡椒贸易业务中，购进了800斛胡椒，在得知这批胡椒有毒，原卖主请求中止合同原价退货的情况下，为防卖主将之"他售而害人"，他宁愿自己承担巨额损失而拒绝退货，"卒与以直（值）而焚之"，断然将800斛胡椒全部销毁，从而避免了一起可能导致大范围中毒事件的发生。清代徽州茶商朱文炽因贩运茶叶至广州逾期，新茶已成陈茶。照理他可以私下以新茶名义售出，但为了遵守商业规范，显示良好的商业信誉，他在交易文契中"必书'陈茶'二字，以示不欺"。虽然当地"牙侩（中介经纪人）力劝更换"，他也不为所动，"坚执不移"。为此，朱文炽付出了沉重的代价，"屯滞二十余载，亏损数万金，卒无怨悔"。以吴鹏翔、朱文炽等为代表的明清时期的徽商在商业贸易活动中，注重声誉，讲求商品质量，守法经营，绝不以次充好和拒售假冒伪劣商品的行为，使其在激烈的市场竞争中，赢得了广泛的赞誉，树立了良好的形象，最终达到了"吃小亏、占大便宜"的商业目的。

　　利用价格欺诈历来是投机奸商获取暴利的重要手段，但明清时期的徽商则与此相反。他们"贸易无二价，不求盈余，取给朝夕而已。诚信笃实，孚于远迩"。清代黟县大商人舒遵刚对以欺诈手段获取非法利润的行为不屑一顾,他认为:"圣人言:生财有大道,以义为利,不以利为利。……钱,泉也,如流泉然,有源斯有流。今之以狡诈求生财者,自塞其源也。"舒遵刚把狡诈生财提到自塞其源、自绝其流的高度,充分反映了明清时期的徽商反对价格欺诈、崇尚和依靠信誉、质量获利的长远立足点。清代歙县商人吴南坡正是凭借"人宁贸诈,吾宁贸信,终不以五尺童子而饰价为欺"的商业准则,在广大客户中建立了良好的商业信誉,赢得了人们的信任,市场上"四方争趋坡公,每入市,视封识为坡公氏字,辄持去,不视精恶长短",最终获得了丰厚的利润回报。

20. 理财十要

中国自古以来即有"财"字,此字由两个偏旁组成:左边是"贝",乃古代之货币,如各地博物馆均有展出的南海齿贝即是当年通用的货币;右边是"才",专指人才,如"才华横溢"的成语就被用来形容那些出类拔萃的人物,也就是古人所谓的君子。可见君子爱财取之有道,"才"与"贝"紧紧地联系在一起才称得上"财"。至于"财"与"政"组合而成的"财政"一词则迟至清朝末年才从日本与科学、体育、社会等名词一起传入中国,光绪皇帝在1898年发布的诏书中首次出现"改革财政,编制国家预算"字样,用"财政"一词代替中国原有的"理财"、"度支"、"国计"、"国用"等相近名词。记得孙中山先生曾经说过,"政"就是"众人之事",那么"财政"就应解释为"为大众理财"。既为大众理财,我以为要做到"十要"方能凸显效果。

一要功夫在财政之外。财政的专业知识并不复杂,如涉及数学运算,也无非是加、减、乘、除、开方、乘方而已。因此在西方发达国家的大学里一般不专门设置财政专业,而是在综合性很强的经济系里传授这方面的知识。在中国财税分家,财政功能从表面上看似乎是分钱,其实质是处理人际关系。因此它的复杂性不在于其本身而是在于它涉及的单位与单位、个人与个人、单位与个人之间利益分配的纷繁关系,要理顺这类错综复杂的关系并非拥有财政专业知识就能应付裕如,尤其在强调伦理道德、注重人情关系的中国,财政与人之间的关系更为密切,它名曰经济工作,属于经济基础,实际上更接近上层建筑,因此其功夫既在财政之内也在财政之外,而更多的功夫应在财政以外。如果要给出比例,"二八"、"一九"都不为过。

二要以人为本。既然财政更多的是处理人际关系,调动人的积极性,"以人为本"便成了财政工作的总纲,有如渔夫捕鱼只要抓住纲绳,便纲举目张,一网打尽,全盘皆赢了。"人"字写法很简单,但人本身却很复杂,其复杂性在于人类既有动物的自利性,也有动物所不具备的思想性,即人有修养。在市场经济的条件下,对于人这种特殊的动物既要用物质利益来诱导,也特别要注意沟通思想,多一点谆谆善诱,少一点凶神恶煞,因为财政部门不可能自行印制货币产生财政收入,但完全可以通过自己内心的努力,生产出更多、更好的态度,给人以温馨的人文关怀。

三要"四两拨千斤"。世界各国财政收入主要来源于税收,发达国家可占 GDP 的 30% 以上,中国比例较低,近年仅为发达国家的 50% 左右,可见中国财政收入与银行及其他机构所拥有的资金相比永远是小儿科。但财政拨款有它的特殊性,与银行谁借钱谁还贷的原则不同,它具有无偿性,例如要引导某一产业发展,只要贴息招标便能吸引大量社会资金投入,因此财政资金具有银行和其他社会资金难以比拟的导向性和杠杆作用,这就是我们通常所说的财政"四两拨千斤"。

四要推动"会干活的孩子多吃奶"。对全社会来说,人们公认发展是硬道理,改革开放的种种措施,无不围绕着推动发展、促进发展这一中心任务进行。对财政工作来说,同样要以发展的思想来推动,那就是"会干活的孩子多吃奶"。如果财政政策向"会哭的孩子多吃奶"的方向倾斜,那么谁都不想努力,谁都会等、靠、要,希冀天上掉下大馅饼。如此财政便掉进了不可自拔的万丈深渊,难以解脱。

五要推行"垫凳腿"政策。古代中国人席地而坐没有凳子,大约在汉唐以后始行倚凳而坐。当今世界上大多数国家都流行凳子,且凳腿都会锯得一样长,因此凳面皆呈水平状态。用经济学的眼光来看,这便是公平。若将人类社会视做一张凳子，那么人们所拥有的利益和财富便是凳腿，这些凳腿几乎都参差不齐，从而导致凳面的不平衡。若要改变这种状况并实现平衡，最简单的办法是剥夺富裕，以最短的凳腿为标准将长腿全部锯掉，以降低代表生产力发展水平的凳面为代价实现低水平的公平。20世纪下半叶，在中国就进行过此类剥夺富裕的试验。差不多三十年后，人们发现这种办法只会使中国人在国际竞争中被淘汰出局，于是有了邓小平的改革开放和允许一部分人先富起来的政策。这一历史教训本身就说明人是利益的动物，伤害利益便会伤害感情，伤害人们追求财富的积极性，尤其以人情定天下的中国，轻易伤害人们的既得利益，其后果更为严重。因此在条件许可的情况下，财政应尽可能在增量上做文章，切忌在存量上动脑筋，因为只要认定发展是硬道理，财政与日俱增，蛋糕做大是必然的结果。当然，对那些获取过度利益者采取必要的削峰填谷，适当锯短长腿的措施也未尝不可，只不过不能常用，要坚持以"垫凳腿"政策为主导。

六要尽可能"花钱办事不养人"。计划经济讲公平，政府以养人办事为首要，市场经济重效率，一般办事不养人。由于养人难免带来人与人之间的矛盾，从而派生了思想工作及专做此项工作的高中级职称人员。后者要产品，要服务，便实施政府采购，公开招标，谁的价格低、质量好、服务优便向谁下订单。

七要把"蛋糕"做大。人们常说"生命在于运动"，世人遵循这一原则，通过登山、游泳、跑步、拳术、跳舞等不同形式，加强体育锻炼，大多取得了强身健体、延年益寿的良好效果，个中原因便是体育锻炼促进了自身机体的新陈代谢。财政收支同样蕴涵着新陈代谢，它既要保证一定的税收收入，以促进企业降低成本，提高效益，增强自身的竞争力，同时又要通过加大支出来引导产业升级、企业技术改造和推进社会发展，进一步改善投资环境，吸引更多的投资者，通过推动经济协调发展，开辟源源不断的新税源，把"蛋糕"做大。可见，财政与人类一样，它的生命也在于运动。倘长期实行小收小支政策，收支的新陈代谢不旺盛，财政不但难以随着社会进步而发展，其职能反而会有日益枯萎的危险。

八要坚持"小河有水大河满"的方向。人们都知道涓滴之水聚成溪流，千百溪流汇成江河，"小河有水大河满"，这是自然界司空见惯的一条规律。但这一规律在中国这个极端强调集体主义的国度里，长期被颠倒为"大河有水小河满"，从而产生了种种遏制庶民百姓创造精神的陈规戒律，若要遵循自然规律还财政发展的本来面目，便要坚持"小河有水大河满"的方向，面向基层，以增强基层财政的活力为宗旨。

九要建立寓约束与激励为一体的理财机制。人们都知道什么东西最紧缺，掌管该项权力的人便会成为"香饽饽"。记得 20 世纪 80 年代以前猪肉很紧俏，国营食品公司的工作人员便成了人们追逐的明星和交友的对象，即使是操刀司秤的营业员，打开店门立在肉案之后也颇有一番非凡气度，其刀斧所向可以使你得到一块如愿以偿的好肉，也可使你大失所望连带毛的猪头肉都买不到。这种非同一般的感觉既来自猪肉的紧缺，更来自缺乏制度制约的随意性。倘有一套行之有效的制度，即使猪肉紧张也不至于如此。至于财政的资金分配也存在着同样的困惑。因为财政资金的紧缺是永恒的难题，即使像美国这样富有的大国也有惊人的赤字。倘要降低财政资金分配成本，提高资金使用效益，避免产生腐败，唯一办法就是建立一种寓约束与激励为一体的机制，让不带感情色彩的计算机按程序分配。

十要坚持有所突破的创新精神。人世间不但一切事物都不是一成不变而是不断发展前进的，而且由于各种主客观因素不同情况也千差万别。面对上级所规定的划一政策，我们绝不能循规蹈矩一成不变，必须从实际出发，因地制宜，有所突破，才会有所创新，有所进步。例如，1994 年分税制财政体制改革时要求：各省都要实行市管县的财政体制，省对市县实行分税种分税，要求财税机构分设等等措施并不完全适合浙江省的实际情况，于是我们做了变通，顶住来自上层的压力和下层的阻力，坚持贯彻"以人为本，四两拨千斤，建立理财新机制"的理财思想；推行"抓两头，带中间，还财政于政府，赋权力于制度"的工作方法；坚持省直接管县、省与市县实行超收综合分成、省以下财政地税合署办公的体制和实施具有浙江特色的"两保两挂"、"三保三挂"、"两保两联"、"三保三联"、"亿元县上台阶"等具体措施，从而使浙江财政 10 年总收入增长 9 倍，成为全国唯一不欠发工资的省份。

21. 经营十识

在中国,自汉武帝接受董仲舒建议"罢黜百家,独尊儒术"以来,儒家文化几乎一统天下,历代王朝无不推行重农抑商政策,按"士农工商"排序,将"商"排为末业。直到1840年鸦片战争后中国进入近代社会,商人的地位才有了改变。但随着"官督商办"的洋务运动兴起,公权力介入工商业,官商勾结,成了尽人皆知的生财之道,从此中国的商业文化又误入歧途。

今天,尽管对政治资本过度偏好的中国企业经营者仍然能够运用官商一体、投机取巧,甚至弄虚作假等急功近利的传统手段在某些领域取得可观的经济利益,但随着社会进步、市场经济体制的逐步完善,老一套势必渐行渐远,如不及时改弦易辙,企业经营必将坠入难以自拔的万丈深渊。因此,及时更新意识,顺应潮流,与发达国家的工商业意识接轨成了经营者的当务之急。

一是危机意识。危机意识是人类进步的动力,激励人们防微杜渐,奋发图强,转危为安,挽狂澜于既倒,置企业于不衰。

二是竞争意识。市场经济是优胜劣汰的经济,在经济全球化的今天,竞争不仅限于国内还扩展到全世界,"成王败寇",天下没有常胜企业,一次成功不等于永远成功!要想立于不败之地,唯有坚定不移地确立自身的竞争意识。

三是创新意识。古人言:"兵无常态,水无定形。"守业必衰,创业有望。随着岁月的推移,社会在进步,需求在更新。作为企业,经营必须适应人群之需要,合乎时代之潮流,才能永操胜券。诚如伏尔泰所言:"创新是时代的精神,谁不具备这一精神,谁就要承担时代的全部不幸。"

四是战略意识。企业是现代社会的经济细胞,"量物宜长,放物宜远"。在复杂多变的环境中,把握未来的发展,便是对企业生死攸关的战略要求。经营者有了清晰的战略意识，才能通过强化自身的优势，平衡内外资源，把握最佳发展机遇，使企业长盛不衰。

五是市场意识。马克思把产品从厂家走向消费的销售环节称为"惊险的跳跃"。如果这种"跳跃"不能成功，摔死的不是商品，而是生产者或经营者。因为任何商品若不能实现向货币的转换，投入的资金便无法收回，企业必然难以为继。可见市场意识是企业家须臾不可淡化，更不能掉以轻心的生命意识。

六是"知本"意识。知识包含了人类对自然和社会的所有认知和适应，是一个真正意义上的生产要素。离开知识就不会有经济的增长，而经济增长的过程就是知识增长的过程。在进入知识经济时代的 21 世纪，人力资源与知识资本优势已经成为企业重要的核心技能，人力资源创造知识的价值更成了衡量企业整体竞争能力的标志。因此，是否具备"知本"意识是现代企业家和传统企业家的分水岭。

七是知识管理意识。知识管理就是以知识为核心的管理，即利用市场等手段，对企业包括商标和专利在内的已有的知识和将获取的知识实行有效的管理，尽可能促进知识由潜在的生产力变为现实的生产力，确保企业持续发展。

八是资本运营意识。在自然界，"大鱼吃小鱼，小鱼吃小虾"，不但是客观规律，也是世界多样性赖以存在的基础。企业同样适用这一"优胜劣汰"规律，其"快鱼吃慢鱼"的主要表现形式便是"并购"，诚如曾获得诺贝尔经济学奖的美国学者施蒂格勒所说的那样："没有一个美国大公司不是通过某种程度、某种方式的兼并而成长起来的，几乎没有一家公司主要是靠内部扩张成长起来的。"由此可见，资本运营是资源优化配置、企业快速发展的必要手段。

九是组织重构意识。在现阶段，跨国公司的结构，已从 U 型经过 M 型发展并转化为 E 型。所谓 E 型，就是以商业生态系统来确定企业在其中的地位和作用。这一系统由客户、供应商、生产厂家、资金渠道、行业组织、标准制定和管理机构等组成的一个协调群体，类似于一个生物群落，相互依存，优势互补，共同进化和发展。任何一个企业都必须在其中找到自己的位置,并充分发挥自己的特长,方能获得生存和发展的机会。

十是可持续发展意识。企业的可持续发展包含两方面内涵:首先是增长,其次是发展。反映在资产保值、增值上的产量增加和销售扩大,仅仅标志着企业可持续发展在经济数量上的增长;而发展则要求企业对内外资源加以合理利用,不断开发新产品,提高产品档次,适应日益增长的社会需要,促使企业保持长久活力。在现实生活中,我们既要防止有增长无发展或以眼前增长牺牲长远发展,也要避免只讲长远发展而忽视即期增长。

22. 迂回而成

中国人习惯含蓄。

小至到他人家中造访,主人为表示好客,一般要坚持倒茶,而客人为了显示礼貌,皆自觉不自觉地向主人表示坐一会儿就走,无须倒茶。如此相互推辞再三,耗费了不少时光,主人的客气、客人的礼貌都分别得到了充分的表达,双方才一边喝茶一边叙谈。

中至有人到某机关要求解决某事,该机关明知此事无法办理,却不明说,而是转个弯子说:"我们研究研究。"弄得当事人三番五次往返拜访,多次求办不成,失去了信心,方才作罢,而该机关也终于达到了"打不垮拖垮"的目的。

大至古代社会改革正面出击阻力甚大。如 1581 年明代大学士张居正下令推行"一条鞭法"的财税改革,遭到了利益受损的地主阶级的强烈反对,在次年张居正去世后即掀起一场"反张"倒算之风,张居正不仅遭到抄没家产的惩罚,而且两子自杀,一子身死,一子未遂,一家十余口人饿死,身后极其悲惨凄凉。此后各地不但不坚持推行"一条鞭法",反而变本加厉地征收"三饷"(辽饷、练饷、剿饷)和加收杂派,加重了百姓负担。而直到清初朝廷宣布免除一切杂派和"三饷"后,才又进一步明确以明万历"一条鞭法"征派赋役。至康熙五十一年(1712年),朝廷又宣布以上一年丁银额为准,以后额外添丁不再加征的"永不加赋"政策。雍正时,又进一步采取"摊丁入亩、地丁合一"的办法,把丁银平均摊入各地田赋银中一并征收等一系列曲折的措施,才完成了彻底的"一条鞭法",前后历时达一百数十年之久。可见,在喜含蓄的中国文化背景下,迂回而成乃是一种最好的策略。

君不见,早在20世纪80年代,国家就提出了"政企分开"的要求,结果久未奏效。直至1998年中央明令军警政法机关不准经商办企业的要求时,由于军警司法部门的强烈攀比,终于迫使十余年来难解难分的"政企分开"水到渠成。自20世纪80年代以来迅速膨胀的预算外资金一直很难管理,财政部门正面接触不是收效甚微就是束手无策,而在1994年纪律检查部门从廉政建设入手进行督办,久管不成的预算外资金管理终于屈服于查处压力而逐步就范,实行"收支两条线"。还有,20世纪80年代以来,各部门大力兴办会计师事务所、审计师事务所、税务师事务所、律师事务所、评估师事务所等机构,这些机构逐步成了部门的附庸和福利来源,如政府当局直接要求其独立,挂靠部门就会提出国有资产、工作人员则会提出公职等难以解决的问题。中央未正面从脱钩入手,而是抓住这些机构出具假报告、不公正执业的违纪违法问题作为切入点,要求它们成为适应市场经济体制需要的独立机构,于是手起瓜落,脱钩问题迎刃而解。

可见,在有着含蓄传统的中国,赤膊上阵往往会不受欢迎,并且落得遍体鳞伤,而迂回战术却是一个既体面又实惠的办法。在当前各项改革工作中,我们又如何认识和运用"迂回而成"这一传统呢?

23. 华山已非一条路

20世纪60年代,我去华山,上山只有一条路,因此对"自古华山一条路"的俗语记忆深刻。时隔三十多年,我又一次去华山,这时已经有了登山缆车，上山的途径不仅可供选择，而且乘缆车上山不再蒙受徒步攀登汗流浃背、上气不接下气之苦了。当我坐在缆车上，透过玻璃窗，俯瞰不绝于途的徒步者拄着拐杖艰辛地往上攀登时，环视缆车上的乘客，则是左顾右盼，谈笑风生，悠然自得，不禁百感交集。登山如此，人生的旅程又何尝不是如此呢？在有数千年封建社会历史的中国，"万般皆下品，唯有读书高"，"学而优则仕"长期以来成了读书人的唯一出路，就连春秋战国时期越国大臣范蠡脱离政界下海经商成为巨富，也不为社会所认可。社会阶层按"士农工商"排列，商人居于末位。不过在实行市场经济的今天这种排列有了改变，企业家成了人们所尊敬的阶层，从事工商业也成了一条绝佳的出路。

　　不久前，我曾遇到过一位 1961 年出生于浙江临海城南偏僻山村、目前已拥有数亿元资产的民营企业家。他告诉我，高中毕业后，他为了改变人生，从穿草鞋跃进到穿皮鞋，花费了整整五年的宝贵光阴，企图走通人们公认的"华山一条路"——考大学之路。经过十年寒窗之后，1978 年他第一次参加高考，得分与最低录取分数线相差 120 分，1979 年第二次高考相差 15 分，1980 年第三次相差 12 分，1981 年第四次相差 3 分，1982 年第五次还是相差 2 分。当他第五次听到名落孙山的考分时，一股眩晕的绝望便涌上了心头，脑海里对自己能否通过考大学找到出路产生了疑虑。在久久的冥思苦索之后，他决计改弦易辙，发誓不当现代的范进，另辟蹊径找新的出路。一个偶然的机会，他参加企业招工考试，尽管近视眼不符该厂的体检要求，但慧眼识英才的厂长还是破例拍板录用，他幸运地成了一个地方小工厂的产品推销员。兴趣、天赋、勤奋和机遇所组成的命运，使他在当推销员后的第二年，即 1984 年就获奖金 8000 多元，要知道他当时的月工资仅仅 18 元。此后的 1985 年、1986 年他每年都获得奖金两万多元。但好景不长，1987 年企业改革后，他被迫辞职离开家乡，改赴广东承包一家贸易公司。在克服了包括人生地不熟的种种困难后，1989 年他使公司赢利 300 万元，按合同他个人获奖励 100 万元。1990 年他用其中的 50 万元注册了一家公司，余下的 50 万元买了两套房子和一辆小车。从这一天开始，他终于如愿以偿地从打工仔走上了独立自主的创业之路。他极其兴奋地告诉我,当了老板以后,他所拥有的财富几乎每年平均以 30 倍的速度快速增长,所属的企业更是如雨后春笋般地不断增加和扩大,遍布国内外,还成了同行业的领头羊。

由此可见,一个人在兴趣、天赋、勤奋与机遇结合并不顺遂时不能老在一条路上走下去,要适时地选择适合自己为之奋斗的新路,才能拥有施展才华的新天地。如善于理性思维者可读硕士、博士,成为高级研究人员;善于动手者可以从事技术职业,成为高级技工、高级技师;有艺术天赋者可以攻读音乐、美术或其他艺术学科,争取成为卓有成就的艺术家;有竞技体育特长者可以争取成为一个运动员;至于智商不太高、各方面都不突出者也可争取成为出色的普通劳动者。

也许中国人数千年来受"求同"文化传统影响根深蒂固的缘故,不仅"大河有水小河满"的集体主义思想深入人心,而且"从众""攀比"愈演愈烈。时至今日,家家户户还向往着"学而优则仕"的同一理想,千军万马挤向读书做官的独木桥,子女上大学、考研、出国几乎成为一代曾经历过上山下乡坎坷的父母们梦寐以求的夙愿。在以"求异"为荣的西方,强调的是"小河有水大河满",人们向往的是标新立异,与众不同,热衷于根据自身的条件和爱好以不同的形式实现自己的人生价值。如不打算从事研究工作的人,一般不再读研究生;准备成为技师者就去上高级技术学校,而不是像中国那样什么单位都要招研究生,什么人都要达到研究生的水平。殊不知从事计算机操作业务,年轻的中专、职高毕业生远比年龄偏大、手脚迟钝的研究生心灵手巧。如果在中国,只有高中毕业文凭的布莱尔、卢武铉按大专学历标准连县市长都不能当,还能当一国之首相、总统吗?要知道英国和韩国教育的发达程度在全世界是出了名的。

在多样化的市场经济条件下,作为以趋利避害为本性的个人,要实现自身价值最大化,必须走适合自身条件之路,而一个社会对人才的使用也同样要有一个合适的标准,才能实现人力资源利用的价值最大化。只有这样,我们才能开创多种途径上华山的新局面,实现条条道路通罗马。

24. 世　故

古人常称善于处世、处人者为"世故"，并作为高尚者的人生追求，而今人数十年来受"与人斗，其乐无穷"的思想影响，信奉斗争哲学，对"世故"一词常常不屑一顾，甚至嗤之以鼻。其实自从人类站起来，与猿猴相揖别的那一天开始，就有了如何处理人际关系的苦恼。因为每个人都想自由地按照自己的独立意志生活，但又必须跟别人生活在一起。一部人类史，就是一部不断尝试如何调适个体与群体、个人与社会相互关系的历史。不同时代的人们都可以从中体会到苦涩与欢乐，艰难与顺畅，失败与成功。而能掌握其中无穷奥妙之佼佼者则往往被人称为"世故"高手。

那么要成为这类高手又有何快捷方式呢？古人一言以蔽之："世事洞明皆学问，人情练达即文章。"这就是说既要认清客观形势，又要善于处理人际关系。倘前者为"世"，则后者为"故"，不言而喻，所谓处理人际关系的高手，其实就是具备相当认知水平和实际操作能力的"世故"先生。

既然世故的目标是实现理想的人际关系，那么"和谐"便是最终的理想了。就字面而言，"和"字从"禾"从"口"，象征着人人有饭吃，衣食无虞；"谐"字从"言"从"皆"，意味着人人都有讲话的机会，民主渠道畅通无阻。可见，若人人都能世故，社会矛盾就不会激化，和谐社会也就指日可待了。

25. "第一山"的启示

晚饭后偕友人游览宁波招宝山。拾级伊始，倏见山道上立有一红字之石碑,上镂"第一山"三个擘窠大字。

友人甲曰:"此碑文含糊其辞。"友人乙道:"此碑文极妙,妙在未书定何地域范围之第一山,给游客留有想象和评价余地。"甲友顿悟道:"噢,这有如国画之以貌取神,画了鱼儿不画水,画中自有波涛在。八大山人朱耷画鱼不画水,齐白石画虾不画水,可是观画者仍然感觉到有水,有的仿佛看到一泓清泉,有的好像看到碧波荡漾,有的甚至感到身临烟波浩渺之太湖。观者人人发挥丰富的想象力,神驰在遐想的海洋中,自得其乐。"

听了此番议论,我颇有感触。领导者向下布置工作也如书碑作画,如果定得过细过死,不留余地,再加事无巨细,事必躬亲,做不到大事清楚,小事糊涂,那么基层干部群众的主观能动性怎么得以发挥?这大概就是古人说的执之愈细、失之愈巨的道理吧。

26. 青蟹与草绳

一位在浙东沿海某地当过秘书又任过县长的年轻朋友在一次座谈时告诉我,沿海地区一种称为"青蟹"的大螃蟹味道鲜美,价格昂贵。由于这种活螃蟹蟹钳强壮有力,锋利无比,很容易伤人,因此卖时必须用草绳牢牢捆扎,这样在称量时,草绳的价格也自然而然地上升到青蟹的昂贵价格了。

他说,当领导秘书的人往往在社会上"吃得开",办事比较方便,其实就相当于捆扎在青蟹身上的那根草绳。一旦草绳离开了青蟹,便回归了自身的价值,草绳还是草绳,失去了比人家"方便"的办事能力。

其实,不仅秘书是长官这个青蟹身上的草绳,就是为官为宦者也是"官职"身上的草绳,一旦失去职位便还了他平民本色,如无其他专长者,其处境犹如敝屣,比有一定自理能力的秘书还不如。

27. 做人不如做机器

中国传统文化一向强调"以道为本"、"以礼为本",因此,有了"君为臣纲,父为子纲,夫为妻纲"和"仁义礼智信"的"三纲五常",以及束缚妇女的"三从四德",尤其是起自五代南唐李煜的女子缠足更是对人摧残的典型,与现代"以人为本"的精神相去甚远。温家宝总理在政府工作报告中强调以人为本并且全文有十处提到了具体措施,具有划时代的意义。

在我们的实际工作中,要真正做到以人为本,是很不容易的。浙江一位杰出的民营企业家指出,目前在企业界仍然存在一种误区,就是以物为本。不少企业舍得花大钱购买价值数以百万元计的昂贵设备,并为它们配套高档厂房或恒温调协系统,就是不肯为操纵这些设备的工人解决生活困难,甚至连像样的住处也不提供,弄得"做人不如做机器",这就是典型的不以人为本。为了扭转这种以物为本的状况,他的企业,不仅为技术工人建造设备良好的宿舍,并且主动借钱为他们购买永久性的住房。他满怀深情地说:"当前民营企业家必须转变观念,从实际工作中真正落实以人为本的思想。"

一位国内知名的视光学专家说,保护工人视力也是当前落实以人为本理念的当务之急。如工作台的灯光,对不同身高的人要调节不同的距离。车间墙壁的颜色也要使人感到愉快,如在炎热的环境中工作,要配以蓝色墙面,在寒冷的环境中工作,要配以粉色或橘色墙面,切不可不分环境场合通通涂抹成白色,这样会使工人在工作中产生恐慌或紧张的情绪。这一花费资金并不太多的人文关怀在企业至今还没有引起足够的重视,可见,以人为本的理念从提出到落到实处,实乃任重而道远。

28. 人生的选择

　　人生在世，免不了选择，既有职业和事业的选择，也有面对社会准则的态度选择。

　　人的一生既需要快乐，也离不开保证快乐的物质基础，因此，人生谁都会面临职业和事业的选择。所谓职业，只是为了谋生，不是自己喜欢，亦非自己所长的工作。事业，则是自己喜欢做，也适合做，能够给自己带来快乐的工作。一种选择是融职业和事业为一体，如画家、艺术家、作家、手工艺艺人，他们所从事的工作既是职业也是事业，有利益也有个人盎然兴味，不但可以自己构筑工作平台，而且能够在自己的平台上一直工作到生命的最后一刻，甚至会在专心致志的工作中溘然长逝，幸福地升入天堂。另一种是在职业之外，寻求事业，工作之余，做自己有特长，且喜欢做的事，退出工作岗位后仍然可以从中获得快乐。还有一种是把建筑在公共平台上的职业当做事业，乐此不疲。第一种选择让利益与快乐并驾齐驱，最为理想；第二种是让挣钱与快乐各走各的路，某一天职业结束了还可以让事业伴随到人生的终点；第三种选择的结局则比较惨，一旦失去公共平台的职业便失去了"宝贵财富"，无所适从，甚至连个人的精神状态也会跌入痛苦深渊。

　　要维持秩序，任何社会都不能没有准则。面对社会准则，人们有三种不同的态度选择。一种是极端漠视社会准则，以致完全不适应，被社会无情地打到最底层，他们的精神生活几乎为零，甚至连维持最低限度的生存条件也非常困难。另一种是选择被动适应社会准则，在社会准则面前没有任何尊严，所得到的好处也极为有限。还有一种是在透彻理解社会准则的基础上，善于审时度势，运用社会准则为实现自身目标服务。显而易见，第三种人最聪明，其选择也是最佳的，诸如在价格双轨制时期投身计划外协作,赚取差价;企业推行承包制度时,深知包赢不包亏的社会潜规则而大胆承包;企业转制时,在人们还没明白过来时便以低价购买了资产;在国家对外资企业实行税收优惠时就到国外、境外注册公司,摇身一变成外商,心安理得地享受减免税;在强调学历学位的年代就花钱就读在职硕士、博士;官员招考制度兴起时便埋头备考成为每考必中的专业户;不想听会时便选择在座位上认真干自己的活,既不会被领导点名也能做成自己的事,从而有效地利用了宝贵的时间;善于借助公家平台练本领,本领一旦练就,就告别公职,下海赚钱等等,举不胜举。

29. 稀为贵

　　从北京下派到西藏挂职的建凡先生说,他从低海拔的华北平原到高海拔的西藏所遇到的第一个问题是缺氧。平原地区每立方米空气中含有 250 至 260 克氧气,海拔 3650 米的拉萨却只含 150 至 170 克,整整少了 1/3,而来自平原的人体内自身所携带的氧气一般最多只能维持 6 小时,6 小时以后如不能适应,便会发生气喘、胸闷、头晕、失眠、心跳加快和消化不良的高山反应。因此,进藏的第一天务必休息,不可随意活动,以防不测,即使两三天后有所适应,走路、上楼梯、登寺庙台阶仍应以缓慢为主,切不可疾步,更不可跑步。当某种东西拥有时,人们不会想到它的重要,只有出现了缺失,其重要性才显现出来,不仅氧气是这样,粮食、副食品也同样如此。必须显现"物稀"的问题,才能拥有"为贵"的局面。

　　君不见,在数十年间,尤其是"文革"和旧城改造中名胜古迹被破坏殆尽后,人们才突然想起保护的问题,甚至将保护起来的古城、古镇、古街开辟为旅游胜地,成就生财之道。同样,没有飞机出事、假冒伪劣、盗版侵权,一些国家副部级的局也不可能坏事变好事升格为正部级的总局。可见物以稀为贵。既是客观规律,其如何运用更是当今社会之一大学问。因为你这个部门工作一直做得很好,肯定是不会受人重视的,只有不断在时坏时好中游移才能显现出你力挽乾坤的英雄本色。这也许就是大海潮起潮落,博得人们永久颂扬的原因所在。有人甚至用这个道理来解释诸葛亮的空城计之所以能取得成功,乃在于司马懿懂得"狡兔尽,走狗烹"的道理,如果捉了诸葛亮,司马懿也死到临头了。

30. 学会简单

人在世界上两百多万种的动物群体中,是最聪明也是最复杂的。仓颉在创造汉字的时候却反其道而行之,把"人"字造得最简单,一撇一捺,仅仅只有两个笔画而已,形象地指引人们把复杂人生简单化。但作为有思想、有欲望的人并不是人人都能自觉理解和遵循仓颉先生所提倡的简单行事原则,把自己的工作干得条分缕析,家务料理得干脆利索,人际关系处理得正常和谐,功名利禄都当做身外之物,随遇而安,等闲视之,而是相反地把自己的人生搞得很复杂。

君不见,有人每天都想得好处,出风头,时时刻刻风风火火,既应付工作,又周旋交际;既忙家务,又广交朋友;不但要随时奉承领导,求得青睐,还要落到实处,谋求个人名利;甚至为了一己之升迁,不惜寻觅他人之问题,挖空心思举报揭发,以至于身心皆疲,惶惶不可终日。

更有奉金钱为神者,不惜将自己变成钱的一部分,常常把人生渺小的衣食住行需求不断加温孵化成巨大的欲望。美味佳肴,声色犬马,豪宅名车,新潮时装,古董文物,无所不欲,甚至价值连城的艺术珍品都成了他不可或缺的需要,难填的欲壑简直想吞下整个世界。弱水三千,通常仅饮一瓢足矣的简单人生,因此变得无比复杂了。

犹如世界上能把复杂问题简单化者为大师,把简单问题复杂化者为专家那样,一个人能把复杂人生简单化和简单人生复杂化都不失为本事。

但鉴于人的能力和精力都有限,执意要获得人间的一切好处,占尽人间的一切乐趣,势必要耗费自身的极大体力和精力,有时为了得到某种好处不得不违心地伪装自己,低三下四地做一些令人不愉快的事;甚至为了在竞争中胜出,还要处心积虑地冒着缺德风险去算计别人,做人行事时时刻刻都似枷锁在身,对仅仅是一个过程的人生而言,活得既苦又累,又有什么实质意义呢?因此,在生活节奏加快、人心浮躁的当今社会,我们要提倡简单生活,让自己不但活得光明磊落,轻松自如,还有必要把减轻心理压力,提高人生效率作为一种生活艺术来提倡!

为人
处世的智慧

WEIREN

CHUSHI DE ZHIHUI

1. 学习的思索

　　国家的学习能力决定国运兴衰，个人的学习能力决定一生的成长。今天我们生活在一个嘈杂而充满竞争的环境中，对于我们这些南来北往，整日疲于奔命，从一个会场到另一个会场，貌似日理万机，其实所从事的很多工作却是周而复始的人来说，能参加脱产学习是一个难能可贵、值得珍惜的机会。

　　首先，学习要有紧迫感。世界上已定名的动物超过两百万种，而有时间观念的动物恐怕只有人一种而已。在蓝天白云下的大草原，牛羊没有时间观念，不知老之将至，不知死期不远，甩着尾巴，踏着碎步，悠然自得，乐趣无穷。而有时间观念的"人"，则不免感叹人生的短暂而"壮怀激烈"。两千多年前的一天，孔夫子曾站在江河之畔，面对流水，无限感叹"时间"有如眼前的江水奔腾不息地流逝，曰："逝者如斯夫！"千百年来有此同感者何止亿万计！直至 20 世纪 60 年代，毛泽东畅游长江时还情不自禁地吟诵："子在川上曰：逝者如斯夫，不舍昼夜！"叹息时间的流逝、人生的短暂、革命事业的紧迫。古诗《长歌行》更是耐人寻味，诗曰："百川东到海，何时复西归？少壮不努力，老大徒伤悲。"前面两句讲大江东流，一去不复返的自然现象，后两句提示了人的时间的宝贵与自身努力的价值和意义。作为人，不仅要努力学习，努力工作，还要有时间上的紧迫感和历史的责任感，"学习，学习，再学习"，活到老，学到老，真正做到"老骥伏枥，志在千里"。生物科学告诉我们，人的智力用进废退。一个善于学习的人应该经常给自己出点难题，苦其心志，劳其筋骨，饿其体肤，埋头苦读一些艰深、实用而又富有哲理的书，以便向自己发起一次又一次的挑战，因为周而复始的工作驾轻就熟惯了，会使原本聪慧的头脑退化，原本勤劳的肢体僵死，唯有不断攀登学习高峰的人才能达到"问渠哪得清如许，为有源头活水来"的境界。

其次,要扎实学习。有一天早晨,我起床到户外活动,有人不无震惊地告诉我,前一天晚上大雨如注,禅源寺前面的一株大树竟然倒掉了。我问他,这株树有多大,他打了个手势,表明树径有 30 至 40 厘米,并说至少有五六十年树龄。我说,这不奇怪,因为凡是扎根不深的树木,其矗立于世的力度本来就不大,根系一旦遭受水流浸泡冲刷,导致山土松动,势必无力支撑树干的繁枝茂叶,其倒地也就无疑了。我们不妨由树及人。倘我们不努力学习人类浩瀚的知识,把自己的理论功底扎深扎透,那么有一天社会上竞争的暴雨倾盆而下,难保会有人由于"头重脚轻根底浅",像禅源寺门前的那株大树一样砰然倒地呢。

第三,学习要持之以恒。古人说:"只要功夫深,铁杵磨成针。"一个天资最聪颖的人倘不能持之以恒地学习,毕生亦将一事无成。君不见中国历代多少神童、多少状元崭露头角后,却在历史的长河中,在茫茫的人海里默默无闻地消逝了?而罗贯中、施耐庵、吴承恩、蒲松龄、曹雪芹、吴敬梓等却由于能持之以恒地学习,奋不顾身地创作,终于有了《三国演义》、《水浒传》、《西游记》、《聊斋志异》、《红楼梦》、《儒林外史》等传世之作,成了名垂千古的作家。拿当代来说,浙江有一位癌症患者,当医生告诉他"此生离终点已经不远了,金樽对月须尽欢"时,他没有像通常的患者那样悲观失望,玩味余生,而是在经历了迷惘、痛苦、消沉、醒悟四个阶段后,决心振作精神,钻研学问,竟写出了上百万字的理论书籍,并举行了作品研讨会,至今仍健在世间,真是令人惊讶!可见,有人说癌症患者"病死的少,吓死的多",很有道理。至于伟人马克思,更是持之以恒学习的典型。他长年累月地在图书馆里写作、学习,过着用面包充饥的艰苦生活,终于写出了以《资本论》为代表的巨著,引导世界上诸多国家亿万人民的生活轨迹。

第四,学习要戒骄戒躁。古代有一位百发百中的射箭高手。一天,他在自家靶场上射箭,连发十箭,箭箭皆中靶心,只有一箭略有偏差,中在靶心之侧,介乎九环与十环之间,此时此刻,他心花怒放,禁不住发问:"老夫技艺如何?"站在他身边且其貌不扬的一位卖油翁,突然冒出了一评语,曰:"不过如此!"这个评语恰似一盆当头冷水,使高手刹那间脸色为之一变,心里凉了半截,冷冷地说:"你有何高明之处?竟敢嘲笑我的射箭技术!"卖油翁不紧不慢地拿出一枚外圆内方的铜钱,放在小口油瓶之上,然后不用漏斗,仅仅用大碗舀油,缓缓倾倒而下,其油流如线,不偏不倚,恰从铜钱方孔之中心进入瓶内,直至油瓶注满竟然没有一点油沾在方孔之侧。在现场亲眼目睹之高手幡然醒悟,自思十箭之中尚有一箭偏离中心,倘换成倒油,不是有油沾在铜钱方心之侧了吗?于是当即向卖油翁作揖称谢,表示此后要戒骄戒躁,百倍努力练习射箭之术,精益求精。

前几天到玉皇山登高,我和同事登临绝顶玉皇阁,俯瞰杭城,极目远眺,左湖右江,望不尽天涯之路。我触景生情,不禁想起国学大师王国维先生的一段话。王先生在其所著的《人间词话》中描述,做学问须经过三种境界:一是"昨夜西风凋碧树,独上高楼,望尽天涯路",此为第一境,喻知识浩瀚,初学阶段莫自满;二是"衣带渐宽终不悔,为伊消得人憔悴",此为第二境,喻做学问要潜心专注,废寝忘食;三是"众里寻他千百度,蓦然回首,那人却在,灯火阑珊处",此为第三境,喻为学者当千百度探索、钻研,一旦有所发现,其快乐无穷。此时此刻,我想这"三境"作为我们学理论做学问的座右铭颇为可取。

2. 书山有路

人生在世,为了生存和发展,不可无欲。有人喜欢金钱,有人喜欢古董,有人喜欢地图,有人喜欢书画,有人喜欢美女,有人喜欢官位,有人喜欢养生,有人喜欢读书……皆人之常情。除养生和读书外,人类多数的欲望皆为身外之物,今日可拥有,明日会失去。唯有养生和读书所获的健康和知识为身内之物,与生命相始终。难怪一位年近八旬的老前辈前几天语重心长地告诉我,他一生出入海内外,跨越大江南北,枪林弹雨,历尽艰险,可谓饱尝人间的酸甜苦辣,至今唯一刻骨铭心的体会是:"健康、朋友和知识缺一不可。"健康是最大的财富，没有健康就没有一切；人是群居的动物，没有朋友就会变成孤家寡人；人是有思想有感情有知识的动物，没有知识就不是精神意义上的人，最多是行尸走肉，与猪狗牛羊等其他动物无异。知识对于人来说极为重要。不过，人类还有比知识更重要的东西，那就是想象力和悟性。

就人类总体来说，知识来源于实践。如人类的祖先在实践中发现了钻木取火，并且在此基础上相继发现了火石，发明了火柴和打火机，从而使火广泛应用，满足了人们生活和生产中须臾不可或缺的基本需求。倘没有火，今天我们可能还是吃着生冷食品，与野兽无异，更无法想象美好的现代生活。可见，古人在诸如此类的实践中将所获取的感性认识抽象和升华，上升到理性认识，若用文字将其记载下来，也就成了人们通常所说的书本知识。

对于人类个体来说，知识并不都来源于本人的亲身实践，更多的是来源于书本。如一个人要想通过亲身实践，从发现钻木取火开始，发明火柴和打火机，那简直是癞蛤蟆想吃天鹅肉——痴心妄想。因为在一无所知即零知识的基础上，就是发现钻木取火也是难以企及的科学高峰，更不用说发明火柴、打火机了。再如，要想知道世界地理，单靠自己的双腿去实践，每天即使跑50公里，一生要跑遍全中国都很困难，更不用说跑遍全世界了。但是，我们只要学习书本上的地理知识，很快便会了解世界各国的地形、地貌和区位、人口，这就叫"秀才不出门，能知天下事"。如果我们能够在书本知识的基础上，进一步学习机械制造技术，那不但能设计制造打火机，还能设计制造出各类内燃机及应用内燃机的汽车、轮船和飞机等复杂的交通工具。反之，不读书，不学习，你一生要想成为发明大头针、回形针的发明家，都是异想天开。

书按不同标准划分有很多种。按有无文字划分，可分为有字书和无字书。古人常说的"读万卷书，行万里路"，前者是有字书，后者是无字书。

有字书按学科划分可分为社会科学和自然科学两大类。

按生命力来划分，书又可分为风行一时的畅销书和长盛不衰的长销书。如前段时间风行一时的《谁动了我的奶酪》一书便是畅销书。当时，在排山倒海的广告效应下，人人都欲先睹为快，唯恐没有读过此书被人视为傻帽，结果在很短的时间里全国便卖了数百万册，可如今在特价书店里连5元钱一本也无人问津。至于自然科学领域里的基础科学书籍，如数学领域里的阿基米德几何学，医学领域里的解剖学，中国古典文学领域里的《西游记》《红楼梦》《水浒传》《三国演义》《聊斋志异》都属于长盛不衰的长销书，爷爷看过的书传到孙子辈还在看。

按书对人生的作用，书又可分为三类：一是常识类的书，是对人生做人做事的基本要求，例如中小学课本、保健常识、交通规则等皆属于常识类书籍。二是谋生（业务）类书籍，一般大中专学校的教材和各行业的条例、法规、业务专著等皆属于此类书籍。三是兴趣（研究）类的书籍。它与本身的业务工作无关，纯属个人的兴趣爱好。如有位董先生收藏地图，与本身所从事的财政工作毫无关系，但古今中外的地图浓缩江山，凝聚历史，充满文化气息。

所谓无字书多半是通过自己观察，与人口头交流和本人在实践中所获得的知识，这些知识对人的启智起着重要作用。如从来没有进过军事学校的毛泽东之所以成为军事家，很大程度上依靠了这种无字书的作用。至于很多农民企业家，开始时根本不懂工业产品的设计制造和销售，后来在不断摸索的实践中增长了才干，不但成为企业的领导者，而且还成了某一方面的专家，这也离不开无字书的启示。例如浙北地区有个潘姓农民企业家没有上过学，只认识自己三个字组成的名字，如果有人将三个字拆开写他就不认识。毋庸讳言，这样的人缺憾是没有读过有字的书，但他无字的书的确比我们一般人读得好，多年来凭直觉训练积累而来的知识水平是不少满腹经纶者皆难以望其项背的。读无字书除了要与读有字书一样认真以外，还必须有远比读有字书强得多的主观能动性去观察、打听、琢磨，才能使那些无形之书成为自己脑子里的精神财富，达到刻印在脑子里，溶化在血液里，落实在行动上的程度。

中国人历来崇尚读书，倡导"万般皆下品，唯有读书高"。其目的有三，一是谋利，二是成名，三是做人。

宋代真宗皇帝就是提倡读书谋利的国家领导人。他写过《劝学文》，诗云"书中自有千钟粟"、"书中自有黄金屋"、"书中自有颜如玉",教育青少年无须参加生产劳动,只要通过读书就可以获得锦衣玉食、华屋美女。

古代私塾的老师提倡读书成名,不遗余力地让学生摇头晃脑、抑扬顿挫地背诵。北宋两浙路鄞县凤吞乡神童汪洙写过的一首《神童诗》:"朝为田舍郎,暮登天子堂。将相本无种,男儿当自强。"

历代知识分子大多认为读书是提高自身素质的需要。宋代的黄山谷是苏东坡的朋友,作为当年的名家名人,他强调"士三日不读,则其言无味,其容可憎"。

在当前以利益为诱导的市场经济体制下,人们要生存要发展离不开物质条件,因此完全否认名利、割裂读书与名利的关系是不现实的,但仅仅为了追逐名利而读书那也太渺小了,对于想做一个有修养的人来说将是一大缺憾。

读书首先要精深。现代社会不是农业社会,而是从工业化向信息化迈进的社会。人们的分工越来越细,对专业知识的要求越来越高。一个人不可能什么都懂,但必须有从事某个专业的精深的知识。欲做到精深,读书要四到,即眼到、口到、心到、手到。眼到就要求看得仔细、真切,而不是一目十行,浮光掠影。口到指的是有些优美的句子要反复诵读以增强记忆,这对自己动手写文章增添文采也大有裨益。心到就是要专心致志而不是心猿意马,甚至还要作前后比较,这样读书才会有效率。记得我幼时一位邻居老先生,天天读《三国演义》,读得滚瓜烂熟,他对全书人物作比较以后就问我:书中无名无姓的人是谁,有姓无名的人是谁,有名无姓的人是谁?答案是无名无姓的人是"督邮",有姓无名的人是"二乔",有名无姓的人是"貂蝉"。手到就是要求将重要文字画线做记号,甚至做读书笔记,或将重要的片段夹上书签或纸条,以便查阅。

其次,读书要博,既要学习自然科学知识,也要了解社会科学知识。处于现代社会的知识分子在精深掌握专业知识的基础上唯有博大才能触类旁通,举一反三,有所创造,有所发明,否则会成为孤陋寡闻的井底之蛙。现代社会非精不能成为专业人才,非博不能成为管理者。古人所谓"学富五车"就是要求人们博学。在古代由于用竹简和木简写字,其书本就十分笨重，秦代始皇帝嬴政每天要审批的公文即有 120 斤之多，"学富五车"的五车竹简（木简）则相当于掌握 10 万字左右的知识。古代之所以称官衙里写文章的人为刀笔吏，是因为当时的书写者不但要带笔，还要带刀（汉代常将刀尾做成圆环拴在腰带上），以便将竹（木）简上的错字随时刮去，才能重写。到后来，"刀笔吏"才与明清时代文官补服绣禽、武官补服绣兽的"衣冠禽兽"那样，都从中性演变成贬义，反映了老百姓对当官的不满。相反的是，原本保护男性生殖系统健康的"养精蓄锐"则演变扩展为壮大国家力量的褒义成语。至于古代西方在没有发明纸以前用羊皮写字，一本《圣经》要耗用 300 张羊皮才能写完。现在我们博学的条件已非古人可比，信息几乎随处可得，就看你有没有读书之心了。

第三，读书要融会贯通，不能读死书，更不能把书读死。如有人看了关于食品中含有致癌物质的文章以后十分害怕，什么食物都不敢吃，只怕中毒致癌。而他不知道也有书本揭示了人体自身具有相当程度的抗药性和"道高一尺，魔高一丈"的免疫力，并非某项指标超标就会致癌。还有人看到飞机失事的报道不敢乘飞机，看到某些杀人抢劫的报道不敢出门，殊不知这些失事及刑事案件是几万分之一的概率，并非就会在他的身上发生。如果我们把书本知识孤立起来，那就会陷入"人生识字糊涂始"的泥潭而难以自拔，甚至会由于想不开而跳湖自杀。

第四，读书要讲究效率。尽管"开卷有益"，但毕竟书海茫茫，而人生精力又十分有限，在博大精深、融会贯通的读书目标下，务须讲求读书之成效，因此对所读之书应作选择。

有人说，我现在工作很忙，没有时间读书，等我空下来以后，再抽时间补读；也有人说，我现在家庭住房面积很小，没有书房，待有了书房以后再说；更有人说，我现在出差很多，大多数时间都在舟车劳顿之中，没有读书的环境，待以后出差少了再读书也不迟。这些说法听起来似乎有一定道理，实际上却是聊以自慰。人生短暂，如白驹过隙，百年岁月，来去匆匆，倘不抓紧每一分钟用来读书学习，永远不会有整块的时间、美好的环境供你从容不迫地读书。即使你年纪大了退下来，似乎有时间读书，可那时也许身体不济、老眼昏花，已经不能读很多书了。因此我们要每时每刻地抓紧读书，如厕之时、舟车之中也要抓紧读书，才能锻炼自己的读书意志，使自己的一生在浩瀚的书海中占有一席之地。否则我们就会成为古代打油诗所描述的那种"春天不是读书天，夏日炎炎正好眠，秋多蚊虫冬多雪，收拾书包待明年"的一事无成者。

少年时，当教师的父母曾给我看过不少古人劝学的故事书，如"孟母三迁"、"凿壁偷光"、"囊萤映雪"、"悬梁刺股"等等。其中对"悬梁刺股"的故事，我一直心存疑虑。因为，我认为读书是一种精神需要，与吃饭、喝茶、睡觉一样是一件乐事，它不但能综观历史，神交古人，与孔夫子秦始皇沟通，还能旁通百科游历世界，了解不同国家民族的特点。倘能著述，你还能与数辈乃至数十辈的后代交谈，其乐无比。正如古人在《四时读书乐》一诗中所说的那样，"读书之乐乐何如，绿满阶前草不除"，也就是说人们端坐寒窗喜爱读书已经到了忘身于外的程度，不知阶前长满了青草。因此，当时我脑海里经常冒出一个念头，那个"悬梁刺股"的读书人，肯定不是一个读书爱好者，而是一个被迫学习的人。因为，凡是发自内心的自觉学习者用不着去头悬梁，锥刺股，以形式主义的方式给人树典型，当榜样。我曾推测此人悬梁刺股恐怕还是父母、塾师强迫的结果。成人后我还看到过国外一篇介绍读书能治病的文章，文章说西方某国的药店，常将诗歌等文学作品制成卡片装进盒子，作为药品出售，专治某些与情绪障碍有关的疾病。由此可见，读书作用极其广泛。

诚如人们所知，读书之乐在于内心之乐；读书之苦，则在于人身之苦。如寒冬腊月夜读的熬夜之苦，手脚麻木、躯体冻馁，所以古人常将书生书桌前的窗格设计成冰裂纹，称为"寒窗"。当然，读书倘是仅仅为了文凭为了名利，那也是痛苦的，尤其是为了获得文凭读那些自己并没多少兴趣的专业书时，不仅有皮肉的外在之苦，更多的恐怕是内心之苦了。那些读了书花了钱拿了文凭又当不上官的更是苦上加苦，悔不该当初者更是有揪心之苦。这些与当年居里夫人将荣获的金质奖章给小女儿当玩具，让她从小就懂得荣誉也是一种玩具的崇高境界相比，真是天壤之别。

读书人要有藏书，好比工厂生产产品需要原材料一样，书是必不可少的库存。而藏书的目的有三种，一种是为自己阅读需要，另一种为供他人借阅的需要,还有一种是炫耀的需要。

宁波的"天一阁"是明代兵部侍郎(相当于今国防部副部长)范钦创立的著名私人藏书楼。其藏书的目的主要是供他人借阅。在现代公共图书馆业高度发达的今天,这种私人藏书楼已经没有存在的必要了。因此家庭藏书便只有两种需要,一种是供自己阅读,另一种是向人炫耀。我认为我们如果不是那种缺少文化底蕴的富商,就没有必要为了附庸风雅不惜辟出巨室购买各种书籍装点门面。我们可以花费较少的钱购买一些有用的工具书和常用书置于案头藏于书架,至于那些偶尔用到的书籍大可不必收藏,完全可以通过图书馆借阅和上网来解决。在现代社会家庭藏书是必要的,但藏书更多的不是藏在室内的书柜里,而是应该通过阅读和融会贯通转化为知识藏在脑子里。因此凡购入之书都应大体浏览一遍,哪怕是极其粗略地看一看,做到心中有数,而不是将其束之高阁,炫耀于人,声称本人藏书有多少多少册,而读过的书却少之又少,难以启齿。一般人藏书不仅受居室面积的限制,还有防蛀、晒书、编码等不时之劳,不如少藏实物之书,多读社会之书藏之脑海,既无须防蛀也无须防盗。

3. 使人聪明的学问

孔子的弟子子夏曾经说过"仕而优则学,学而优则仕",后半句的意思大家很清楚,就是说读好书可以当官。宋真宗说"书中自有黄金屋"、"书中自有颜如玉",只要读好书,金钱美女自在其中。在"文化大革命"中,有人利用群众痛恨这种腐朽的封建思想,就以批判"读书做官论"为名,反对读书学习。当时辽宁的张铁生就是反对"读书做官论"的典型,用交白卷来向读书学习挑战,结果变成全国闻名的"白卷英雄"。当然现在看来,做官还得读书,不读书是不对的。但不是光读书就能做官。做官不光需要文化知识,还有很多其他的知识和机遇。所以,荀子就说过:"学者非必为仕,而仕者必如学。"至于"仕而优则学"的"优"字不是良好的意思,不是说官做好了去读书。官做好了去读书的也有,如到党校、行政学院以及国内外高等学校去念书、培训的。这个"优"字是"空余"的意思,整句话就是说当官的人也要抽出时间来学习。这句话所体现的中华民族的传统文化,有其合理的一面。

读书学习有两种截然不同的情况:一种是学以致用,事半功倍;另一种是学用脱节,成了书呆子。不少同志讲到上面来了文件,我们必须进行调查研究,然后根据文件精神,结合本地、本部门的实际,再制订计划,拿出方案,这是一种正确的方法。假如我们把上面的文件仅用传真机传达下去,那还要我们干吗?计算机不是更好?而且计算机铁面无私,没有腐败问题,它不会去跳舞、吃喝,也不存在感情面子问题。我们的学习如果"面子"很多的话,就会成为孔乙己,最后带来悲剧。王明尽管马列书念得很多,对《资本论》的章节了如指掌,倒背如流,并曾成为党中央的总书记,但他念的还是死书,结果给中国革命造成损失,本人也客死苏联,现葬在莫斯科新处女公墓。毛泽东则不然,他同其他中央领导同志一起,把马克思主义同中国的革命实践结合起来,最后形成了毛泽东思想,指引中国革命走向胜利。这样,书就念活了。

"世事洞明皆学问,人情练达即文章。"如果把世界上的事物认识得很清楚,会成为一个很有学问的人;如果能够较好地处理人际关系,就相当于做了好的文章。中国古代好文章不少,如诸葛亮的《出师表》、范仲淹的《岳阳楼记》、苏轼的《赤壁赋》等。但是从某种意义上讲,写好文章易,做人难,不少文学大师就是因为处理不好人际关系,人情不练达而未能善终。

学习的内容很多,要学马列主义、毛泽东思想,学邓小平建设有中国特色的社会主义理论,将来或许还有新的学习内容。不同的历史时期有不同的中心任务,但我们必须始终坚持用马克思主义的唯物辩证法来指导学习。像我们的财税体制,尽管千变万化,但有一点必须牢牢把握,即是否促进生产力的发展,是否有利于国家经济的发展和政治的稳定。应该说,唯物辩证法是一门使人聪明的学问,是指导我们学习提高的一个很好的哲学思想。

辩证法有三个要点,一是事物的普遍联系,二是事物的矛盾法则,三是事物的不断运动发展。

先讲事物普遍联系的观点。世界上到处存在着普遍联系,到处存在平衡。生物圈的恐龙,由于气候的变化,觅食越来越困难,所以恐龙就灭绝了。有人说长颈鹿也是由于气候变化,地上的草不太有了,只能吃树上的叶子,所以脖子越伸越长。又如我们黄种人的黑头发、黑眼睛配上黄皮肤,是一种很协调的色调搭配,而现在街上有人把头发染成黄色甚至红色,这样就不太协调,即使皮肤可以通过化妆涂抹成白色,眼睛却无法变蓝,最终还是失去了色调平衡。又如世界的经济也需要平衡,中国与美国在贸易中出现顺差,失去了平衡,产生了矛盾,所以国家计委的副主任就带队去美国采购飞机、汽车,这也是一种维护国家贸易关系的平衡。再如关于鸦片战争的起因,也是当时的清政府与英国在贸易上产生不平衡,英国人便开了东印度公司专门种植鸦片,并倾销给中国,造成中国白银大量外流。基于鸦片对中国人健康的毒害和国内出现的钱荒,道光皇帝便命令林则徐出任禁烟的钦差大臣,发动了著名的虎门销烟。贸易逆差最终导致了资本主义列强侵略中国的鸦片战争的爆发。

再举个例子。过去干部实行行政级别和职务的双轨制,这也是沿袭了古代的官吏制度,如知县、知府、巡抚等职官都有相应的品级,如清代知县为七品,知府为四品,巡抚为二品。1985 年曾经实行过职务工资制,把级别给取消了,实践证明这是不行的。1993 年 10 月开始的"工改"又把它改过来了。"文化大革命"为什么搞得一团糟,其中有一个原因是等级制度被取消了,行政的框架被破坏了,国家就乱了。我们的机关讲究的是行政等级,像事务所、研究所这样的事业单位讲究的是技术等级,因此我们做任何工作,要遵循以等级为主,资历为辅的原则,只有这样去研究政策、分配房子或解决其他问题才比较行得通,否则的话势必乱套。

第二点,讲事物的矛盾法则。毛泽东在《矛盾论》一文中对矛盾的论述主要可以归纳为三方面的内容:一是矛盾的普遍性和特殊性;二是主要矛盾和次要矛盾;三是矛盾的可转化性。矛盾的普遍性和特殊性要求我们有克服困难、解决矛盾的进取精神。世界上到处充满着矛盾,内部之间有矛盾,内部与外部也有矛盾。有人认为矛盾不应该存在,这样的想法是错误的。没有矛盾就没有世界,这是放之四海而皆准的普遍真理。处理主要矛盾和次要矛盾的关系就要求我们工作必须有重点,要善于分清主次,否则就会出问题,影响工作。矛盾可以转化,要求我们处理问题不能光凭老经验,要调查研究,了解情况,一切从实际出发。譬如说,第二次国内革命战争时期,五次"围剿"和反"围剿"就反映出当时农民与地主阶级的矛盾;到了抗日战争时期,中华民族与日本帝国主义的民族矛盾上升为主要矛盾,所以农民、工人、地主、资本家、共产党、国民党要形成统一战线,团结起来进行抗战;解放战争时期,矛盾又转化为农民和地主的矛盾。众所周知,"文化大革命"反对的是资产阶级,但是在旧中国实际上没有多少资产阶级。自宋朝以后,尤其是明清时期,中国的社会经济发展比较缓慢,制约了资本主义因素的发展,所以中国几千年以受封建主义的影响为主,但在"文革"中却把反对资本主义作为主要矛盾,而忽视了反对封建主义,忽视了发展生产力。当时,把生产力搞上去应该是最主要的矛盾,邓小平就是紧紧抓住"以经济建设为中心"这个基本点,党的十一届三中全会后,将党的工作重心迅速转移到经济建设上来,使国力有了增强。所以我们必须清醒地认识到矛盾是可以转化的,如果还是老办法、老思路,是肯定行不通的。

第三点,讲讲事物不断运动和发展的观点。我们的工作必须明确方向,着眼发展。假如一个决策有利于发展,就要努力去实现。譬如每个单位都难免碰到分房子这个难题,"造房不易,分房更难",这是每个单位领导的切身体会。如果有人认为分房会出现矛盾而不如不造房的话,显然是因噎废食。不造房子是停滞不前的表现,不是发展的观点,即使造房子有矛盾也是发展中的矛盾,要用发展的观点去解决处理矛盾。在某些情况下,更不能由于做事要影响做官,就不去做事,以至于一事无成。做官要做事,做事才能更好地为人民服务,这就是做事与做官的辩证法。当年孙中山先生倡导革命党人要做大事,不要做大官,这在目前仍然有其现实意义。又比如有些单位尽管目前的业务开展得得心应手,人才需求问题还不是很大,但这并不意味着就可以不引进人才、不储备人才。用发展的眼光来看,任何社会经济的竞争归根结底都是人才的竞争。只有不断引进各种高层次人才,才会有更强的竞争力。

我们的学习,不仅要运用辩证法的观点,还要有林则徐所说的"海纳百川,有容乃大;壁立千仞,无欲则刚"的精神,只有这样,学习才能落到实处。我这里不妨撰写一副对联送给大家作参考,上联是"有容无欲握平衡",下联是"求实进取促发展",横批是"永无止境"。

4. 寻归人生韵味

人生在世,长命不过百岁,在人类历史长河中,有如白驹过隙,转瞬即逝。这种认识并非与生俱来,而是随着一个人的年龄不断增大而加深。人们在幼时常常感到日子过得慢,几乎天天盼望过年,每当除夕之夜新年降临之际,从长辈那里领到压岁钱和吉祥物的小朋友都会情不自禁地欢呼雀跃,燃放鞭炮,辞旧迎新。随着年岁的增大,人们对过年的兴趣逐渐减退,尤其是进入青年时代,看到祖辈和父辈额头上的皱纹不断加深,须发不断变白和脱落时,方才感叹岁月流逝的脚步。年过半百"五十而知天命"的人们,目睹一个个离世的长辈,更痛感人生之短暂,不得不反思如何度过转瞬即逝的人生岁月。

大凡由学习、工作和休闲三部分组成的人生岁月,其内容皆由外在的人生功利和内在的人生体悟两部分组成。前者为做事,希望心想事成达到目标越快越好;后者为做人,则要求细细品尝越慢越好。两者之间如果把握得当,那将会拥有一个充实而美好的人生。

由于人生做事的功利目标要求越快越好,所以随着社会形态从原始社会到奴隶社会,从奴隶社会到封建社会,从封建社会到资本主义社会,生产力发展速度越来越快,进入现代社会其发展速度更是史无前例,不仅出现了"时间就是金钱"、"时间就是效率"、"时间就是生命"的口号,而且,"快"成了人类文化的重要标尺,"竞争"成了我们生活的主要方式。在人们衣食住行的实际生活中,公路汽车上高速,普通火车要提速,磁悬浮列车超高速,飞机更是超音速;成桌吃饭改自助,肯德基、麦当劳、速冻食品、方便面,配上瓶装矿泉水以及微波炉加热,一切都为节省时间吃得快;生产农副产品讲究快,水果蔬菜生产用大棚,粮食生产仰仗化肥和农药,鸡鸭鱼肉样样用上"速成"和"催生",一季长出一年肉;为了长得快,黄鳝食用避孕药;为了长得高,矮子吃药(助长灵)穿"松糕";通信技术讲究快,速递、电汇、伊妹儿,再加早报、晨报和晚报,各种消息随时随地快快报。

总而言之,市场经济讲竞争,奖勤罚懒效益好,其正面作用是无可非议的,推动社会生产力发展。但由于有人不按规矩办事,挖空心思,企图通过歪门邪道来获得非分的利益,因此带来的负面影响也不少。例如教育竞争纷纷来办班,学士、硕士、博士只要有钱就能快,最快要算买文凭,造假的,清华北大假文凭都能办,地方学校更不在话下;犯罪活动讲究快,贪赃枉法快发财,伤及无辜用爆炸,跑官、买官更是升迁快。当然,有上述丧心病狂的不法行为者仅仅是人群中之一小撮,且为善良的人们所不齿。人类生存与社会毕竟需要享受五彩缤纷的人生,贪图快就会忽略和抽空了人生的丰富性。例如,本来一封信从手写到传递要经过一段时间,而收信人可以在这种等待中体会人生的无穷韵味,如唐代著名诗人杜甫"亲朋无一字,老病有孤舟"和"烽火连三月,家书抵万金"的诗句就充分反映了古人在等待中既焦急又欣慰的心态。而今天"天涯若比邻"的越洋电话和计算机的伊妹儿却将这些悬念和兴奋都省略了,尤其是极有艺术性的手写体汉字完全被"伊妹儿"的规范书宋体所代替,从字里行间再也难以寻觅来信人隐藏其中的苦心孤诣。至于被称为人之常情的写信、寄信、等信、拆信、看信等诸多环节的人生韵味更是荡然无存。特别是既无占线之忧,又有价廉之美,还能在方寸之地上激扬文字的手机短信息更是将春节拜年推向了前所未有的高潮,滴的一声响又有人向你拜年了。报载,这种短信息拜年多为高尚语言,但也不乏人生急功近利的低级文字,如始为"马到成功"、"心想事成",后来竟发展到"领导顺着你,部下捧着你,钞票贴着你,美女伴着你"、"位高权重责任轻,钱多事少离家近,每天睡到自然醒,工资领到手抽筋,奖金多到车来运,别人加班你加薪"。本来精美诱人的水果、蔬菜,由于"催生"和"速成"没了原汁原味,试想本是春天收获的竹笋,由于用锯末粉等覆盖物的保温,冬季寒冷天气都能快速出土上市,本来一年才能自然长成的鸡和两年才能长成的猪,食用配合饲料短短几个月就能速成送上餐桌,其味道怎会不异化?

涉水过桥翻山越岭贴近自然的徒步旅游,使人充分享受了自然之美、宁静之美和先苦后甜之乐。明代徒步登临绝顶的徐文长能写出"八百里湖山知是何年图画,十万家烟火尽归此处楼台",而今乘汽车上山的文人们始终写不出此类佳句,除了人与人之间的文学素养差异以外,更重要的是今天的文人没有亲历过这种跋涉之苦,也就不会产生如此有感情有文采的佳对。急于求成的焦虑心情,既有促进人们勇往直前的积极作用,也导致人们无暇思考,缺乏体悟,从而引发灵魂丢失,精神空虚,这种社会文化的空隙和无根状态无异于缩短了人们的生命。可见对"一分为二"的功利人生要兴利除弊,尤其是对以做人为主要内容的体悟人生更不可抛弃,只有细细品尝过人生韵味的人才无愧于自己的生命。

在开展全方位竞争比速度求效益发展生产力的今天,我们既需要用高速度来缩短时空,相对延长人们的外在生命,提高生活质量,也很有必要在宁静中体悟人生。在每天清晨打太极拳、练气功、倒走运动中,在日常听琴品茗般的高雅中寻归人生的韵味,延长我们相对或绝对的内在生命。犹如乐章般的人生,只有将诸如壮怀激烈的《十面埋伏》、优美舒畅的《春江花月夜》、宁静凄婉的《二泉映月》等,由快、慢、动、静的不同节奏和意境有机地结合起来,才能五彩缤纷。

5. 从历史中开悟

我是一个历史爱好者,从小就喜欢看历史书,也喜欢独立思考和与人探讨历史问题。有人曾问我,你既然读过那么多的历史书,能告诉我什么叫历史?我说,历史就是人类社会在空间和时间上的发展。简言之,昨天在甲地发生的事是今天的历史,而今天在乙地发生的事又是明天的历史,如此永续不息,这就是历史犹如长河的特点。

历史不仅能启迪人的智能,还能教人以深邃的目光看待过去、现在和将来,而不被周围方寸之地所局限,被眼前的浮云所蒙蔽。人类只有深刻地认识过去,才能理解现在所发生的一切,通过不断反思才能选择正确的前进方向。如果从历史学家对历史不断作出新的解释,为当代人提供借鉴的角度来看,"一切历史不啻是当代史"。可见现实生活与历史息息相关,须臾不可脱离。尤其在人心浮躁、急功近利的今天,回顾历史,在历史中悟出一些道理,显得特别重要。因为不善于用纯逻辑进行分析和用实验来推导知识的中国人,其思维擅长于领悟,即:外在的化约和譬喻(暗示、象征);内在的体验和类推。这就是中国人常将×总经理称为×总、×头,把领袖譬喻为舵手、太阳,推动社会进步常用典型、榜样,开会学习更离不开谈体会和上行下效如法炮制进行类推的根本原因。佛教中国化的禅宗、儒教的程朱理学唐宋年间能先后在中国这块土地上形成,并千百年来薪火相传,乃至一度深入人心,都离不开中国人这个善悟的慧根。

因此,中国人学习历史与注重逻辑推理的西方人不同之处,在于从"悟"字上下工夫。比如中国历史上教育一直以学习如何做人为"第一要务",在现时讲究实用的市场经济背景下,却变成了敲开金钱、权力大门的工具,假文凭、假学历、真文凭假学历一类丑闻便泛滥成灾,制假造假"一条龙"作业蔚为产业,致使让人捉刀代笔,一问三不知,却头戴"硕士"、"博士"桂冠的人物层出不穷,遍及神州,其人数远比宋代市井在酒楼、茶坊里从业的酒博士、茶博士为多。之所以出现这种不择手段的不端行为,探究其原因无不与当今社会完全抛弃中国两千多年来传统"重义轻利"的儒家思想,而又没有走上既以利益为诱导又完全制度化、规范化的市场经济之路有关。

在发生公共危机时,公众拥有知情权在世界上多数国家是不成问题的,在中国却是一个数千年来难以解决的大问题。因为视百姓为"不谙世事之子民"的中国历代统治者为了巩固政权,一向奉行"民可使由之,不可使知之"的愚民政策,为求大事化小,隐瞒虚报,报喜不报忧,自欺欺人的官场文化便成了地道的国粹。直至当代,我们这个极端强调"为人民服务",国号、政府、军队、警察、邮电、银行、铁路、医院等等都要冠上"人民"字样的共和国,公众知情权也处于内外有别的状态,以至在处理一些突发的公共危机中由于信息失真,酿成难以挽回的物质和精神损失。此类事件半个世纪来要算 20 世纪 50 年代末"大跃进"虚报粮食产量(如《人民日报》载水稻亩产 13 万余斤)酿成不少百姓饿死的"三年自然灾害"及 2003 年"SARS"影响最大。

诚如人们所知,中国向以泱泱大国礼仪之邦自居,打躬作揖,尊老敬贤在早年进入中国的西方人士心目中留下了极其深刻的印象,有些西方学者甚至将其写入著作。可是近年来中国人却开始以不文明著称于世。凡出过国的人都知道以前很多国外旅游点都没有中文提示牌,现在从东南亚到欧洲,从欧洲到美洲都有了"请不要随地吐痰"、"请不要乱扔果壳"一类专门面向中国人竖立的提示牌。可见,中国人乱丢纸屑、随地吐痰、大声喧哗、不排队爱插队等不文明行为已经越出国境,走向世界。当今国内无所畏惧的饕餮狂餐之徒,不仅天上飞禽地上走兽无所不食,甚至连按摩洗脚、包二奶嫖赌吸毒无不涉足,醉生梦死成了他们的"幸福生活"。呼啸而过的轿车窗口不时飞出浓痰,抛出果皮纸屑,并非执行公务的特种车辆招摇过市,横冲直撞,屡见不鲜;越线不打灯,强行超车,抢占自行车道、人行道,随便插队的各种车辆更是司空见惯。公共卫生,礼貌道德,人格气节在走向市场经济的今天似乎都成了保守封闭的代名词,被人弃之如敝屣。

古人说:"善有善报,恶有恶报,不是不报,时辰未到。"忍无可忍的自然界终于奋起抗争,微生物家族中的"SARS"病毒对国人这种不文明的行为发起了报复性的攻击。由于一向金钱挂帅,长期重视有经济效益的医疗,轻视只有社会效益的防疫,公共医疗部门普遍对突发传染性疾病无所准备猝不及防,再加上公众卫生陋习由来已久和内外有别、隐瞒虚报的传统官场文化,使这场传染性极强的疾病愈演愈烈,从 2002 年 11 月起迅速越出市界、省界、国界,走向世界,以致华人成了不卫生和"SARS"病源的代名词,在加拿大一些学校黑板上出现了公开污蔑华人的文字,令华裔学生蒙羞于海外。

　　幸好在这场"SARS"病毒肆虐的公共危机中，中央及时觉察并下决心撤换了卫生部和北京市两位欺上瞒下，讲大话、讲假话的官员。2003 年 4 月 20 日起，相对准确的信息得以公诸大众，使处于公共危机中的百姓有了知情权，避免了整个社会付出更为惨重的代价。这在数千年"以道（理）为本"的中国历史上是一件破天荒的大事，真可谓具有石破天惊的历史意义。

　　由于全国上下的共同努力和世界卫生组织及诸多友好国家的支持，"SARS"疾病在中国终于得到了真正有效的控制。一个多月来的战斗历程人们记忆犹新。致人死命的小小"SARS"病毒"以小搏大"惊醒了多少置仁义道德于不顾的追名逐利者；唤醒了国人内心深处无私奉献、团结奋斗、共渡难关的精神；密切了医患关系，树立了医务工作者救死扶伤的崇高形象；革除了多少年都革除不了的乱抛垃圾、厕所脏乱臭、随地吐痰、当众挖鼻孔擤鼻涕、咳嗽打喷嚏不掩口鼻、随处便溺、懒洗手、少洗澡、乱食野生动物、群食共餐等种种陋习；唤醒了多少年难以回归的家庭亲情和登山涉水锻炼身体的自然亲情；尤其是此次"SARS"事件对在世人面前所暴露出来的体制弊端有了实质性的触动。同时，在全球化步伐日益加快的开放时代，一个国家既不可能游离于国际社会之外，也不能把法治建立在抽象的公共利益和个人权利之上，已逐步成为国人的共识，更是中国之大幸。

　　可见，历史是人类进步的老师，面对"SARS"病毒的袭击，国人对自身的生活方式不得不有所反省、有所改变的今天，我们倘重温老子两千多年前"祸兮福所倚，福兮祸所伏"的教导会感到多么亲切，其所放射出的辩证的智慧光芒又是何等灿烂！看来此时此刻最值得人们庆贺的是因为以史为鉴我们才有了今日划时代的新开悟，尽管这些开悟还是初步、暂时和不彻底的，甚至还会好了创疤忘了痛，诸多陋习不久也会卷土重来，但毕竟人们已经有过一次铭心刻骨的教训！

6. 超越知识的力量

　　谁都知道杭州不但是山水秀美的国际旅游城市，而且还是南宋历经152年的故都，具有深厚的文化积淀。拥有这方面知识者在杭州，在浙江，乃至全国可谓不乏其人。但他们之中谁也没有运用自己所拥有的知识发挥想象力，着手在杭州郊区建设一座用于旅游的宋城，而这个富有想象力的金点子却被一个专业知识并没有专家那么丰富、对杭州也没有太多了解的浙西南山区的黄姓青年所撷取。他捷足先登，在时人眼中以匪夷所思的气魄筹资1.2亿元，建起了一座占地200余亩，集游乐宴饮歌舞于一体的杭州宋城，取得年收入数千万元的经济效益。这不能不引起人们的深思：想象力与知识相比哪个更重要？

　　同样，世界上不少人拥有低空跳伞知识，也知道上海浦东有一座88层、高达345米的金茂大厦，但在如此之多掌握两方面知识的人中间，谁也没有想到在金茂大厦举行一次国际低空跳伞表演，不仅有轰动效应，而且还能展现上海城市的大气和高雅。当一位富有想象力的智者提出这一建议并在2003年10月被上海市政府采纳并付诸实施时，人们才恍然大悟，这个富有想象力的主意竟然是一个提高上海城市知名度的金点子。

　　至于铁丝具有弹性尽人皆知，但谁也没有想到利用一根几厘米长的细铁丝可折成状如汉字"回"的回形针，用做夹住纸张的文具。当西方的一位发明者发挥了他丰富的想象力，成就了这个简单却具有创新意义的发明时，人们不禁沉思：知识是力量，想象力似乎是更大的力量。

　　人与动物的区别在于人具有思维能力，而人与人的区别不仅仅在于所掌握的知识多寡，更重要的是被称为想象力的创造性思维的能力，由此可见想象力比知识更重要。处于知识爆炸时代的今天，如何发挥想象力，让人们在最短的时间里掌握尽可能多的知识和技能，是一个至关重要的问题,它对延长人们的相对生命,推动社会进步具有深远意义。

在照相机发明之初,照相达到摄像清晰是一项专门技术,其中除了调节距离以便聚焦外,还必须通过理论和实践的学习,掌握用快门、光圈来调节镜头的进光量,使之与玻片(胶片)的感光相配合。因此,当时买得起照相机的人,不一定都会使用相机。后来随着电子技术的发展,人们发明了一种能自动调节进光量和聚焦的新型照相机,并将这种内藏聪明的照相机称为"傻瓜"相机,其真实含义是傻瓜也能使用的照相机。这不仅是一项值得世人称道的技术进步,在商业上更具重要意义。从此以后,"傻瓜"照相机迅速进入寻常百姓家,成了亿万家庭都能买得起、用得上的家居用品。同样,电视机在问世之初使用也十分复杂,不仅要用机械旋钮调节频道,而且还要用电阻控制的旋钮来调节亮度、对比度、帧频、行频、音量,否则荧屏便闪烁翻滚,状如乱麻,音响失常,难以收看。而今天借助电子控制的遥控器,只须揿一下频道、音量两个按键,机内各项参数都会立即按程序自行调节,达到人们所要求的最佳状态。电视机成了傻瓜都会使用的普通家用电器。至于飞机、轮船、火车、汽车、空调、微波炉等使用方法,从复杂走向简单,无不贯穿着替傻瓜着想的中心思想。记得一次在观看烟花施放的节庆之夜,一位在大学里讲授钢筋混凝土结构课程的邵老师告诉我,他的教学中也有如何使选用的钢筋从多样化走向简单化的内容,因为尽可能通过力学计算选用规格相同的圆钢配筋,才能方便生产工人,从而避免在操作中发生大小互换的错误。可见在科学技术领域,科学家、工程师正在开动脑筋充分发挥想象力,让各种装备的操作和使用尽可能从复杂化走向简单化,一切替傻瓜着想已经成了他们为人民服务的努力方向。

但并非所有领域都朝着替傻瓜着想的方向努力,偏偏有人反其道而行之。他们为显示自己学识渊博,故弄玄虚,将简单问题复杂化,把一句话扩展为讲授一天,甚至一个月的课程。当人们听得不耐烦时,他们便实行刷卡报到和席签制度。当这两个制度仍然效力不济时,再实行讲课中间点名制度。

在社会发生剧变的历史性时刻,人们寻得最佳机会既需要发挥丰富的想象力,还要不惜付出必要的机会成本。例如西方讲究文明狱政,在发达国家的监牢里不仅有地方住宿,一日三餐按时供应,而且还有电视、乒乓球、台球等文体设施,囚犯比流落街头的乞讨生活正常还有保障,为什么那些生活无着的乞丐并不愿意发挥想象力去条件这样好的监牢里坐牢呢?个中原因就是坐牢没有任何外现成本,但有着寸步难行的自由成本。这种作最佳选择时所应付出的隐含成本,经济学上称为机会成本,恰恰由于机会成本太高了,人们权衡利弊,宁愿当比皇帝还自由的乞丐,也不愿去有生活保障的监牢。正如以前中国的收容制度是流浪者头上的克星,流浪者进收容所犹如进鬼门关。最近取消收容制度以后,流浪者都愿意去拥有自由且又能保障生活的救助站寻求救助,极低的机会成本使流浪者趋之若鹜,弄得救助站人满为患,工作人员叫苦不迭。

同样用机会成本反观中国,改革开放二十多年来,无数出身于社会底层、名不见经传的普通百姓崛起于农村、街道,成了全国各地知名的企业家,引发了不少受过相当教育且出身高贵者的愤愤不平。他们认为这些企业家以原有的学历、知识、地位来说哪一条都赶不上自己,却取得了如此巨大的财富,数年间便成为报刊有名、广播有声、荧屏有影的社会名流,是当今社会不公之表现。殊不知人生要取得成功就要发挥想象力去冒险,要冒险就有一个隐含的机会成本问题。当年若要下海经商办企业,从政者要不惜舍弃官职待遇,从事文教科技者要忍痛丢掉铁饭碗,从事工商业者则要失去宝贵的全民所有制企业职工身份,一旦经商办企业失败了,这些代价就会付诸东流。面对如此高昂的机会成本,这一社会群体中很少有人愿意忍受巨大牺牲作出这样的选择,尤其是在特别讲究身份地位和待遇的中国,对多数人来说那的确是一个难以跨越的心理门槛。而对处于社会底层的普通农民和城市平民来说,他们要获得经商、办企业或出国打工的机会成本相对比较轻。他们无须顾虑失去地位,他们本来就自食其力且没有什么保障,也不会担心失去什么待遇,如果失败了他们最多失去了一些作为本钱的血汗钱而已。原来种田的农民身份和城市平民地位谁也剥夺不了,他们的机会成本最低,因此这一阶层在市场经济的大潮中发挥想象力冒险犯难的弄潮儿最多,而且吃苦耐劳的奋斗精神愈坚,成功的可能性也愈大。

7. 甘于寂寞

　　古代皇帝常谦卑地自称"孤家"、"寡人"，既包含出人头地，至高无上的意思，也意味着以自甘寂寞达到深谋远虑治国安邦。对普通百姓来说也需要寂寞，尤其是那些希冀有所成就者。三国时期诸葛亮的"非淡泊无以明志，非宁静无以致远"，北宋晏殊的"独上高楼，望尽天涯路"，西方爱因斯坦的"寂寞旅客"，其中所指的就是这种寂寞的境界。这种境界在戏曲艺术中最生动的反映，要算诸葛亮独自一人手摇羽扇、踏着方步的形象。

　　在当今十分浮躁的社会氛围里，一个聪颖的人倘不甘寂寞地趋炎附势，谋求名利地位，其结果不但一事无成，还会惹牢狱之灾。记得我差不多二十年前的一个同事其智商极高，在文艺领域里写作和表演可以说做什么像什么，就是不甘于寂寞，始终没有取得什么成果，尽管官职在节节攀升，人生的德行却在步步下滑，以至前几年跌入了贪贿的泥潭，被判了刑。也许在服刑期间有了电网高墙的寂寞，这位先生的才华得以正常发挥，有人告诉我，他已在狱中写了好几本书，并且还成了畅销书。我不禁感慨系之，一个人不能自甘寂寞，而是被迫寂寞，尽管效果极佳，但代价真是太大了。尽管"浪子回头金不换"，坐牢也可作为他进步的阶梯，不失为一种历练，但毕竟是分寸大失的下策，倘能走自觉寂寞、自甘寂寞之路，岂不是更好？

　　人之所以要有寂寞的环境和心态，首先是找回自我的需要。俗话说，人贵有自知之明。它说明人认识他人易，认识自己难，尤其是有钱有势者认识自己更难。例如权贵出行大多前呼后拥，自我感觉非凡，一举一动均称百姓楷模，发一言写一字皆属重要指示，新闻报道成了宣传自我形象的窗口，甚至将秘书起草的报告也归为己有，自称著作。殊不知人世间财势可以平步青云，德才却有一个漫长的熏陶和积累过程，绝非水涨船高能一蹴而就。君不见，有人在位时趾高气扬，离岗时丧魂落魄，就是缺少寂寞历练的缘故。世界上唯有寂寞才能使轰轰烈烈者找回真实的自我。

其次，寂寞是积累知识的需要。当今世界是知识爆炸的时代，其更新换代达到了瞬息万变的程度。若天天忙于应酬，时时不忘钻营，没有一个不受干扰的寂寞环境及宁静、恬淡、超然的心态，就不可能有充足的时间、足够的精力去学习、理解和掌握越来越来不及学习的知识。诚如人们所知，知识就是力量，没有知识就不可能拥有顺应潮流改造世界的能力。

第三，寂寞是远离功利、追求真理的需要。在人类几千年的历史长河中，无数自然科学的研究和社会科学的探索都难以直接与功利目标相联系，不少课题非但无法换得丰厚的物质报酬，甚至得不到最基本的物质支持。如马克思仅仅依靠恩格斯个人财力的资助，啃着面包在大英图书馆研究和撰写《资本论》。古今中外更多的科学家冲破重重阻力，自费开展对未知领域的研究，使人类迅速进步迈入了现代信息社会。其中也不乏像哥白尼那样的科学家，由于崇尚真理，触犯了教会的天条，而招致杀身之祸，献出了自己的宝贵生命。可见，从事创新工作不但要有强烈的兴趣、真诚的爱好所支撑，而且还要甘为寂寞，超越自我，不为外界的功名利禄所左右，甚至不惜牺牲自己的生命。

第四，寂寞是扬长避短的需要。要发挥自己的特长必须拥有一定的闲暇和自由。众所周知，五代南唐国后主李煜和北宋徽宗赵佶都是具有强烈艺术兴趣和天赋的帝王，他们为了有更多闲暇和自由支配的时间，发挥自己的特长从事文学艺术，竟不惜荒废他们并无特长的政事，沉湎于创作。尽管他们作为不合格统治者最后都成了阶下之囚，但李煜的词作、赵佶的书画作为中华民族历史上的奇葩却代代相传，永远绽放。《虞美人》的词作与李煜、瘦金体的书法与赵佶紧紧地联系在一起，他们在文学艺术上的名声远远盖过作为一代帝王的影响。由于寂寞总是与闲暇和自由相联系，意味着较少受到外在限制，能够相对自由地掌握自己的时间，以便与周围日常生活的世界保持一定的距离，并且以独立思考、独立判断为前提，依靠强烈的兴趣和其乐无穷的激情，既促进自身素质的提高，也通过不停顿的探索和创造推动着社会持续进步。

第五，寂寞是体悟人生真谛的需要。两千五百多年前的古印度释迦牟尼贵为王子,由于痛感人生生老病死之苦,29 岁时放弃了荣华富贵,在寂静的菩提树下苦修六年,终成正果,创立了人生终极关怀的佛教。佛教至今是全球三大宗教之一,在中国还是信奉人数最多影响最大的宗教。名垂青史的司马迁也是由于遭受了宫刑的羞辱和痛苦之后,才在旷世的寂寞中酝酿成了《史记》。在《报任安书》中司马迁还列举:西伯拘而演《周易》;仲尼厄而作《春秋》;屈原放逐,乃赋《离骚》;左丘失明,厥有《国语》;孙子膑脚,《兵法》修列;不韦迁蜀,世传《吕览》;韩非囚秦,《说难》、《孤愤》;《诗》三百篇,大底圣贤发愤之所为作也。同样,如果没有穷困潦倒的罗贯中、施耐庵、曹雪芹、吴承恩、蒲松龄等人的寂寞人生,《三国演义》、《水浒传》、《红楼梦》、《西游记》、《聊斋志异》等传世之作也就不可能诞生。"士穷文工"是真理之一,"静悟"更是不可跨越的过程。

第六,寂寞也是创造财富的需要。现代社会机会多多,就怕人抵制不住诱惑。在开放的市场经济条件下,有人做了甲种行业,我就可以做乙种产品;有人做了张三,我也可以做李四。只不过由于身边有着太多的诱惑,不少人静不下心来,耐不住寂寞而难以坚持到底创出品牌罢了。

历史证明,文明既产生于财富的绝对增长和相对集中,也产生于一批甘为寂寞者的人生奉献。可以设想没有寂寞,人类不可能从猿猴中分离出来,发展成为脑细胞发达并且能创造工具、具备思想、拥有文化的动物。尤其是到欧洲罗浮宫等艺术殿堂参观精美的作品时,你一定会深切地感受到闲暇和自由意味着什么。参观中国传统的千工床、万工床、象牙雕、发雕等精雕细刻的作品和诸多精美绝伦的刺绣精品时,你也同样会感受到这一点。可见。非寂寞无以自处,非寂寞无以推动社会之飞跃。

8. 茶客心态

到水乡古镇桐乡乌镇参观,一般的游客均先抵达东栅。东者,即镇之东隅。栅者，水城门是也，其结构是上有两条南北向的石质桥板，下有木制水栅，其白天开启，可通航，夜间关闭，可禁止舟楫出入，以策镇内安全。也许桐乡乌镇在明清时是江浙两省的苏州、湖州、嘉兴三府及桐乡、石门、秀水、归安、乌程、震泽、吴江等七县相接之地，来往人员庞杂，社会治安较难管理，故有此安全措施。或许正因为此，乌镇也成了江浙多种风俗相汇之处。

你若有幸光临东栅的茶馆，就会发现乌镇"茶"有着许多与众不同的特色。我们常说的茶一般分红茶、绿茶两大类，而乌镇却有所谓熏茶、锅巴茶等内放冰糖且食之能饱腹的复合"茶"。这种介于主食与茶水之间的杂交优势也许十分适应明清时期行旅商贾解渴填饥之双重需要。

据陪同的向宏先生介绍，东栅茶馆的老板原是大户人家，拥有大批房产，对制茶、饮茶有着家学渊源，只不过中国社会向来"富不过三代"，随着"君子之泽，五世而斩"，富商后代成为了卖茶人。

尽管那日天气阴霾，时有细雨，但由于来自江浙沪各地的游客甚众，茶馆的生意也还算兴隆，六七张八仙桌上都坐满了人。我们在边饮茶、边交谈的过程中，发现卖茶人那种生意小而热情高的敬业精神始终洋溢在周到的服务之中——尽管他们的操作极其简单，无非是放料、放糖、加水、端碗、拿匙而已。

上茶时，店主热情高，开水现烧现泡，近 100 摄氏度的茶水竟烫得我们不敢满匙入口，再加上我们一行数人多要了一客，故一时难以喝完，最后只好将火烫的锅巴茶放在八仙桌上起身而去，其中一位同事说可以回来再喝。当时我并未留意，随口说可以嘛！而当我们踏着河边古街上的石板路，浏览著名的朝宗坊（相当于今居民社区组织）路段两侧街道的制笔、竹雕、工艺画等特色店铺时，我猛然间想起，古人云"人走茶凉"，春寒料峭，回来至少要半个多小时，茶还能喝吗？再加上我们的茶座早已被新顾客所替代，不在其位，还能再谋饮其茶吗？在自然界，热交换原理决定了茶是非凉不可的。

人类社会，尤其从政族群对"人走茶凉"却有着两种截然不同的文化观念。一种是与自然界有着同一性的认识，即人走茶凉乃客观规律，不在

177

其位,不谋其政,官员退休后心态十分平衡,完全融入百姓之中。如曾与美国前总统卡特合过影的台州林先生向我们介绍,年轻时当过木匠的卡特退休后心态极佳,生活也十分随和。1996 年 5 月,林先生访美期间偶见正在家乡教堂做祈祷的卡特夫妇,在林先生一行的要求下,休息时卡特夫妇欣然与中国来访者亲切会见并一一合影留念,十分坦然,并无所谓等级、国籍之念,警卫安全之忧。至于 2001 年 1 月《看世界》第 1 期曾建徽写的《做客卡特总统家》一文和于恩光提供的《卡特:最好的年华是退休之后》一组照片,把他离职退休生活刻画得惟妙惟肖。文章说,卡特常在普通饭店小饭桌上用餐,并不使用什么包厢一类的专房单间。卡特现在住的房子也是 1961 年盖的很普通的红砖平房;他的书房是原来车库改装的;卡特因家中客厅较小,只好借用教堂的一间厅堂来接待中国人大代表团一行 13 人。在无拘无束的交谈后,卡特邀请客人共乘大巴到他家看看。途中,这位前总统站在大巴司机旁的导游位置上,拿起话筒向客人介绍他住的小镇风光,于恩光提供的照片可清晰见到这位 76 岁白发“导游”的风采。进房后,“我们一位同志好奇地从一张椅子上拿起一顶沾有汗渍的鸭舌帽,卡特说这是他近来帮别人修房子时戴的,还未来得及洗干净……”看来无须赘述,这位曾经是世界上最富强国家的元首,也相当于曾经是世界最高级权力茶馆的饮茶者,他如此客观地看待“人走茶凉”的权力,如此自然地融入平民化生活之中,这在我们的官本位文化传统中似乎不可思议。

因为在我们传统文化里,官是至高无上的,不少人在职时就有一种难以相攀亲近的凛然,即使退下来后,他们在冥冥中也还感觉到这个茶座应属于自己,并非属于茶馆主人,继续关心着权力茶馆里的新顾客是他们的崇高职责,所以他原有的那碗老茶凉不得,是天经地义的。但由于客观上的难度和差距,即使新顾客点头哈腰,处处检点,也难以尽如人意,因此难免就有人老是发出“人走茶凉”的叹息和怨言,还有个别人为了报复甚至不惜运用极其卑劣的手段毁掉阻挡者的前程,希冀让人感知他的一种气势,一种距离,扮演一种茶永不降温的饮茶者角色。

9. 自我超越

人类论飞翔不如鸟，论跳跃不如蛙，论攀缘不如猴，论奔跑不如马，论游泳不如鱼，总之若仅仅依靠自身肢体所具备的能力，人难以与其他动物相比拟。人能与动物相匹敌的是人特有的自我超越。人类能够与猿猴相揖别，从四足着地的动物中分离出来成为直立行走的人，并且创造出一双伟大的手，这本身就是一种自我超越和巨大的进步。

我参观过舟山博物馆，资料介绍早在五六千年以前的新石器时代，就有人从大陆渡海到达舟山马岙一带生活，而且还用手工磨出了很多石斧、石犁、石刀之类的工具，可见人依靠日益发达的头脑创造工具完全是动物难以企及的自我超越。只不过在器物发明的想象中，中国人略逊一筹，西方人想象长翅膀，阿拉伯人想象用飞毯，孙悟空却什么都不用。孙悟空一个跟斗能翻十万八千里，按当时生产力发展水平这是不可能的，但这种伟大理想在我们今天却成为现实，大型喷气机的续航能力早已超过十万八千里。吴承恩不愧为具备超越眼光的预言家。

世上即使最懒惰的人也是在不断地自我超越，譬如懒人想最好不洗衣服，那么聪明的人为此进行研究，发明了洗衣机；天气太热，懒人说最好有个东西能产生凉风，于是有人就制作芭蕉扇；芭蕉扇风量与风力都不够，有人就提出将矩形纸板挂在梁上，然后用人力拉动，产生出远比芭蕉扇为大的风力和风量，解放初期浙江省很多县城里的理发店就是这样干的；后来有人认为这种手工风扇还是不行，于是进一步发明了电风扇，进而发明了应用制冷剂的空调。这一步一步也应该是自我超越吧！

过去我们在古典小说里看到的所谓千里眼，其实就是后来发明的雷达，电视则是万里眼了。所以说人从他站起来那一天开始，每天都不断地自我超越，通过劳动创造了手，通过手创造了无数的工具。有人看了《愚公移山》一文以后，就在思考愚公是应该先研究制造先进的挖山工具，还是不动脑筋用旧式锄头挖山不止，仅仅依靠毅力挖山开路。从现代科学观点来看，应该是前者，因为这是人类有别于其他动物的自我超越。到了近现代，人类进一步依靠自我超越的能力发明了汽车、轮船、火车、导弹、原子弹、计算机、手机、宇宙飞船……建造了无数的桥梁、隧道和众多的摩天大楼。至于包括文字、艺术、哲学在内的人类精神世界的自我超越，则是人类与时俱进的阶梯。贵有自知之明者，其思维不仅是宝贵的财富，也是推动人类精神世界不断升华的源泉，中国的孔子、孟子，印度的释迦牟尼，阿拉伯的穆罕默德，西方的耶稣就是这类自我超越的人。

10. 名利亦误人

中国古代从周朝开始就以《周礼》规范人们的行为举止，在全社会推行官爵本位的等级制，人们的衣食住行都与官爵大小、职位高低有关，以至于一个人死后的棺椁规格、坟墓结构、丧葬礼仪都按官爵等级享受。

我认为，上天是公平的，人世间名、利和自由三者不可兼得，就是在自然界，挺拔的针叶林和茂盛的阔叶林，其挺拔和茂盛也不能兼得。有名者如孙中山一类的政坛人物没有太多的财富，若著名文人如杜甫、蒲松龄之辈，一生穷困潦倒；有巨额资产之富商却往往被社会大众指着背脊梁痛骂为不仁不义；若官居高位却千方百计欲求名利双收者，有如和珅，最终以贪赃之罪而被诛杀，不仅失去自由，最终还失去生命。至于虽无名无利的乡间农民却最为自由，可以高卧山野，故有"山寺日高僧未起，算计名利不如闲"的诗句。就是贵为皇帝的明太祖朱元璋亦赋诗曰："百僚未起朕先起，百僚已睡朕未睡。不如江南富足翁，日高丈五犹拥被"，万分感叹当皇帝的苦衷，以至于仇恨江南富户，"命徙苏州富民实濠州（今安徽凤阳）"，并猛增苏州田赋至年 280 万石，为宋时 30 万石的 9 倍多，为元时 80 万石的 3.5 倍,以清算苏州"刁民"助张士诚据守苏州称王的夙怨。

对元朝末年从事海外贸易,积累巨额财产,富可敌国的苏州巨商沈万三(原籍为湖州南浔沈家漾,父辈始迁居苏州昆山周庄),朱元璋利用其欲扬名天下之心,诱使其与国家对半筑应天(南京)城,尽管沈万三使出浑身解数,包括通过对民工发奖金的办法,加快施工进度,甚至拿自己家的聚宝盆镇筑屡建屡塌的南门(1931 年改为中华门,是中国现存最大的城门),终于比国家修筑的那一半城墙早完工三天,朱元璋很高兴,封了他两个儿子的官爵,并遵守诺言给沈万三摆酒庆功。由于沈万三在庆功宴上口出狂言,要花巨款犒军、养兵,欲与皇帝比高低,从而震怒了朱元璋,结果被流放到云南,客死他乡。

沈万三家的聚宝盆据说来自佛教的戒杀放生之善报。在元末,有人抓了几百只青蛙,准备杀而食之,沈万三见后发了慈悲之心,全数买下,放入寺院的放生池。一天他看见一群青蛙蹲在一只瓦盆中特别可爱,而这只瓦盆更令他爱不释手,于是他将这只瓦盆带回家当做盥洗器具。一晚,他偶然将一只金戒指遗漏在瓦盆内,第二天早晨发觉丢了戒指,到瓦盆里去找,则见金光闪闪,戒指盈盆。他惊异地用金银来试验,才知道得了聚宝盆,从此沈万三更有了敌国之富。

钱财没有给一代富商沈万三带来福音,企图名利兼得的欲望给他带来了人财两空的无穷灾难。真是有名者不可图利,有利者舍财谋名亦难免有风险,欲名利双收者肯定将失去自由,个中得失道理尽管如此明白,有些人还是免不了煞费苦心不断地追逐名利,以求双收,特别是世间有钱财而无官爵者,更是如此。他们无不向往获得一官半爵以光彩人生,荣耀祖宗,死后更能在阴间出人头地,享受阎王爷的优待。晚清著名巨贾胡雪岩就不惜耗费巨额银两获得二品顶戴,赏穿黄马褂,紫禁城骑马的殊荣,充分显现其作为红顶商人之威风。尽管光绪九年(1883 年)在与洋商对抗的金融危机中胡雪岩进行顽强抵抗,但最终还是逃脱不了被洋商挤垮的命运,以至于光绪十一年(1885 年)桐棺七尺,撒手人寰,不能善终。始兴于钱的胡雪岩,也逃脱不了钱的羁绊,被钱过早地夺走了生命!

11. 德昭千古

　　杭州太子湾公园边上有个名人墓，墓穴的主人是抗清英雄张苍水，他是宁波人，在明末抗清战争中被清军俘获斩首。但这个墓却是清朝政府给他建造的。为什么要给曾经拿起武器反对他的敌人建墓？清政府是想通过建墓树立榜样，让人们学习张苍水精神，像他无限忠诚于明朝那样效忠清王朝。

　　不仅中国古代如此，就是现代也一样。像张学良这样有德行的人，一二百年以后，我们这些人都不在世了，人们还会怀念张学良。因为直到现在，国共两党包括所有不同见解、不同信仰的人，对张学良都十分崇敬，崇敬他的德行。《三国演义》卷首有这么一段话：

　　　　滚滚长江东逝水，浪花淘尽英雄。是非成败转头空。青山依旧在，
　　几度夕阳红。

　　　　白发渔樵江渚上，惯看秋月春风。一壶浊酒喜相逢。古今多少事，
　　都付笑谈中！

　　任何恩怨和是非成败都会成为过去，但一个有德行的人却有可能与青山同在，被人们所怀念。我们前文说过的关羽忠义之声名远播就是一个例子。历史证明一个没有德行的人官当得再大，也会被历史所抛弃、为人们所不齿。例如封建社会早期改革家商鞅殚精竭虑，忘我改革，却为什么被五马分尸呢？这与商鞅失去诚信的德行有关。

　　商鞅原是魏国相府的工作人员，认识魏国的公子印。公元前342年在商鞅当秦国国相的时候，为争夺河西地区，商鞅趁齐、赵两国进攻魏国的机会，也领兵进攻魏国。魏国公子印被迫带兵与秦军对峙，商鞅为了取得

战争的胜利,不惜运用欺诈手段请公子卬来秦国军营喝酒言和。公子卬认为三面临敌,如能解秦国一面之围也不失为一良策,再加上他本人与商鞅是年轻时的朋友,轻信商鞅不会诱他上当受骗,结果酒喝到一半,商鞅就命令秦军把公子卬抓起来,然后命令秦军向魏军发起全面的攻击。魏军因统帅在秦营喝酒,没有防备,结果兵败如山倒,秦军在这次战役中所向披靡,大获全胜。

商鞅原来叫卫鞅、公孙鞅,就是由于这次战斗的胜利,秦王把"商"这个地方封给了他,他才有了商君的称呼。后来秦国的老国君死了,新国君上台,人家就告商鞅谋反。他跑到秦、魏两国边境要求进入魏国政治避难,魏国记着他当年卑鄙的德行不准他入境,关吏威胁他如擅自入境就杀了他。当时秦国在商鞅的主持下曾作过规定,住旅馆必须提供能证明个人身份的证件,商鞅由于不具备合法的身份证明只好狼狈地逃往自己的封地"商"率众造反,结果被抓住而惨遭车裂之刑。商鞅死后,秦国并没有取消改革的法令,可见,人家反对的不是他的改革政策,而是反对他的骗人劣行。所以一个人可以制定法令用来认定反对他的人是奸人,改日下台时人们可以"以其人之道还治其人之身",将他确定为奸人。

中国封建社会中期的改革家王安石尽管在改革中得罪不少人,但由于他本人德行良好,个人生活一贯俭朴,穷困得堂堂宰相连替换衣服都不够,身上长满虱子,有时上朝时还在捉虱子。这既说明他有不讲卫生的一面,也说明了他本人的生活比较艰苦的一面。所以他改革失败后也没有受到严厉的惩罚,还能在江宁(今江苏南京)郊区安度晚年。至今南京还有王安石的故居。而封建社会晚期的改革家张居正就由于家人有贪贿的问题死后被抄家,其遭遇就十分悲惨了。可见自古"是非成败转头空",只有德行才能留下来。

为什么说是非成败转头空呢?因为历史能稀释冤仇。冤仇原来很浓,但历史却像大海,将冤仇之水逐步稀释。共产党和国民党从1927年开始打了几十年的仗,但今天却能在一个中国的问题上达成共识,一致反对"台独",不正是说明世界上万事万物都在不断发生变化吗?但有一条,就是人的道德品质不能变。人一定要有良好的德行。尽管我们这些人不是什么了不起的大人物，但在将来某一天，当有人要评论时说："此人还是有德行之人"，我想我们就应该心满意足了。有德才能永久，你光有职位，光有职权，是没有用的。就像康生一样，老干部没有一个不骂他，因为尽管他很有才能，却十分卑鄙，老是整人，最后骨灰被人从八宝山弄出来，悼词也撤销了。人家说盖棺定论，盖棺照样不定论，照样要被道德法庭审判。只有德行才能经得起历史的考验，有德才能流芳千古。

12. 灵鹫飞来

人工智能专家潘云鹤先生与我多次相约，欲造访杭州灵隐寺方丈木鱼大法师，由于各种"忙"的原因，数次延期，历时半年多方才如愿以偿。

坐落在杭州市城区西北隅飞来峰对面的灵隐寺是中国佛教禅宗名寺，始建于东晋咸和元年(326 年)，至今已有 1600 多年历史，康熙皇帝南巡时又赐名"云林禅寺"并亲笔题写了匾额，至今仍高悬在寺院正门门首。我们迎着拂面而来的春风，沿着古树参天、花繁叶茂的坡道向灵隐寺的方丈寮走去。大约走了不到 100 米，我们就看到了方丈木鱼法师与一位小沙弥伫立在台阶之上。木鱼法师系浙江平阳人，1913 年出生，1936 年毕业于厦门大学中文系，是著名文学家林语堂先生的高足。法师俗名"东衡"，入佛门后将繁体的"东"字去"曰"，将"衡"字去"行"便成了内涵丰富的法号"木鱼"。当我们拾级而上，踏上青石平台时，木鱼法师清癯的脸庞露出了欣喜的笑容。他双手合十，上身微微前倾，诚挚地欢迎我们的光临。

小沙弥给我们大家倒了佛茶，我们开始正襟危坐，听木鱼法师给我们介绍佛教及禅宗的要义。法师说，佛教是古印度释迦牟尼在公元前 6 世纪所创立的宗教。释迦牟尼，姓乔达摩，名悉达多，成道以后称为佛陀，简称为佛，其含义为觉者。由于梵文称圣者为"牟尼"(即寂寞)，而他的家系又属蕴涵能仁之意的释迦族，故又被尊称为释迦牟尼，意为能仁寂寞，即释迦族圣者。在释迦牟尼创教之初，由于他对待不同的人有不同的教导，其后随着时代的发展，就成为不同的宗派，主要分为"大乘"和"小乘"两派。大乘派要求修持以自利利他、上求佛界、下化众生为目标，即觉行圆满，以成佛为最高目标。小乘则要求自觉修持，以成为罗汉为目的。我们听了以后都明白大乘为最高目标，相当于现代马克思主义者之解放全人类；小乘相当于初级阶段，仅仅解脱个人的生死之虞而已。木鱼法师接着说，佛教在公元前 2 年从印度传入中国后，曾产生过 10 个宗派，到唐代只剩下净土宗、律宗、天台宗、三论宗、贤首宗、禅宗、慈恩宗、密宗 8 个宗派。如杭州南屏山的净慈寺属于净土宗，灵隐寺则属于禅宗。禅宗目前又分为临济、沩仰、云门、法眼、曹洞等 5 个宗派，如宁波鄞县天童寺就是曹洞宗的祖庭，在日本颇有影响。自唐以降，禅宗势力最大，直到清末民国初，全国除了北京戒坛律寺、杭州昭庆律寺和浙江天台国清讲寺等少数律寺和讲寺外，汉族地区的诸多佛寺几乎都属于禅宗。思维清晰的木鱼法师接着告诉我们，禅是梵语"禅那"的音译，意为"静虑"，就是用静坐思维的办法，以期彻悟自己的心性，故名禅宗。禅是一种境界，当一个人达到这一境界时将十分愉悦。云鹤先生便请教法师，我们欣赏艺术表演和观看引人入胜的美术作品也获得了愉悦，是否与禅相通？木鱼法师答道："有相通之处，但这种愉悦是发自内心的由衷之感，难以言状。"我在旁边插话："恐怕要用忘身于外来形容。"木鱼法师含笑点头表示赞许，并强调这种是心是佛、非心非佛、即心即佛的感悟难以传授，全靠自己体悟，即使出家人也非朝夕可期。如唐代的马祖(俗姓马，法名道一，709—788 年)开始学佛时总是关起门来坐禅，走错了禅悟之路，后来通过怀让禅师设定的敲门惊醒和磨砖制镜的两次启示，终于明白，磨得最光滑的砖头不能作镜，同样枯坐不能成佛，从此下定决心在南岳怀让禅师身边侍奉学习达 9 年之久，方才得法成为著名的道一法师。得道后，马祖道一法师先后在福建建阳和江西南康大弘禅宗，普度众生。有一位来自明州(今宁波)大梅山的法常和尚参拜马祖，请求开示"如何是佛"。马祖答道："是心是佛。"法常当即大悟，并回大梅山精进修行。过了一段时间，马祖恐怕法常会犯自己以前犯过的枯坐错误，乃派一和尚去法常处，告诉他道一法师近来开示已改为"非心非佛"。

法常叹了一口气说:"是心是佛,非心非佛,无非是即心即佛。"马祖听到这一消息后高兴极了,他当即说"梅子熟了",也就是说法常已经禅悟心宗,功夫到家了。听了木鱼法师这番高论后,我半开玩笑半认真地对云鹤先生说,你们目前的信息技术恐怕难以产生能够感悟"禅"的人工智能。云鹤先生肯定地说,现阶段的确困难。

木鱼法师喝了一口茶,一边用手指在茶几上写着"禅"字,一边接着说,佛教有经、律、论,"经"为佛祖的教导,也称经教;"律"为僧众的行为规范;"论"为高僧大德对佛语的论述。世俗有人说禅宗完全不需要读经书,那也是一种误会。修持禅宗的僧人也需要读一些精练的经书,即相当于语录式的经典,以提高自己的理论修养,促进"悟"的实现。宋以降,佛教诸宗逐渐融合,尤以明清为最甚,就拿当今最流行的禅宗与净土宗等其他宗派的关系来说,也是互相渗透,你中有我,我中有你,可见禅宗也并非完全是以心传心,不立文字的教外别传。木鱼法师恐怕我们不理解,便打着手势告诉我们,一般佛寺内皆立有刻写着"南无阿弥陀佛"和"般若波罗密多"字样的石头经幢。"南无"梵文的含义为"尊敬"(皈依),东晋时慧远在庐山东林寺集弟子 123 人,以念阿弥陀佛名号求生极乐净土为宗旨创立了净土宗。"南无阿弥陀佛"就是净土宗的口头禅。"般若波罗密多"梵文的意思是"智能到彼岸",而其中"般若"梵文的含义为"智能",但般若的所谓智能不完全等同于一般的智能,一般的智能是外来的,而"般若"的智能则是发自内心的"悟"。由于在佛经翻译中古人遵循"五不翻"原则,即尊贵不翻、多义不翻、顺古不翻、此地无不翻、秘密不翻。例如般若属尊贵不翻;阿弥陀佛有 13 种意义,属多义不翻;汉语含义为无上正等正觉的阿耨多罗三藐三菩提则属顺古不翻;曼陀罗花为印度有中国无不翻;至于一些咒语属秘密不翻。木鱼法师以极其虔诚的口吻告诉云鹤先生,"般若波罗密多"对佛教禅宗来说是最重要的。在座的小朱、小陈似乎一时还难以理解,焦急的我竟脱口而出:"这是写在佛教禅宗旗帜上的口号,其意义可与《共产党宣言》一书最末的'全世界无产者,联合起来'和《国际歌》歌词中的'英特纳雄耐尔(International)一定要实现'的口号相媲美。"此时在聚精会神听讲的诸君猛然间似乎一起产生了一种直指人心的领悟,大家竟然异口同声地说:"噢,原来如此!"

　　木鱼法师打开话匣子,愈说愈精神。他神采飞扬,思路清晰,用高山流水般的流畅话语告诉我们,佛教没有偶像,也不崇拜"神",同时,佛教禅宗又提倡独立思考,依靠自身的力量达到悟的境界,所以佛教其实不是宗教,至少不是完全意义上的宗教,更多的是哲学。如佛教的"不二法门"充满着对立统一的辩证思想,"教观总持"蕴涵着理论联系实际的要求。佛教对信徒的"止观"要求,用通俗语言来说就是提倡"诸恶莫作,众善奉行"的劝人为善精神。当然,佛教对世界的认识也有自己的特点。如佛教认为,人有六根,即眼、耳、鼻、舌、身、意。前五根具有物质属性,为色法,最后一个"意"根具有精神属性,为心法。物质的色法和精神的心法不分先后,这是佛教哲学与唯物论强调物质第一性、精神第二性在理论上的不同之处。木鱼法师指出,佛教之所以不如其他宗教广为人知,其根本原因是大众化的宣传太少,特别是佛经的"五不译",再加上译文皆为难懂的古汉语,造成了佛学理论在民间传播上的困难。所以,中国佛教要发展,唯有佛学理论在大众化宣传上有所突破。

　　木鱼法师在我们离开禅院的时候,语重心长地跟我们说,佛是相对的佛,而不是绝对的佛。佛犹如一个晶莹剔透之球,不仅从哪一个角度看都是圆的,它所强调的人际关系始终是等距离的,即平等无差别的,而且内在本质上也是完全融会贯通的。因此佛教就有了圆融的特点。

　　由于木鱼法师年届九旬,我们不好意思过多地打扰他,尽管老法师再三真诚挽留,我们还是依依不舍地起身离座。当我们与木鱼法师在方丈殿门口平台上各自施礼,并以"六时吉祥"的佛语代替世俗"再见"一词告辞后,我们一行便在监院觉乘法师的陪同下,顺着北高南低的斜坡缓步走出禅院。此时此刻,大家似乎都情不自禁地大口大口地呼吸着如此清新而又沁人肺腑的盎然春气,希冀在早春的温煦阳光下体验"灵鹫飞来"的禅悟精神。

13. 出世之心

　　人一出生就踏入了世俗之门,离不开喜怒哀乐、生老病死。为消除人生之苦,普度众生,释迦牟尼出家苦修,创立以"三世因果,六道轮回"为基础的佛教。佛教要求遁入空门之僧尼脱离名利场,进入涅槃境界,不以顺喜,不以逆哀,忘身于外,步入出世之道。而作为一般僧尼要真正修炼到出世之精神境界并非易事。

　　早在一千多年前的唐代,就有过一个叫"饭后钟"的故事。故事说,有个住在扬州惠昭寺附近叫王播的书生,由于家境奇艰,食不果腹,为了读书只好在佛寺蹭食。每次当他听到寺里通知吃饭的钟声敲响时,便合上书本迅即起身步入寺内膳堂与和尚共餐。开始时以普度众生为宗旨的和尚还比较热情,时间一久,热情减退,长年累月如此吃白食,和尚们便愠怒在心。为了把他逐出膳堂,和尚们改先敲钟后吃饭为先吃饭后敲钟,以使饥肠辘辘的王播屡次扑空,无饭可食。出家人这种违背佛祖旨意,不肯以慈悲为怀、帮助穷书生果腹的行径,反而激起了王播奋发图强之决心。寒窗之下苦读数年的王播终于在贞元年间考中进士,若干年后由于官运亨通,又晋升为淮南节度使,返回到扬州使署任职。当年小气得不让王播就餐的寺僧们一闻此讯,震惊万分,赶紧找到王播当年在寺墙上所题之诗,细心地清理尘封其上的陈年灰尘和蜘蛛网,并花钱做了一个极其高级的纱笼(相当于今日之玻璃镜框)覆于壁上,然后择日邀请王播节度使来寺视察,隆重的礼仪、恭维的言辞无以复加。面对以出世为宗旨的寺庙所表现出的这种先倨后恭的入世嘴脸,王播不禁感慨系之,当场写下了一首"上堂已了各西东,惭愧阇梨饭后钟。二十年来尘扑面,如今始得碧纱笼"的诗。

14. 在现实和理想之间生活

　　自古以来人们渴望建立一个道德高尚的大同世界，两千多年前孔夫子目睹这一理想的日渐远去而哀叹"世风日下，人心不古"。在 20 世纪中叶以后的近三十年间，一位叱咤风云的人物在中国大陆的广袤国土上曾经进行过一场"无私奉献"的伟大实验，也终究因人是利益的动物，边际效益不断下降而难以成功。至今二十多年来，我们不得不迎合世界潮流走上了以利益为诱导的市场经济之路。

　　人具有追求自由和财富的天性。追求财富使人心与淳朴的距离越来越远，生产力越发展，淳朴离人们越遥远，这就是"人心不古"的根本原因。市场经济就是利用人们追求财富的自私自利之心来推动生产力发展的典型，它像花圃的培育者用奇臭难闻的肥料培育出五彩缤纷、香气扑鼻的鲜花，绍兴厨师不惜将清新的豆腐抛进臭水中浸泡成美味可口的地方名菜——臭豆腐。而经营臭豆腐的咸亨酒店身价百倍，名闻天下。

　　按照市场浪漫主义的说法，市场这只看不见的手，自然而然地会把人类社会的一切关系安排得合情合理，井然有序。然而事实并非那么美妙，贪婪和纵欲是市场经济的孪生兄弟，正如尼采所说的那样，在市场经济的条件下，过去束缚人们需求的"上帝"死了，人的欲望成了自己的"上帝"，这个上帝就是被西方经济学称为"理性"的"利益最大化"。

　　在"利益最大化"的新上帝面前，一切都是商品，市场的唯一德行就是获取利益。这一"德行"把市场变成了强制性的社会力量，你或者因为"德行"非凡，成功地追求到巨大利益而成为人上人，或者因为"德行"低下被这个残酷的竞争剥夺得一无所有，成为穷光蛋。总之，无论你愿意不愿意，竞争成功者只能是少数，为数众多的还是失败者，但形势迫使人们不能不为这个说它臭其实闻着还觉得香的"德行"身体力行不敢懈怠。因为没有人希望自己成为失败者,这就是当前不容忽视的社会现实,而且大多数人也不可能摆脱这一现实遁入世外桃源,去过另一种大同生活。

我们可以设想,在获利心的驱使下,市场经济如果没有法制的约束,人们无节制的欲望就会使人人陷入"不做小人就必败无疑"的境地,出现思想冲破警戒,手段无所不用其极的"你坏,我比你更坏"的"比坏效应"的恶性循环。为了避免社会陷入这种无序的恶性循环之中,我们必须制定必要而足够的法律来规范市场经济,以制裁那些坏出了格的违规者。要完成这一紧迫任务就离不开市场经济的组织者和仲裁者,这就是各级政权机关及其公务人员。他们的责任十分重大,如果他们也随波逐流,在逐利的现实中生活,不惜运用手中的公共权力去攫取市场的私人利益,成为市场经济竞争中的运动员,那么这个以丑恶推动美好的市场经济社会将腐败得一无是处。所以手握不同形式公共资源的各级公务人员一定要有公正的价值取向,正如佛门弟子既要庄严国土,利乐有情,又要与人为善,普度众生,在现实与理想中间生活。作为维护社会正义的政府公务人员,其社会责任大于佛门弟子,思想上更不能太现实,要有相当程度的理想主义成分,舍得革自己的命,使手中的权力制度化,这样才能使社会走上有序的竞争之路,不会使卑鄙成为卑鄙者的通行证。尽管在现行的条件下,一些推行制度化的公务人员的确由于损害了少部分人的利益无法获得上司、同僚、下属的足够理解和选票而不断成为仕途上的牺牲品,以至于理想的高尚成了高尚者的墓志铭,但作为各级公务人员仍然应该有这种古代"士大夫式"的起码理想,为追求公正不惜牺牲自己的一切,让自己更好地在现实和理想之间生活,使宝贵的人格在富有理想的现实中放射出具有历史意义的光芒!

15. 胸怀的力量

法国大文豪雨果曾经说过:"世界上最宽广的是海洋,比海洋更宽广

190

的是天空，比天空更宽广的是人的胸怀。"胸怀有主动与被动之分，在中国被动的胸怀常常被俗称为"肚量"或"度量"。人们心目中最有肚量的人物便是佛教中的弥勒佛。大凡人们走进佛门，在天王殿的正中就会笑迎"大肚能容，容天下难容之事；开口常笑，笑天下可笑之人"的弥勒先生。他现任寺庙的秘书长兼办公厅主任，也是释迦牟尼涅槃56.7亿年后所选定的接班人，是佛教世界继燃灯古佛、释迦牟尼佛之后尚未上任的第三代领导人。他的"大肚能容，开口常笑"吸引了无数善男信女进入佛门朝拜，带来了佛教的兴盛香火。

在世俗社会，胸怀更是"修身、齐家、治国、平天下"的强大力量。以胸怀"平天下"的典型无过于诸葛亮。记得前些时候，我曾受云南方面邀请前往曲靖、思茅等滇东地区讲课，课余时曾赴三国时诸葛亮活动过的遗址参观，其中曲靖郊区就有诸葛亮"七擒孟获"的战场。思茅梅子湖附近则有相似于湖北襄阳隆中的景观，后者勾起诸葛亮对刘备求贤若渴"三顾茅庐"的回忆，导致他心血来潮将当地改名为"思茅"，前者使我想起了清人赵藩在四川成都武侯祠所撰的"攻心联"。上联"能攻心，则反侧自消，从古知兵非好战"，下联"不审势，即宽严皆误，后来治蜀要深思"，全联30个字，按当今公文处理的语言，其关键词一是"攻心"，二是"审势"。大名鼎鼎的诸葛亮，在四川乃至云南，正史野史，俯拾即是，然赵藩的高明在于他选用了诸葛亮在云南招抚各土著部落时七擒七纵孟获的故事，说明会用兵的人首先是个有"攻心"胸怀的谋略家，但有胸怀又非一味宽大，而是"威之以法"。他令行禁止，说到做到，大大地震慑了地方豪强势力，使之再不敢胡作非为。同时，诸葛亮对自己的错误也能主动承担责任，其集中体现就是魏蜀交兵的街亭之役。他在失街亭后，一边挥泪斩了马谡，同时又提升了有功的王平，还勇于承担了主帅应负的责任，向世人展示了一个政治家的宽阔胸怀。

以胸怀"治国"之国君无过于春秋之时的齐桓公，他不计管仲的一箭之仇，任其为相，并尊为仲父（按伯、仲、叔、季排序，仲父者，二父也），终于得其辅佐，使齐国成为五霸之首。秦皇汉武、唐宗宋祖等历史上的风云人物，在他们开创基业的过程中也离不开能容人的宽阔胸怀。就是法国的拿破仑一生横扫欧洲,除了拥有出色的军事才能外,还与他有经常深入部队当面听取士兵的批评、建议的胸怀分不开。

以胸怀"修身"无过于战国时期的蔺相如与廉颇,他们分别担任赵国的国相和大将。其中蔺相如颇有大家风度,他不惧声威煊赫的秦王,却甘受赵国大将廉颇的羞辱。而他之所以一再忍让倒不是怕廉颇,而是因为他有"以先国家之急,而后私仇也"的思想。也正是这种先公后私的远见卓识和宽容博大的胸怀,才能使廉颇感动得热泪盈眶,"肉袒负荆",上门请罪,两人最终言归于好,协力抗秦,赢得了赵国的安宁。"将相和"的故事说明,宽阔的胸怀使蔺相如站得高,看得远,能够为国家大局争志气,不为一己之私闹意气,这正是他的力量所在。

胸怀也是领导者广纳群贤的基础。大凡人才,不仅能力独具,而且往往性格独特,有着较强的自尊心,善于独立思考乃至爱提意见,喜发议论,观念比较超前,特立独行。如著名画家凡·高,由于艺术思维超前,除了他的朋友以买画为名行资助之实以外,生前无人买他的画,一生穷困潦倒。而当他向一位小姐求爱时, 小姐提出凡·高如果能割掉自己的一只耳朵,她才能答应,执著的凡·高果然将自己的耳朵血淋淋地割下来,被人认为是一个不可理喻的怪人。由此可见,对凡·高一类与众不同的人才负有管理责任的领导者,都要具备宽阔的胸怀、容人的气度,注意尊重他们的人格,倾听他们的意见,维护他们的自尊,尤其是他们遇到困难和挫折之时,要多加理解,多加鼓励,帮助他们放下包袱。这样领导者才能获得一种人格魅力,对人才产生凝聚力,发挥胸怀在广纳群贤中的效应。

同样,宽广的胸怀也能产生巨大的团结作用。无论何时何地,在工作和生活的人群之间,难免会产生误会,如果处理不当,就有可能影响团结,干扰工作,而有的误会也不是用三言两语就能说清楚的。当别人对自己产生的误会一时解释不清楚时,能以宽广的胸怀对待,相信"路遥知马力,日久见人心",让事实来说话,最终使人在事实面前受到教育,有利于减少争执,避免内耗,其所产生的感召力不可小觑。它能使人在"天下事了又未了,何妨以不了了之"中反躬自省,明察得失,起到巨大的团结作用。

人生在世不仅要有点精神,还要有宽阔的胸怀,它既是一种高尚的品格、可贵的境界,也是一种力量的体现。

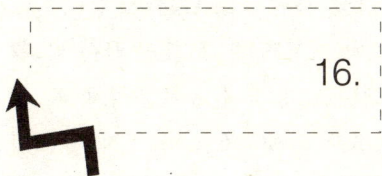

16. 幸福三思

一天上午,在法兰克福火车站对面的大街上,我和前一晚在四星级宾馆里没有睡好觉的学智先生看到两个无家可居者蜷缩在街边酣睡。在提倡个人自由的德国,这两位乞讨者正在充分享受自己拥有的权利,快到 8 点钟了还无人去惊动他们的好梦!睡眼惺忪且不时打着呵欠的学智先生久久伫立并带着羡慕的口吻对我说:"这两个老外真幸福!"的确,幸福是一种自我感觉,而不是一种绝对的物质标准。在人类世界,乞丐和皇帝都能找到各自的幸福。正如同行的一位朋友所指出的那样,当捡破烂者捡到一件值钱的东西时,其喜形于色的愉悦,不亚于军人战胜敌人、科学家攻克技术难关所感受到的幸福。

幸福首先是一种多元化的自我感受。倘世人仅仅将升官发财作为幸福的唯一标准,那将是大错特错!正如上海一位曾任某大学副校长的院士所说的那样:当年他刚被提拔为副校长时,的确有过一阵兴奋,但当上下事务随之而来渐渐陷入矛盾旋涡,并且愈陷愈深之时,方知行政工作非其所长,当官不应该是他的幸福追求。后来,经过再三恳求,他终于盼到了被解除职务的这一天,其幸福感油然而生。他兴奋地说:当一个专业工作者上无须受人掣肘,下无须管人时,其乐无比。可见幸福是因人而异的一种感觉。恰如人之饮水冷暖自知,足之穿鞋合适与否只有自己的脚趾才有发言权。特别是那些久任"一把手"的领导,手头所掌握的有限名利资源难以应对那些欲望无限的下属时,其痛苦与烦恼远远超过幸福与快乐。同时,幸福也不是来自上天的恩赐,而是自我奋斗的过程,因此,只有结果没有过程也就不会有幸福。例如,某人某天获得从天而降的亿万财富,也许他会高兴得发疯,但他绝对没有诺贝尔奖获得者、奥运会优胜者那种在长期艰苦卓绝的奋斗后一朝成功所感受到的幸福。

至于人生幸福何为先,各朝各代,不同的人有不同的说法。古人说,人生幸福寿为先,我以为此话并不全面。一个人倘有寿而无健康,不仅本人痛苦,还累及家人;而有寿又有财者,则儿孙亲友觊觎,歹徒持刀待发,身家性命危在旦夕;有权势者则人人欲凭借其权力拉其本人及妻儿下水,谋求"四两拨千斤",此等人士身陷囹圄以至杀身之祸无处不潜,有何幸福可言?哲人云"达人知命","达"者,通达、豁达是也,即明了自然规律,笑对自然规律。因此人生幸福应改为"达"为先,唯有"达"才能真正认识和笑面作为单程旅行的人生。如视坎坷为人生进步之阶梯,视一时辉煌为过眼烟云,视吃亏为便宜之始,视生老病死为人生之必然,视欢乐为一时之兴至,视离合为宴席之聚散,视家无余财为君子固穷,视家属亲人若友朋相聚,视挨整受压为锻炼提高……此皆"达人知命"之念,万事通达处之,不仅有利于延年益寿,而且有真正之幸福可言。

至于近年迅速致富者,常常慨叹幸福感不如过去生活清贫之时,这主要是他们的欲望比生活水平提高得更快的缘故。因此,某些痛感于此的觉悟者曾坦言:在不愁吃、不愁穿的今天,与其成天西装革履奔走在名利场中,还不如布衣布履,坐下来欣赏荷塘月色,过一种简朴的田园生活来得更幸福一些。

17. 智能开启福门

每当新春降临时,中华大地从东到西,从南到北,几乎家家户户都离不开"福"字,将"福"字倒过来贴在门上,利用"倒"与"到"的谐音,期盼幸福早日光临。

想过上幸福生活,领略生活的无穷妙趣是人之常情,但随着岁月流逝,生活之路在人们面前展开,幸福似乎总是若即若离。如何掌握幸福之门的钥匙，让自己过上幸福的生活呢？

一个人的幸福生活既涉及物质基础，也涉及精神生活，从富商高官也有烦恼，甚至痛不欲生以至于自杀身亡，而平民百姓乃至乞丐也有无比愉悦的乐趣来看，决定幸福与否的精神因素要超过物质因素。那么，这种精神因素是什么呢？我看还是离不开对人生的理解及智能，这种智能说得雅一点叫生活艺术，说得俗一点叫生活之道，说得学术化一点便是生活的哲学。

幸福生活离不开智能之光的指引。当你在生活中感到孤独、痛苦、无助、山穷水尽疑无路之时，哲学智能就能够使你有足够的力量摆脱困境，感受到"柳暗花明又一村"的希望。哲学智能能够为我们提供理解人生的康庄大道。她告诉我们，人生犹如数十年、上百年的单程旅行，其观赏的景点要尽可能多，观察要尽可能深入，在旅途中要尽可能做自己喜欢的事情，经历自己所希望经历的一切，在不断寻求快乐中，实现自己所能实现的价值，而不是去追求结果。人之一生犹如草木一秋，无论帝王将相、富商大贾，还是庶民百姓，最终结果都无非是化为一抔泥土、一缕青烟而已。贯穿人生的哲学智能是我们的"指路明灯"和"寓所"。在这样的寓所里，我们能够得到幸福，享受真正的自由。智能的寓所谁都可以进入，只要你具有哲学的洞见。历史告诉我们，如果没有追求智能的无穷激情和无比坚毅，人类就不可能绵延不绝，世界就不可能灿烂绚丽。对智能的不断追求是人类历史发展的源头活水。

如何才能得到智能呢？我们可以通过学习知识而接近智能。但知识只不过是追求智能过程中的初级阶段，还不是智能本身；理性固然是追求智能的重要工具，但也不是最重要的。我们要获得智能，就要敞开胸怀，运用整个身心去感受，去倾听，去探索，学会从一种无限和超越的视角来观察世界。只有这样，人们才能形成宽广的胸怀、高瞻远瞩的目光，也才能领略生活的意义、价值和情趣。

智能是超越的，智能也在人间，每一个人的生命都有智能在其中，或者说每一个人都可以进入智能之中，都可以掌握生活的艺术，哲学正是人们开启幸福生活之门的钥匙。所以说，我们不仅要将有形的"福"字倒过来贴在门上,更重要的是要把无形的福门钥匙,即生活的哲学贴在自己心里。

18. 成功是一种感受

世界上很多人都希望自己的一生能取得成功。帝王将相文治武功是成功,文学家写出不朽名著是成功,科学家创造发明是成功,至于泥水匠砌成一堵高质量的砖墙,农民种出一畦好庄稼,环卫工人把一座城市打扫得干干净净同样是成功,甚至小朋友巧妙地回答老师提问也是成功。

由此可见,成功的外现是事功。而事功又没有大小之分,上至一国之君,下至黎民百姓都会有成功的感觉。可见成功是一种感受,要是在你的心中能找到这种感受,便是最大的成功。譬如,你入仕当官当到什么级别、经商赚到多少钱算是成功,这些并没有一定的衡量标准。你当再大的官,上面还有比你更大的,当到大国领袖还想当世界领袖;你赚再多的钱还有比你钱更多的,即使你算得上中国首富,还有世界首富在你前头!

可见成功与否,心里的感受最重要,否则世界上就不会有富翁自杀、皇帝出家、活佛还俗、学者投河等怪事了。因为他们的事功旁人看来似乎很成功,其实他们自我感受却完全相反,是失败和精神崩溃才会导致这种匪夷所思的结局。

19. 人生的远近之变

初秋,在清幽的大清谷,一边品茶,一边凝视着青山绿水的德籍华人海杰先生对身边的刘先生说:"我出生在浙江青田船寮,小时候就常常坐在山坡上看着飞机从头顶上呼啸而过,那时我多么盼望能登上飞机,但那时飞机离我实在太远了。后来,我旅居德国并从事国际贸易,经常乘飞机来往于五大洲,乘得我一看到飞机就厌烦起来,因为飞机离我实在太近了,又住在繁华的城市,原本离我很近的青山绿水却与我的生活越来越远,致使我今天对这里自然的一草一木、一山一水都备感亲切。"

颇有同感的田先生连连点头称是,他说,这几十年世界真的变化大,过去离我们远的东西变近了,而离我们近的东西反而远了。以前走路、爬山、挑担是我们这些普通人的家常便饭,甚至连大学生到大城市上学,为了便于搬运行李,也非得带上一根小扁担不可。现在可不一样,人们几乎天天乘以前离普通人生活很远的汽车、火车,至少也是骑自行车,以前离人们很近的走路、跑步、爬山则退出了日常生活的领域,成了人们锻炼身体的一种方式,尽管词义相当于承担责任的"挑担子"在日常生活中仍然广泛使用,但在城市里正儿八经的挑担搬运早已绝迹,即使偶尔出现也成了少见多怪的稀奇事。

1960年前后,饥饿的中国人为了不得浮肿病尽量多饮食,少运动,多休息,把自己养胖一点。而今天远离饥饿的中国城市居民却尽量少吃饭多运动,把减肥作为目标,以至吃鱼吃肉成了人们的负担,原先贬义的"挑肥拣瘦"和"挂羊头卖狗肉"反而成了褒义词,因为现在肥肉比瘦肉便宜,狗肉单价远远高于羊肉。自古以来,肥头大耳为富人的标志,在今日反而成了穷人的形象。几十年前穿布衣、吃粗粮、食野菜是穷人的苦难,作家写小说为了形容穷人的痛苦,不惜将书定名为"苦菜花"。而今天却反其道而行之,布衣、粗粮、野菜成了富人的衣着和食谱,而穿化纤、吃细粮、食大鱼大肉成了穷人的生活特征,尤其是以前只有神仙菩萨在供桌上才能吃得到的肥猪头也成了肉店向穷人推销的主要品种。以前人们因饥饿而得病,现在因为吃得太多而致疾,过去离中国人很远的糖尿病、高血脂、高胆固醇等富贵病悄然而至,不仅老人得病,中青年也屡见不鲜。而且随着工业化社会的迅速到来,人们的生活节奏加快,忧郁症等精神疾病也由远及近,逼向我们,成为我们的灾难。

自古以来,中国人所津津乐道的三百六十行,似乎从来不包括游山玩水的旅游业,而如今引导人们游手好闲的产业却成了不少地区的经济支柱和新的增长点。西方人到海滩晒太阳的健美方式,也慢慢为部分中国人所接受,以皮肤黝黑为健美的西方观念,说不定不久的将来也会在中国逐渐传播。古人常用"君子之交淡如水"来形容人们交往的清白和崇高,而今天在风景旅游区一瓶矿泉水的价格已远远超过一斤大米,水不再是唾手可得的了。财富的日益增长,人们对实实在在的东西,如柴、米、油、盐、酱、醋的需要量日渐减少,而与上网、影视、通信、信用卡等虚拟的东西则形影不离。今天一味强调"求真务实"的消费者,竟成了不思进取远离现实社会的老保守了。"孔融让梨"和"三顾茅庐"是中国历史上广为传播的美谈,而在倡导竞争的今天这些都成了不屑一顾的陈词滥调,孔融和诸葛亮更是典型的傻子,尤其是诸葛亮有官不当还推辞再三,今天有人甚至花大钱还买不到这么大的官呢!

社会的转型,尤其是对以效率为主导的市场经济的认同和推行,不仅引起人们的物质生活发生急剧的变化,而且在精神生活上也不断产生新的理念。以前离我们遥远的东西正向我们走来,以前与我们近在咫尺的东西正离我们渐行渐远,尽管有人不愿它远去,但"青山遮不住,毕竟东流去",留下的仅仅是少数文物古镇,让人们偶尔去怀旧聊以自慰罢了。

20. 快乐最好

人不断地在追求美好。而在人的一生中,美好永远是瞬间,更多的是痛苦,最多的是平淡,而且天才与白痴,真理与谬误永远是一步之遥。一位陈姓工艺美术大师曾坦诚地对我说,人生的幸福无过于当一个普通人,做自己喜欢做的事。人如果要抓住美好就要在自己前面不断设置理想的风帆,同时,知足的心态更是美好的基石,善于抓住美好的人必须在现实和理想之间生活,否则,就像饥饿者吃饱了饭,干渴者喝足了水那样,美好很快便消失得无影无踪了。

追求财富是人的天性,也是人生快乐的物质基础,但并非财富越多越快乐。前段时间我曾与南京师范大学艺术学院的胡教授谈及人生,他说前些年他作为访问学者在美国马里兰州一所大学学习和工作,凑巧的是美国某著名化学工业巨头的公子也在同一所大学学习,并且行将毕业。他当时就问那位公子毕业后是否去继承产业,那位公子说,我才不愿去当老板,把自己的节假日和晚上都花在生意应酬上,我要去打工寻求轻松和快乐。更令人惊讶的是杜邦公司创始人的一座豪华别墅竟没有一个后代愿意继承,因为拥有这座豪宅不仅要缴纳财产税,还要每周雇人整理花草树木,要花费巨大的精力来伺候。在寻求个人快乐的时代,谁都不愿牺牲快乐做豪宅的奴隶,最后大家一致赞成把它捐献给州政府,以摆脱财富的羁绊。当时在场的吕先生说,的确,有钱不一定都有快乐。他认识的一对老年夫妻,家里很有钱,儿子在城郊给他们买了一座价值数百万元的别墅。但由于别墅面积很大,出门进门空荡荡地见不到人影,到晚上更是静悄悄,只有偶尔几声凄厉的鸟鸣和犬吠而已。他去看望他们时,只见这对老夫妻面露惧色,在床头还放了两根碗口粗的短木棍,随时准备与来犯的盗贼作殊死搏斗。在交谈中,他们不时唉声叹气,反复地说早知今日真悔不该当初匆促搬离市区的旧房,那里既有街坊邻里的亲情,更有令人向往的安全感。坐在旁边的解先生迫不及待地说:"我没有钱的时候与人讨价还价,哪怕便宜一角钱也感到一种满足,有钱的时候不与小贩讲价钱,讨价还价的乐趣就没有了。记得我年轻时好不容易买到一辆凭票的永久牌自行车时其乐无比,喜形于色,天天打蜡并用回丝(纺织厂下脚棉纱)把车擦得锃亮锃亮,而现在有了钱买辆汽车也激动不起来。"可见物质财富并不等于快乐。而且随着社会财富的不断增长,寻求快乐的机会成本越来越高,有钱的人越来越找不到幸福,随之而来的烦恼反而与日俱增。于是有人开始思考:人为什么活着?是为财富,是为自由,还是为实现自我价值?一位旅欧多年的叶先生说得好,人生在世不是为寻求烦恼和痛苦,而是为寻求快乐,邓小平说"发展是硬道理",是指社会进步而言,对人生来说,快乐绝对是硬道理。

古人说："前人种树,后人乘凉",反映了前辈替后辈着想,造福后人的思想。同时,古人也以"牛耕田,马吃谷"来反映牛马之间的不平等关系,牛年年辛勤耕耘却只能天天吃草。在社会上也同样有这种牛耕田马吃谷现象,只不过其介入产权问题,使人看不清它的实质罢了。诚如人们所知,大凡处于兴旺发达阶段的企业家皆为风华正茂的青壮年,他们早出晚归,日夜奔波,每天工作繁忙,很少有时间能回家歇息,即使买进华美别墅也只能请保姆代为照管。一天24小时能够尽情享受高档别墅并和宠物嬉戏不离的竟是保姆,而主人每每深夜返家,不仅只能面对星空下的别墅和已经进入梦乡的宠物,而且由于疲劳,洗完澡便倒头入睡,留下的唯有梦中的美好和产权归属的满足感。

一位有着一个外国名字的中国企业家约瑟先生告诉我,他今年53岁,一生做过知青,跑过供销,当过厂长、经理,干过电器、丝绸、服装、外贸、旅游、花卉种植等行业并且自封为中国独一无二的"苑主"。他说他一生做事从来非常认真执著,但不管做什么事,总与自己原先设计的目标有差距,从而每次都带来无尽的遗憾与无奈。我说,这也许与中国人自古以来崇尚圆满有关,《梁山伯与祝英台》中的男女主角生不能成为夫妻,死后化成蝴蝶也要夫唱妇随结成一对。实际上前一幕是真实的生活,后一幕则仅仅是人们的美好梦幻。你尽管拥有外国名字但思想深处仍然是一个中国人,也难免受这种传统文化的熏陶,每次会把自己的目标定得非常圆满。实际上由于人世间百姓有着百条不同之心,即使一家只有三口也会有不同意见,甚至连今日的自我还会否定昨日之自我,连自己的内心都会打起架来,你又怎能希冀芸芸众生各有抱负的社会会尽如人意呢?况且世界上的圆满都要依靠缺失来陪衬,美好要仰仗遗憾来支撑,离开了缺憾就没有了完美,恰如没有黑就对比不出白那样。人的一生不管你如何努力都只能做得更好,不可能做得最好,因为没有了哪怕万分之一的缺憾就没有了对比,你所谓百分之一百的圆满也就不存在了。所以世界上只有更好,没有最好。

人生犹如一次长途跋涉的旅行,旅途中有平淡无奇的行走,有忍饥挨饿的痛苦,也有饱腹而歌、如期抵达的幸福。假如我们用数学的语言来描绘平淡无奇相当于"零"的话,那么痛苦是"负数",幸福是"正数"。在数学上除了零难以放大外,负数和正数都能放大,但它们的放大,都会带来风险。例如,有人进了发热门诊,便担心自己得了"非典",并怀疑已传染给接触过他的家人和同事,此时他不仅马上想到自己会在很短的时间内不治身亡,还会想到由于自己的罪过,家人和同事乃至为他治疗的医生及护士都会相继死去,他越想越害怕,与日俱增的恐惧使他痛不欲生,多次试图纵身跃出窗户了此残生,这个将痛苦无限放大的情景将是多么可怕!同样,作为正数的幸福也不能无限放大。如一个人升官的确值得庆贺,倘将官职晋升所获得的权力作为恩泽换取名利、女色和地位,走上"一人得道,鸡犬升天"之路,那就会害人害己,不是身陷囹圄,便招致杀身之祸。如成克杰、胡长清之流,便是此类将权力的幸福无限放大以致失去生命的前车之鉴者!

21. 兴趣是最好的老师

　　在人的一生中,最美好的是创造,但要有创造必先要有兴趣,兴趣往往是人生最好的老师。记得有一次我去外地出差,当地有一位我相熟多年的王姓税务工作者突然来到我的住处,邀我去郊区参观一座属于他的树桩园。盛情难却,我便遵嘱登车前往。此园离城不到 10 公里,面积逾 5 亩,园中有各种苍老树桩数百个之多,树龄最长的超过千年,最短的也不少于数十年,其枯枝苍虬,千姿百态,令人目不暇接。他沿着田间小道一边如数家珍地向我介绍每个树桩的来龙去脉以及各种大赛中所得的奖项,一边向我介绍不同树桩的生长特点及其造型的艺术特征。当时在场者几乎都为他的园艺学识所折服,大有刮目相看之感。后来才知道,他年轻时就喜欢树桩种植,开始时一窍不通的他自己荷锄上山寻找,后来实行自己寻找与花钱向山农购买相结合,二十余年的积累,收集到的树桩无论从数量到质量在当地都名列前茅,所获奖项居爱好者之冠,所拥有的知识也非一般大学园艺系学生所能企及。

　　无独有偶,一次我到金华某县出差也遇到相似的爱好者。此人是一家装饰公司的老板,早在 1999 年县城旧城改造之际,他便敏锐地觉察到城中行将拆毁的明清旧房具有的历史价值,便千方百计讨价还价,将它们从拆迁户中收购下来,并且偷偷摸摸地把这些形式各异的楼、台、亭、阁建在县城北面的山头上。直到有人举报时,县里才发现这个古民居的痴迷者。经过实地考察后,有关部门不但没有向他喝"不",而且还正式同意他办理手续在山上建设。目前这个包括古戏台在内的建筑群,占地面积已逾 30亩,建成拥有楼台亭阁的古民居不下百间,悬挂的各种古代匾额及收购的各种古旧家具更是不计其数,过去名不见经传的荒山秃岭今日竟成了充满明清文化味的园林,令人惊叹不已,他本人也早已成为鉴赏明清古民居的专家了。由此可见,一个人从不懂到懂,从不会到会,需要从师学习,而兴趣是最好的老师,因为有兴趣的人才有学习的自觉性,并且会从自觉走向痴迷,创造人生的美好。所以一个社会如果从鼓励人们的兴趣入手,使人人都能发挥自己的特长,其经济发展和社会进步便会势如破竹,百姓的美好人生肯定大有希望了。

22. 水的品格

　　"君子之交淡如水",水有着拟人化的品格,是君子学习的榜样。那么,水的品格又是什么呢? 水是由 2 个氢原子和 1 个氧原子组成、化学结构(分子式 H_2O)简单的物质,人们往往熟视无睹,睹而少思,对它除了发电、灌溉、饮用、消防等等作用之外,其他所具有的拟人化品格一般并无系统之研究。近来我偶得一机会穿行于浙南山区的雾峰溪谷、飞瀑流水之间,静观水之无比深奥和变幻莫测,激发并采集同行者之聪明才智,从冥思苦索之中,悟出了若干精要。

首先,水能随机应变,与时俱进。在寒冷的季节,地面之水能从液体变为固体,结成冰,草木之甘露成为霜,高空之雾成为雪、聚为冰雹。在炎热的天气,地面之水能从液状蒸发上升为气体状的云雾,帮助人们遮挡烈日,直至雷鸣电闪,呼风唤雨降低气温。

其次是不拘一格,刚柔相济。水是不可压缩的液体,当它在万仞悬崖奔腾而下成为飞瀑时,不仅传声万里,而且水滴石穿;当暴雨如注倾盆而下时,万千溪流就汇聚成滔滔洪水,其咆哮过处生命财产被冲没殆尽,其比之火灾扫荡之猛,野兽吞没之甚,有过之而无不及,故古人常将洪水视为猛兽,生活艰难形容为水深火热。除了刚烈的一面,水也有柔软的品格,当你在天寒地冻的冬日跳入热气腾腾的浴缸时,水会给你带来无限温暖;当赤日炎炎的夏日你接触清凉的溪水时,会感到暑气顿消,清新无比。所以自古以来,人们将善于体贴人的温柔女子褒为柔情似水,当然有人也将过分轻佻的女性的行为贬为"水性杨花",甚至有人干脆将女人视为是水做的,极尽对女人柔情之赞誉。

再次是水既随遇而安也不失原则。水在不被压迫的条件下能屈能伸,可深可浅,任何水流都能顺从地服从调动,迅速按空间的形状无孔不入地充满其中,绝不抗拒。水也不计名利,能上能下,它可蒸发上天成云雾,也可"热风吹雨洒江天",渗入地下成暗河。但坚持原则的水一旦受到压迫时也会不计后果喷薄而出,同样,水一旦被加热会产生蒸汽而迅速增压升温,甚至发生怒不可遏的爆炸。因此古人常将黎民百姓喻为水,帝王将相比之舟,两者关系是"水能载舟,亦能覆舟",说的就是统治者不能随便压迫老百姓,一旦忍无可忍民怨沸腾,帝王将相就会死无葬身之地。

第四,水甘当配角创造和保护生命。世界上有了水才有了生命,有了财富的不断创造。但水绝不为此而骄傲,千万年来依旧默默无闻,年复一年地充当配角,并没有任何想把自己变成为生命之主、财富之王的念头。具有一般热胀冷缩物理性质的水在摄氏4度时却有比重最大和0度时固化为冰,比重小于1的特例。正是依靠了这一与众不同的特性,水在严冬腊月起到了保护水生生物安全过冬的作用，因为在江河湖泊中摄氏4度之水始终沉入水底，即使在水面严重结冰的情况下，水生生物也不会冻死。正因为水具有不图回报的崇高品德，人们才将最纯洁的人际关系称为"君子之交淡如水"。也正因为水与生命和财富密不可分，世界上凡水多的地方就富裕，否则就贫穷，很多战争因无水的地方为掠夺有水处的财富而爆发。

第五，水善于包容，又能自我净化。水的胸怀宽广，不仅能形成壮观的瀑布，奔腾的江河，迷人的湖泊，辽阔的海洋，还能溶解一切水溶性物质，又能冲刷和夹带各种细尘微粒，甚至还能在相当时间里主动团结很多有害物质并与之暂时同流合污，极具包容性。但水不管污染情况何等严重，只要坚持流动，经过一段时间的沉淀和生物降解，水质大都会逐步自我净化，达到"流水不腐"的目标，走向"出淤泥而不染"的高尚境界。

第六，水处世低调，保持本色。水从来没有想过唱高调，图得三分浮名往上爬，而是始终以谦虚的精神，"深入基层"往低处流，甚至常常"甘为人梯"，在溪流九曲中将名誉让给了以不变应万变的石头，被人赞为"水落石出"，并且在流动的过程中念念不忘载舟负物释放出能量为人类服务，体现了"俯首甘为孺子牛"的精神。水不仅处世低调，工作扎实，而且心地坦荡，光明磊落，既不想挡住别人的发展，又从不隐瞒自己的观点，始终以清澈、透明的精神风貌面对世界。至于反映天性的喜怒哀乐则一以贯之，喜时潺潺而流，怒时波涛汹涌，哀时呼啸而过，乐时泉水咚咚，这种"立身不被浮名累，涉世要做本色事"的高风亮节，令人"高山仰止，景行行止"。

随处可见的水是如此平凡，其品格竟是如此高尚。惭愧的是我们却常常由于司空见惯，忘却它的伟大，看不到它的辉煌。由水及人，对于能载舟的亿万百姓，我们各级官员有没有看到他们的崇高品格和巨大力量呢？

23. 长知识与长见识

在一座谈会上,我有幸邂逅一位民营大企业的李姓老总。他说,他自幼家境贫困,初中以后即无力就学,过早踏入农门从事耕耘,因此无学历可言。20世纪70年代末幸逢改革开放大潮,始有机会步出农门,涉足企业,多年奋斗,终成大业。此后每每静夜深思总感自己读书太少,知识不够,为增进知识填补经济学知识的空白,他曾在国内一所著名大学师从一位经济学教授学习经济学原理。这位学识渊博、常喜高谈阔论的教授使他获得了不少知识,诸如线性规划的实际应用等经济学原理,的确使他在企业管理上大有长进;至于谈及各种投资赢利,这位教授更是口若悬河,列举房地产投资赢利方式即超过五种,贸易投资赢利不下十种,其中投资零售业赢利亦有三种以上。李总说,听了他的课真是茅塞顿开,仿佛看到了当今世界到处是机会,满地是黄金,唾手可得,随处可拾,真是信心倍增。因而他对教授的敬钦之心油然而生,相互之间竟成挚友,到了无话不谈的地步。

后来,这位满腹经纶的教授开始眼红富裕,欲下海经商,便向李总提出暂借100万元作为经营房地产的资本金。对老师的能力一向深信不疑的李总深表支持,毫不犹豫地给了他一张支票。过了两年,一脸沮丧的教授来到了他的办公室,说因为政府宏观调控,房地产形势急转直下,自己的本钱连同借贷的100万元几乎一扫而光,看来只能改行搞钢材、水泥、机电设备等生产资料贸易,希望能再借50万元以敷急需,日后赚了钱便连同原先的100万元借款及其利息一并归还。此时李总对他的实际经营能力开始产生了怀疑。结果一年后又是同样一副懊丧脸孔的教授再次来到了他的办公室,诉说生意被骗,血本无归,即使官司打赢也因对方濒临破产,无财产可以执行,仅仅取得道义上的胜利。由于在打官司期间还贴进去一笔为数不少的冤枉费用,他不免发了一通"衙门还是八字开,有理无钱莫进来"的感叹。接着他认真地谈了自己的设想,准备脚踏实地开店搞零售,做一点小生意,这样利润期望值低了,风险也会小得多,成功希望便会更大一些,要求李总再借 10 万元。此时对他的实际操作能力已经完全失去希望的李总说:好吧,但愿这是你最后一次借款。从此以后他便与这位教授失去了联系,后来听朋友说教授的零售店开张不久也关了门,现在已到另一个城市重操旧业,再执教鞭,因还不出李总的 160 万元欠款,又羞于见人,只好自甘埋没了。

李总说,通过这件事,他对"可能"与"可行"之间、知识与见识的关系有了深刻的认识。他说有学历有知识的人可以向人宣讲各种投资赚钱的可能方案,而了解这些方案的企业家也可以据此结合市场实际情况,凭自己的直觉和见识作出判断,然后选择其中的一种可能,在实际投资中应用,使之成为有效益的可行方案。而对缺乏直觉的教授来说,由于无法把自己所拥有的书本知识有效地转化为自身透析事理的见识,因此就出现了手捧聚宝盆苦于拣不出其中的珍宝那样尴尬的局面,这正是那位知道很多赚钱的可能,却不具备实际判断能力的教授接二连三投资失利的根本原因。由此可见,一个企业家不仅仅要知道有多少种可能的知识,更需要知道哪一种是可行的见识,如果只知可能不知可行,求得的知识也就谈不上活用。因为,任何一种经营方案如果不能在市场上印证其效益,其失败也就不可避免了。可见,古人所说的"知易行难"的确是颠扑不破的真理。

24. 并非能力

狮子勇猛无比、能力超群,在动物界无兽可与之匹敌,故狮子被尊为"百兽之王"。旧时,凡祠堂、庙宇、衙门、陵墓、府邸、豪宅及其他需显示其气魄非凡之建筑,皆有一对石狮子拱卫门户,以震慑远近鬼神,吓退八方妖魔。而老虎则仅次于狮子，号称猛兽之亚军，由"如狼似虎"、"虎视眈眈"一类的成语便可感受它的攻击能力。

在动物界，"兽"与"畜"之区别在于是否被人驯养：未被人驯养者称为"兽"，被人驯养者称为"畜"。自盘古开天辟地以来，世上凡适于饲养之飞禽走兽，皆被人们驯养以为我所用，走兽如牛、马、鹿、羊、猪、狗、猫，飞禽如鸡、鸭、鹅、鹌鹑等等。牛能耕田，马能驰骋，狗能警卫，猫能捕鼠，鹿有鹿茸可作药用，其肉与羊、猪一样可作食用，羊皮、鹿皮能用于御寒，猪、牛、羊皮可做皮革制品；鸡、鸭、鹅、鹌鹑其肉食可口，且鸭、鹅之毛还可做羽毛球之用，绒毛更可做羽绒制品供人御寒。而没有被选为驯养禽兽的如老虎、狮子一类动物主要是过于凶猛，难以驯服，狐狸、老鼠之类则过于狡猾，且肉也不堪食用。而惯吃嫩竹叶的熊猫则因生性娇嫩，既无可大用之毛皮肉食，又无乳汁可作制品，更无力耕耘驮载之能力，在相当长的时期内默默无闻，直至近几十年人们发现其生殖甚少，"香火不旺，丁口稀少"，于是将其选进珍稀动物行列，并引入动物园供人观赏。入园落户后，熊猫又由于其生性温顺，无能力可言，对其他动物不构成任何威胁，故有幸在动物园中被评为先进，推举为诸多动物之"园长"。在今日之中国，动物园是否上档次皆以有无熊猫作为衡量标准，并且获得了人们广泛的认同，在诸如商标、广告、玩具设计以至国际外交活动中也离不开熊猫，声名鹊起之熊猫其地位日益崇高。

2001年4月，有一家报载：桃红柳绿、春意盎然的杭州，位于虎跑山麓的动物园游人如织。动物园管理部门为了满足孩子们与"园长"合影之迫切愿望，乃开辟与熊猫合影之新项目。只见熊猫馆的墙壁上挂着许多游客和"园长"熊猫"培培"的合影，照片下方明码标价：自拍每人每次10元，外宾每人每次20元。在父母和管理员陪同下，孩子们纷纷兴高采烈地付钱交款，鱼贯而入与笼内29岁高龄的"培培"一起摄影留念。年老的熊猫"园长"不胜光荣，想不到耄耋之年竟能成为人间天堂、三吴（古时将吴郡、吴兴郡和会稽郡合称为三吴）都会杭州之明星。尽管一天工作下来疲惫不堪，但它偶尔还是露出了欣慰的微笑。据说囿居于远处笼中的老虎目睹此情此景，先有羡慕之色，后生妒忌之心，在狂躁不安中不断地来回走动，似乎在不时发出"能力不如机会,来得早不如来得巧"之唏嘘。

25. 鼓励流动

　　20世纪50年代后期至改革开放前的二十多年间,我国经济几经折腾,欲速不达,发展不快,其中一个重要原因是户口制度和择业制度把人捆死,阻碍了人才流动和竞争。

　　新中国成立初期,国家允许户口流动和自由择业。建国若干年后即明确将人口分成城市(城镇)居民户口和农村户口,并规定严格制度,不准农村户口随便流入城市,这样就把占中国人口80%的农民捆死在土地上,无法发挥人体生理上的起码作用,更不用说发挥其余尚未开发的90%的脑、4/5的肝、4/5的肾、4/5的肺的作用了。若属农村户口的青年,倘无当兵和上大中专学校的机会,就命中注定只能面朝黄土背朝天,做一辈子农民了。而且以前没有实行居民身份证制度,城市(城镇)居民外出,须持有单位或街道介绍信,农民外出须持有生产队证明。20世纪70年代初,我经常到上海出差,当时的上海旅馆业实行统一登记制度,其中有一个登记处就在九江路。这种户口制度把城镇居民捆死在当地,把农民捆死在土地上,什么作用也发挥不出来。那时,只准农民"以粮为纲",埋头种田,不能搞其他未经批准的副业和手工业,否则就会被当做资本主义"割尾巴"、"拔白旗"。不仅农民如此,当时的城镇工人、技术人员、干部也不能自主择业。倘组织上不允许你调动,你若擅自辞职出走,所在单位就以一纸公文开除你,然后通知你户口所在的街道,你今后的处境跟坏分子就差不多了。在这种情况下,经济、社会怎么能活得起来呢?

　　在强调"以人为本",以创富、自由、和谐为终极目标的现代社会,凡是把人按各种不同的居住地、出身、经济、政治等等的标准分成几等几类,然后分而治之的办法都是封建社会"尊卑、男女、长幼"的宗法礼教统治术的翻版，它与封建社会为区别人的社会地位高低而对人们居住宅第的门槛（门槛越高，地位越高。由于南方房屋有些无门当，故也有将门槛称为门当之说）、户对（门口两侧的一对石鼓称户对，石鼓越大门第越高）和门当（门框上部与门框垂直的木制挂档称门当，门当越多越大，门第越高，门当一般用于搁匾额、贴字联或挂灯）做出不同规格的规定那样，都不利于发挥人的潜能，体现人的价值。在市场经济条件下，要营造不拘一格起用人才的制度环境。一个人只要他有本事，就要发挥他的作用，这样社会才能不断地进步和发展。当前，尽管我国经济已出现了某些产品过剩现象，但从根本上看，我国的法制建设并不过剩，过剩的是领导的说法大于"宪法"，最缺的是"以人为本"且行之有效的各项法律法规制度及其公正执法的人性化服务。

26. 铺垫与完美

在一次出国考察途中，我与一位物理学家谈到，理科是研究如何认识世界，而工科则是研究如何改造世界。两者的共同特点皆以追求完美，即物理学之"对称"为己任，将复杂的问题简单化。

他说，为了认识世界，科学家只能追求过程，无法把握结果。他们常常以自我牺牲的精神毕生不懈追求，而大多数人的工作成果，只证明了此路不通，只有个别幸运者才得以突破。例如人们对地球绕着太阳转，月亮绕着地球转，以及自由落体现象，多少年来为之百思不得其解。直到有一天躺在树底下的牛顿，看到苹果从树上掉下来时所产生的灵感和顿悟，才理性地发现了万有引力定律，产生了完美归纳的简单公式。因此具有自知之明的牛顿就曾直言不讳地说，自己的成功是站在巨人的肩膀上取得的。这就是说任何成功者都是无数未成功者为之铺垫的结果，犹如两军对垒勇者胜，成功的将军离不开众多士兵的鲜血和生命，"一将功成万骨枯"，古今中外皆不例外。

自然现象也常常有不完美之处，发现不完美是科学家的责任，是科学家让人们对世界的认识更为完美的苦苦追求。例如人们认为自然界万事万物都具有普遍的对称性，然而对此有所怀疑的杨振宁、李政道却发现并非都如此，即弱相互作用下的"宇称不守恒定律"，它既对各种相互作用力都具有普遍对称性产生了破坏，但又是实实在在的客观规律所在。这不仅揭示了普遍对称性所存在的不完美，更对普遍对称性的进一步完善作了有益的补充。这犹如人体的左右两侧原则上是对称的，如左右肺、左右肾等等，但也有例外，如心脏、肝等器官就不对称，即使貌似对称的眼睛、耳朵亦有大小之分，并且有人由于有了大小差异才产生了特色之美，甚至成了众星拱月的名人。

由此可见，对任何事物的突破和成就的取得都离不开前人的铺垫，而完美则是无数铺垫基础上的复杂事物简单化过程。为了日臻完美，我们还要不断发现其中的例外，以证明不完美才是符合客观规律的真实完美！自然科学如此，社会科学也不例外。而我们任何人不可能完美无缺，不能拒绝批评，哪怕你是名人、伟人！

27. 让心理更年轻

考察非洲一北一南两个大国，北为埃及，南为南非，今昔差异，各有是非。

位于非洲北端的埃及犹如数千岁的老人，古迹众多，是著名的世界文明古国，但由于年岁过大包袱太重，在近现代无长足发展，能向人们展示的是以法老坟墓为中心的金字塔、神庙、木乃伊及各种浸润着古代艺术精神的陪葬品。

位于非洲南端的南非，17世纪（1652年）以前没有遗迹与历史记载，是一个只有 350 岁左右的年轻国家，其所能向人们展示的只能是近现代的文明。如约翰内斯堡 1886 年发现并着手建设起来的近代黄金矿城，花费 13 亿美元在荒山野岭建设起来的现代化旅游景点太阳城，其中矿城先进的采矿冶炼技术和太阳城中人造海滩冲浪、失落城地震桥、大型娱乐博彩场、全球最豪华的六星级宾馆，从不同角度向人们展示了近现代南非所拥有的科技水平和资本实力。

由此可见，好谈过去，喜欢回首往昔辉煌的国家是历史包袱沉重、进步不快的国家，而好谈未来，喜欢向人们展示当今成就的国家则多是年轻有为的国家。倘由国及人，无论你的年龄多少，若喜谈过去辉煌、对新事物缺乏好奇心者肯定是心态老的表现；好展望未来、善于接受新事物者则是心态年轻的象征。

"岁月催人老"，世界上无论什么人，外表的老是不可抗拒的自然历史进程，但心态的老则是可控的心理状态。青春不是年华，而是一种心态。愿人世间拥有昔日辉煌成就者放下包袱，少谈过去，增强好奇心，多关注未来，让自己的心理更年轻！

28. 可怕的集体无理性

理性，是人与动物的一大区别；集思广益则是人类进步的重要阶梯。人的理性往往在冷静思考中领悟，而不是在感情冲动中获得。在某些情况下，作为高级动物的人常常会发生个体理性、集体无理性现象。

在戏剧中，我们看到六出岐山与曹魏作战的蜀国丞相诸葛亮在决策前，一边踏着方步，一边摇动羽扇思考的形象，就是领悟作战方略的一种个体理性；科学家在创造发明过程中所表现出来的那种冥思苦想的独立思考精神更是人类追求个体理性的典型表现。若用古代文人的话来说，要领悟个体理性，便要"慎独"。

而那种在聚众之际,群情激愤之时,基于冲动所作出的决策往往会偏离理性,乃至产生严重的破坏作用,倘若被人误导或利用其后果更是不堪设想。其小则伤人,如居民区里出现打伤、打死小偷的集体无理性事件;大至骚乱,如中国农村常常为水利灌溉所发生的宗族械斗;更大的会发生战争,如20世纪20至30年代希特勒通过口若悬河的演说,激发了部分德国人的非理性,从而导致纳粹党人上台,屠杀犹太人,爆发了席卷全球的第二次世界大战。在20世纪60年代的中国,爆发"文化大革命"及其出现的跳"忠字舞"、"早请示、晚汇报"等种种宗教式行为也与集体无理性密切相关。时至今日,以集体决策为名作出种种伤害平民百姓利益的非理性行为亦屡见不鲜,如无理摊派、强行拆迁、强征农地、强制收容,甚至强行割除弱智女性的子宫等等,不胜枚举!

　　由此可见,多一点个体"慎独"的理性思考,不仅能使集思广益建立在真正的理性基础上,达到推动社会进步的目的,而且对于以集体决策为名的非理性行为更是一种有力的制约。千百年来,以美妙的"集体"之名,不断侵犯人民权利的非理性实在太可怕了。

29. 和谐关系

　　在一次出访途中,一位朋友告诉我,在北欧当他们迷路时,路人不仅替他们指明方向,而且注视着他们实际行走的路径,当发现他们还是走偏了时,便干脆用自己的汽车将他们直接送到住宿的宾馆,而且连一口水都没有喝,挥挥手就离开了。同样,在这个地方,不仅方圆数百公里的野生动物园内各种飞禽走兽悠然自得,而且在汽车穿过两侧都是原始森林的公路时,只要中间有禽兽占道,所有汽车都会自觉地停车让路,待它们安然离开后,才发动汽车继续前进。这种人与人、人与自然的和谐关系真是十分难得。

和谐,是指建立在"和而不同"基础上的相互关系,中国古代儒家、道家等学派都有丰富的和谐思想。在人与自然的关系上,主张"天人合一",肯定人与自然界的统一,强调人类应当认识自然,尊重自然,保护自然,而不能破坏自然,反对一味地向自然界索取,反对片面地利用自然与征服自然。道家学说创始人老子提出:"人法地,地法天,天法道,道法自然。"强调人要以尊重自然规律为最高准则,以崇尚自然、效法天地为人生行为的基本依归。孔子主张以"仁"待人,也以"仁"待物,即所谓"推己及人"、"成物成己",强调天、地、人的和谐发展。

和谐作为理想的关系值得任何国家和民族追求,中国也不例外。追求自然的和谐是为了得到一个适合人类生存发展的自然环境。追求社会的和谐不仅在于它是社会实现持续平稳快速发展的条件,更在于它本身就与创富和自由一起组成了社会三大终极价值目标。

创富是人类的追求,其本身又离不开人们相互之间的协作,因此,作为天性追求自由的人就自然而然地产生了互相之间和谐相处的问题。中国是使用象形字的国家,就"和谐"两字本身来说,"和"字从"禾"从"口",意味着人人有饭吃,拥有生存权;"谐"字从"言"从"皆",意味着人人能讲话,拥有民主权利。

可见当今追求社会和谐首先要建立起包括社会保障体系在内的公正合理制度体系,同时也要启动博爱之心。前者是社会实现和谐的基础和保障,后者则能提升社会和谐的等级,让社会充满祥和之气。今日的中国缺乏的正是这种理想的和谐关系。

30. 效率选择体制

追求财富和自由是人类的天性。追求快乐是人生的硬道理,寻求生产力的发展则是社会进步的硬道理。要发展就要讲求效率,要提高效率唯一的途径就是力求社会资源的合理配置，而社会资源的配置离不开经济体制这个大背景。

人类历史曾经经历过三个经济体制。首先是最古老的自然经济体制，当时人们的活动大体上处于相互隔绝的状态，也就是老子所说的"鸡犬之声相闻，民至老死，不相往来"的"小国寡民"状态。在这种状态下，社会资源被分别固着于一个一个极为狭小的地域范围内，根本谈不上在广阔疆域内的资源优化配置，因此提高效率也只能是美丽的憧憬。

几百年前人类进入了海洋时代，随着世界性的闭关锁国被一个个地打破，市场经济体制便以崭新的面貌取代自然经济，并且一开始便展现了生气勃勃的活力。由于市场经济强调平等竞争，优胜劣汰，使资源配置在很大的范围实现了优化，生产效率极大提高。市场经济使西方世界国家迅速强大，呈现空前的繁荣景象。但在繁荣的同时也开始暴露出市场经济初始阶段的严峻问题。一是贫富差距太大，出现了穷人难以维持生计的分配不公问题；二是生产失控，经济无序，出现了世界性经济危机的宏观经济不稳的局面。因此，市场经济普遍受到人们的非议和攻击，初始的市场经济处于危机之中。特别是19世纪中叶马克思揭示资本秘密的《资本论》问世以后，人们开始考虑如何建立一个既能克服市场经济所存在的不公平和不稳定的缺陷，又能像市场经济那样可以获得高效率的新体制，而首先构思和实行这一改革的是苏联。

苏联从20世纪20年代末开始在全国范围内推行人类第三个经济体制——计划经济体制。1949年革命胜利后的中国，由于实行向苏联"一边倒"的政策，也从20世纪50年代开始，通过"一化三改造"的所有制改革，不遗余力地推行计划经济体制，使计划经济体制以摧枯拉朽之势迅速席卷全国，并且在最初阶段的确取得了令人称道的成就。原本落后的国家不仅实现了社会分配的相对公平，而且在经济上也有了长足的发展。

但是，随着疾风暴雨式的"公平"革命所带来的初始冲动日益减弱，人们依靠所谓"觉悟"支撑的生产积极性也随之溃退，人类自利性的本能却在觉悟的溃退中迅猛增长，吃大锅饭的计划经济不可避免地在生产力全面萎缩中，暴露出其内在低效率的致命弱点。而此时仍然坚持市场经济的西方国家却由于实践中注重市场经济体制的完善，不仅通过建立社会保障制度大致克服分配不公的问题，而且变宏观经济自由放任为政府干预，有效地克服了世界性的经济大危机，解决了国家经济宏观稳定的问题，日臻完善的市场经济体制重新显现了强大的生命力。如果从20世纪20年代末算起，在经历了半个多世纪的计划经济与市场经济的反复较量以后，缺乏效率的计划经济终于被抛进了历史的垃圾堆。随着20世纪90年代初期苏联解体，东欧剧变，世界上几乎绝大多数国家都采用了市场经济体制。

中国为了跟上世界各国的前进步伐，也不得不根据邓小平"发展是硬道理"的要求，把效率作为中国选择经济体制的标准。1992年中国终于向全世界宣布走市场经济之路，推行市场经济体制。无疑，此后中国的多项改革就是在这一大背景下展开的。只不过中国当前不但处于计划经济向市场经济转轨变型之中，而且市场经济还处于政府推动的阶段，没有真正走上市场推动的彻底的市场经济之路，因此很多改革呈现出形似神不似的奇特现象。如人家竞争的岗位，我们不竞争，人家不竞争的岗位，我们却实行竞争上岗；城市拆迁本来是一个商业行为，按市场经济原则应该让拥有产权的拆迁户与开发商直接对话，而不少以"经营城市"为口号的地方政府却成了开发商的代理人，直接介入了其中的纠纷，引发了不少可以避免的不幸事件……再加上中西文化的差异，中国要真正走上规范的市场经济之路还有一段相当长的文化转型过程。不过我们也不能因为完善市场经济体制是一个漫长的历史过程就可以不改革，等大家都改好了我们再改，那也是不现实的，因为任何事物都有一个渐进的过程，边改边完善，既不能期望一蹴而就，更不能守株待兔坐等其成。

31. 反思思维

每种职业、每个人都有自己独特的思维。新闻记者善于点状思维，经常希望抓住一点不及其余。历史学家基于研究对象朝代相沿,惯于线状思维。地方官员所从事的工作涉及东、西、南、北、中,工、农、商、学、兵,诸多方面,希望方方面面都摆平,惯于面状思维。普通百姓由于职业特点不明显,点、线、面皆有,属于混合思维。西方人喜欢求异,有利于创新;中国人习惯于求同,有利于一致。西方人只关注自己该干什么,不在乎别人干什么、想什么;中国人很在乎别人干什么,有些人甚至不知道自己该干什么。协调双方矛盾,双方都不太满意的方案,可能是最佳方案。财政需求永远大于收入,本事再大也做不到皆大欢喜,税收征收不可能挤出没有水分的"柠檬",应收尽收只是试图接近的口号。最好的编辑也做不出没有缺点的报纸杂志,最差的报纸杂志也有它赖以生存的"救命稻草"。计划经济花钱养人再办事,市场经济花钱办事不养人。容易做到的事用不着口号,难以办到的事才成了口号。教育本来是启迪孩子天赋的手段,而应试教育却使孩子成了考试的工具。领导者的价值在于培养追随者也成为领导。假牙、假肢的价值不在于"假",而在于能够发挥真实的作用。鲜花的美丽芬芳并非让人采摘,而是吸引蜜蜂为其传播花粉,繁衍后代,红颜薄命因此而来。

中国自古以来,小孩喜欢扮大人相,大人喜装小孩相,因而,妈妈穿少女装、女儿穿成年人衣几乎随处可见。在母子关系上,起初妈妈是孩子的老师,随着孩子长大渐渐转化为朋友,到母亲年老时孩子便成了监护人和老师。由于社会上存在着根深蒂固的均贫富思想,有钱的人怕露富,无钱的人却要装阔,急于致富者常常不惜牺牲健康去换取财富,却不知财富不能买到健康,更不能起死回生。药剂师可以配制各种药物,却配不出长生不老和后悔之药。发展是社会的硬道理,快乐是人生的硬道理,长于世故习惯于怀念过去的老年人为了事后不后悔,追求长久的快乐,宁肯事前不冒险,因此思考多于行动,议论多于果断;喜欢期盼未来的青年人则注重实时的最大快乐,因此短于思考长于创造,短于讨论长于猛干,短于持重长于革新,两者截然相反。知识分子为了思想而生活,不是依靠思想生活。人没有受不了的罪,只有享不了的福。大凡女性心细,男性大度;小个子有心计,大个子有气魄;两者兼而有之者,人物便不一般。人要有所畏惧,什么都不怕的人最可怕。历史的岁月能稀释冤仇,但历史的进步却要以恶为代价。钱是换取商品的符号,是衡量成功、尊严、高贵与否的通俗标尺,也是窥测势利、认清世人真面目的试金石;钱是一剂猛药,可救人性命也可取人性命;钱并非万能,但没有钱万万不能;钱是人生的一部分,但人生绝不是钱的一部分。从实到虚是社会进步的标志,赚钱不吃力,吃力不赚钱是必然的结果。市场经济富人赚钱,斤斤计较讲效率;赚了钱的富人,为了享受却最不讲效率,一人居数人之屋,坐拥数人之车,消耗数倍以至数百倍于常人的财富。可见万事万物皆有两面性。

世界上凡有精力者往往缺乏经验,有经验者已无机会;有需求者往往没有条件,有条件者则已无需要。如旅游休闲,有时间者没有金钱,有金钱者没有时间,有时间有金钱者却年事已高,难以出行。掌握恋爱经验者,已经结婚。知晓为官之道者,已近退休。有人甚至编了"静处空门成富翁,奔波企业路路通,显赫为官一场空"的顺口溜,来生动地形容僧、商、官三种不同职业的过程与结果之间的辩证关系。不过人生是一个过程,早退晚退,早晚要退,早死晚死,早晚要死,客观上还是早退晚死有利于延年益寿。生前受人嫉恨者,死后受人敬仰。生前敢于与神鬼斗争者,死后极易被人尊为鬼神。成功不仅在于付出,更重要的是要有所放弃,正如一个人走到岔路口,不放弃其他路径就只能在原地徘徊,难以继续前进。

表面上自尊心特强者,其内心的自卑感更强。有钱者缺少安全,有名者缺少自由。炫耀者习惯大摇大摆做事,钻营者善于偷偷摸摸牟利。能耐不大者喜欢吹嘘,极有能耐者往往大智若愚。搞宣传者习惯于把不知道说成知道,搞组织人事者则往往把知道说成不知道。搞治安者满眼坏人,习惯于坏中选劣;搞人事者满眼好人,惯于好中选优。摄影师善于抓住瞬间,留下永恒。一贯"弄假成真"的建筑师的设计方案则先从大做到小,再从小做到大,不同方案的人文关怀始终如一,创新精神却各有各的不同。作家的作品是多种多样的,有关文字的说法也是多种多样的,这些说法有时能自圆其说,有时也自相矛盾。数学家自相矛盾可能解不开难题,政治家自相矛盾可能带来社会混乱,但作家自相矛盾有可能产生好的作品。人的一切紧张都为了最终的放松,如艺术家台下的紧张排练是为了上台表演的放松;学生平时的紧张读书是为了考试的放松;劳动者紧张工作是为了改善自身经济状况,获得人生的放松。文明产生于财富的绝对增长和相对集中。人类创造发明离不开欲望的推动,而失控的欲望却是人的痛苦之源。在中国,先人后己,助人为乐,并非人人都能做到,但在酒席上劝酒却个个堪称舍己为人的楷模。博士者,其实知识面不宽,却钻研极深,应称"深士"。人之初,旁人笑着,自己哭着出生;人之终,旁人哭着,自己安详甚至微笑着离开。倘你有机会请教那些曾经"死"过的人,他会告诉你,在即将离开人间的瞬间其美好难以言状。

爱与恨、贫与富、生与死是人类的永恒主题,因此反映爱恨的文学、研究贫富的经济学和探索生死的哲学是人类三大永恒的学问。而以绝对对称为美的中国人,亦以"三"为基本构架,进行形象表达。例如,古代牌坊有左中右"三门",建房当中为正房两侧有厢房,现代人买轿车要有前中后三厢。考虑问题要"三思而行",切磋学问"三人行,必有我师"。佛教有"三圣",道教有"三清"。古代有自称"三味书屋"(五经为米饭、四书为佳肴、诸子百家为调味品)的私塾。反映冬去春来,阴消阳长的吉利为"三阳开泰"(民间称农历十一月为一阳,十二月为二阳,次年正月为三阳开泰)。描写战争的小说最著名的要算《三国演义》,战争规模最大的要算 20 世纪 40 年代中国解放战争时期的"三大战役"。长江水系险滩奇观要算"三峡",领导即席讲话一般为三点,古今中外军队皆为三军,至于"三大法宝"、"三面红旗",以及三的倍数"六六顺"、"九龙壁"、"十二生肖"、"十八罗汉"、"二十四节气"、"三十六计"、"七十二变化"、"一百零八将"比比皆是。可见思维不仅有着一定的规律,反思思维更有无限的情趣和寓意深远的哲理。

32. 受罪与享福

一位在 1957 年"反右"斗争中被划为"极右派"的知识分子,不仅被开除公职,而且还被送到青海监狱里劳动改造。在苍茫荒凉的高原上,他什么活都干过,什么罪都受过,受罚、挨冻、挨饿、被打是家常便饭。他曾不止一次地想一死了之,但一想到要等到为自己讨回清白的那一天,便咬咬牙坚持了下来。

20年的蹉跎岁月,他艰苦备尝,屈辱尽至,以惊人的意志,战胜了非人的生活,终于等到了平反昭雪的那一天,顺利地回到了富饶的江南水乡。不久,上级给他送来了平反通知书,还恢复了他一生喜爱的教职,更使他喜不自禁。犹如从地狱升上天堂的他,激动之心,难以言表。无数个皓月当空之夜,他端坐门庭,思绪万千,彻夜不眠。

由于长期过度兴奋,心力衰竭,在他到一所著名学校报到上班的那一天,他终于坚持不住了,在刚把新钥匙插进宿舍锁孔的一刹那,突然心肌梗塞,倒地不醒。人们当即发现,送往医院急救,结果还是"命归赤土千思断,魄入黄泉万事休",不治身亡。

同样,一位在"文革"中惨遭迫害的"臭老九",在粉碎"四人帮"后结束了劳动改造返回原单位,重新安排了工作,并且在提拔"四化"干部的浪潮中,担任了重要领导职务,进入了人生的巅峰。

此时他感激涕零,不仅夜以继日地勤奋工作,廉洁自律亦为人楷模。后来,随着社会的转型,民营企业的迅猛发展,社会上出现了一批文化不高,却能一掷千金的富裕阶层。相比之下,他猛回首不觉自惭形秽,有了少钱的痛苦,每次静夜深思,都免不了感叹自己付出的多,得到的少。

为了挽回经济损失,他开始敛财。起先他受传统思想束缚,胆子小,胃口也不大,非法获得的钱财不多。后来,他发现有人比他干得狠,敛财数量也比他大,并且通过逢年过节向上级送财礼的手段,获得了不断高升,高升后又能贪污更多的钱,这是多好的良性循环啊。悟性极高的他,好像哥伦布发现新大陆,很快便心领神会,操作自如了。那段时光,他真是人生得意马蹄疾,钱财官运通,其乐无比。

但是世界上没有不透风的墙,终于有一天东窗事发,先"双规"后判刑,身陷囹圄,一生奋斗顷刻付之东流。每逢朋友探监,失去自由的他,几乎每次泪流满面,曰:早知今日,何必当初,后悔不已!

可见,祸不单行,福无双至;人世间没有受不了的罪,只有享不了的福。

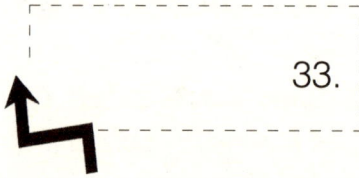

33. "七不"延年

人的生存离不开人生的基本原则和异于其他动物的生存细节。原则因为其大而重要,多数人都能遵循;而细节因为其小又似乎不重要,往往被人们所忽视。如动物从来就是饥方食,渴才饮,绝无固定就餐制度,而人作为地球上两百多万种动物之一种,不但按部就班,一日三餐,还要上茶座交谈聊天,去酒吧吆五喝六,一醉方休,享受其他动物闻所未闻的所谓精神文化生活。

人与动物相似都有其生命周期,称为寿命。不同动物有不同的预期寿命,如龟寿千年,人寿百年。即使同一种动物其个体寿命亦随着各自的主客观条件的不同,存在差异。如人的寿命按世界卫生组织(WHO)统计:遗传因素占15%,社会因素占10%,医疗条件占8%,气候条件占7%,生活方式占60%。作为细节的生活方式在其中起着十分重要的作用。研究表明,良好的生活方式可以减少高血压发病率55%,糖尿病50%,传染病逾50%,癌症逾30%。

生活方式中既有心理因素,也有生理因素。据研究,人类60%的疾病由心理和精神因素引发而生,而由营养、环境和运动三个因素引发的疾病仅占40%。

心理和精神因素,人们常常将其分为两类:一类有利于健康的称之为愉悦;另一类不利于健康的称之为烦恼。作为有思想的动物——人,生活在复杂的社会环境中,一生无论如何一帆风顺,总会出现紧张、压抑和烦恼,如果处理不好便会影响寿命。也许有人说,你可以"不想"或"忘掉"烦恼,可以通过参加各种文体活动或外出旅游转移注意力。的确,这些办法都会有一定成效,但要使一个人真正从思想上树立起从容面对烦恼的心理素质,则是要通过生活方式的彻底转变,从内心深处树立正确的认识。

首先，不杞人忧天。降生人间，能够潇洒走一回是你作为人的荣幸。人生是一个过程，对离你很远的将来之事，什么疾病、衰老、死亡，你千万不要想得太多。想得越多，越会把自己吓死。法国大文豪雨果 40 岁时突发心脏病，差点一命呜呼，但由于他能坦然面对人生，坚持锻炼，不悲观，不仅享寿高龄 84 岁，而且还一边治病，一边写出了名著《悲惨世界》。同样，对无能为力的远方之事也不能想得太多，在重洋远隔，万山所阻，爱莫能助的情况下，想得越多，自己的思想负担越重，对远方之事不但毫无帮助，反而会带来得不偿失的严重后果。即使与自己密切相关的一时名利得失，职级变迁，过多的忧愁也同样没有什么用处，因为，"谋事在人，成事在天"，你想得再多也无济于事，反而影响自己的寿命。

　　其次，不随意攀比。人生有天赋之别，条件之差，机会不同。你倘降生帝王之家，便是王孙公子；倘降生于百姓之家，又遇不到青睐你的贵人，那就只能是庶民一个。无论你是王孙公子，还是庶民百姓，遇事不要老想着成功，要有不愉快、挫折甚至失败的思想准备。不管别人如何飞黄腾达，你一定要抱着这样的思想：你走你的阳关道，我走我的独木桥；你有你的运气，我有我的价值。一切从自己做起，切忌这山又望那山高，老是与比你运气好的人相比，郁郁寡欢，抱恨终身，自己替自己减寿。

　　第三，不指望回报。尽管自己为他人的成长付出很多，但从付出的那一天起就要抱定不指望回报的宗旨。人是追求利益的动物，人世间没有永恒的朋友，也没有永恒的敌人，只有永恒的利益，一旦你丧失为他人提供利益的能力，你就成了敝屣一双，自惭形秽了。在日常生活中，直觉是最好的心理品质，切忌过分强调逻辑思维。对社会、对子女、对他人，不要总是用推理方式思考，老是想着过去我对你如何如何，现在你应该对我怎样怎样，这样只会不断制造出伤害自己的泪水、悔恨和痛苦。

　　第四，不偏听偏信。凡事要独立思考，不轻信别人的只言片语，哪怕是名人亦不可能样样精通、事事正确。因此，遇事不要先入为主，轻易发表意见、下结论，而是先听、先看、先分析，多问、多思、多研究，这样既不会盲从，也不会与他人产生不必要的冲突和矛盾，有利于独立思考和自主行动，即使在处事过程中出现一些意想不到的问题也因为自己事先作过努力,能做到问心无愧,坦然面对。

第五,不自寻烦恼。自寻烦恼有多种表现,诸如疑神疑鬼、过分操心担心、焦虑孤寂、内疚依赖等等。首先,疑神疑鬼。中国人很在乎别人对自己的评价,因此极容易产生疑神疑鬼的烦恼。他们常以虚拟的因果关系猜测和联想别人的言论,甚至读了一些医学文章,也会自动对号入座,怀疑自己患病生癌,自己吓唬自己。其次,过分操心担心。中国人自古以来,提倡集体主义,缺少独立人格,信奉儒家文化,讲人情,重伦理,因此便自然而然地产生了上辈对下辈关怀备至的操心和担心。对子女、亲戚、朋友托付的难办的事,总是委曲求全,不敢说不,担心会伤害对方的感情,失去亲情和友谊,给自己带来了莫大的精神压力。对家人、子女、亲友,尤其对下辈,总是事无巨细放心不下,以至于时时操劳,烦恼不已。第三,焦虑孤寂。做事心急如焚,连等车、排队、过马路一类的普通小事也会焦虑不已。听到熟人去世,也会莫名其妙地联想到自己,产生不必要的恐慌和焦虑。缺乏理性的孤寂者,其行为更是令人难以置信,子女、孙辈在身边嫌烦,去了又感寂寞,不想交友,不愿参加集体活动,面对困难及不愉快闷闷不乐,甚至暗自流泪。此外,内疚依赖。由于中国人有追求完美的文化传统,事事企求完美,到头来使自己和别人难以承受。过分内疚自责,产生畸形的责任感。遇事总想依赖别人,要求别人赞同自己,实质上自己不相信自己。一旦失去依靠,就无法支撑自己的情感。

第六,不自我封闭。人生内心容量既无限又有限,对胸怀开阔的人来说,心里装得下海洋、天空和宇宙;对一般人来说,心胸有限,超过限度便难以承受,以至于精神崩溃,甚至走上自杀之路。因此,一个人一定要有朋友和亲情,遇到烦心之事可找知心朋友倾诉,找亲属交谈,以排解自己内心世界的烦恼,宣泄心头承受不了的郁闷。

第七,不自我失衡。人生是一个过程,无论谁都只是一个旅途中的匆匆过客,要想延长过程必须有敞开心扉的"一二三四五",以求内心的平衡。一要以健康为中心。因为,权是公家的,名是一时的,财产是后人的,健康才是自己的,人生的最大财富唯有健康。二要经常实践"两个基本点",即糊涂一点,潇洒一点。三要充分认识"三个忘记",忘记过去、忘记年龄、忘记恩怨，重视"三个不"，不急躁、不生气、不要不服老，尤其是不能生气，因为生气是拿别人的错误来惩罚自己，有百害而无一利。四要努力做到"四乐"，探索有乐、知足常乐、助人为乐、自得其乐。处世要求"五然"，遇事处之泰然，得意之时惕然，失意之时坦然，艰辛曲折必然，凡事顺其自然。

益寿延年乃人人所欲，但能拥有不杞人忧天、不随意攀比、不指望回报、不偏听偏信、不自寻烦恼、不自我封闭、不自我失衡的"七不"健康心理并不容易。如果有一天，你真能身体力行，掌握其中之精要，再配合动静相得的运动、幽雅宜人的生活环境和适中而有条件实现的营养，那么常怀感恩之心的你，便能心境开朗，眼前一片光明，由敞开心扉带来的长寿将与你相伴始终！

图书在版编目(CIP)数据

态度改变人生 / 翁礼华著. —修订版. —杭州:浙
江文艺出版社,2009.8(2017.3 重印)
ISBN 978-7-5339-2825-4

Ⅰ.态… Ⅱ.翁… Ⅲ.随笔—作品集—中国—当
代 Ⅳ.I267.1

中国版本图书馆 CIP 数据核字(2009)第 028988 号

责任编辑　叶晓芳　楼文英
装帧设计　刘　炜

态度改变人生(修订版)

翁礼华　著

出版　浙江文艺出版社
网址　www.zjwycbs.cn
经销　浙江省新华书店集团有限公司
制版　杭州天一图文制作有限公司
印刷　杭州富春印务有限公司
开本　710×1000　1/16
字数　212 千字
印张　15
印数　20001-22000
版次　2009 年 8 月第 1 版　2017 年 3 月第 7 次印刷
书号　ISBN 978-7-5339-2825-4
定价　30.00 元